家宴

张成 著

黑龙江人民出版社

图书在版编目（CIP）数据

家宴 / 张成著，—哈尔滨：黑龙江人民出版社，2016.3
ISBN 978-7-207-10693-3

Ⅰ.①家… Ⅱ.①张… Ⅲ.①随笔—作品集—中国—当代 Ⅳ.①I267.1

中国版本图书馆 CIP 数据核字（2016）第 065394 号

责任编辑：崔 冉
装帧设计：佟志会 祁晓峰 王梓晴

家 宴
张成 著

出版发行 黑龙江人民出版社
通讯地址 哈尔滨市南岗区宣庆小区 1 号楼
邮　　编 150008
电子邮箱 hljrmcbs@yeah.net
网　　址 www.longpress.com
印　　刷 北京万博诚印刷有限公司
开　　本 787mm×1092mm 1/16
印　　张 18
字　　数 150 千字
版　　次 2016 年 3 月第 1 版　2021 年 1 月第 2 次印刷
书　　号 ISBN 978-7-207-10693-3
定　　价 48.00 元

谨以此书纪念我的母亲百岁诞辰

作者的奶奶和父亲、母亲

作者简介：

张成，名大成，字若缺，号雅茗居士，沈阳人。主要著作：《感动》《农夫》《商务通》《过往》，诗集《大爱大成》《景仰》等。

大成伟业董事局主席、中国细胞营养学应用学科研究会主席、新民职业经理人培训中心（苷肽大学）校长、中国人文企业家推广机构主席，曾任东北大学 MBA 客座教授。

《家宴》自序

《家宴》就要付梓了，二〇一五年最后一天下班前，佟秘书和祁秘书把样稿放到我的办公桌上。

这本书为什么叫《家宴》？是为了纪念我的母亲一百周年诞辰。张府祖辈单传，从爷爷到父亲到我，其兴旺，和家风祖训有极大的关系，更是我奶奶、母亲、妻子及我女儿这几个女人持家有方，积德行善的果子。男人在外面闯事业，有个巩固的大后方，必定是所谓“和”，家和万事兴，其“和”必有包容，所谓“有容乃大”。其实这本书所讲述的故事和感想不是她们的故事，而是吃着张府家宴所衍生的段子吧。

这本书的体裁主要是散文和随笔，是我喜欢的文体，在于一个“散”字和一个“随”字上，散，是形散，神不散；随，是心随，意不随。

活到现在这个份上，随心所欲是一种追求，正是因为散文可以不拘形式，不受约束，散散漫漫，直抒胸臆，随心所欲的味道，不受限制，自由自在。又赶上网络时代，喜好上了网络作家这事。于是每日除了读那几份纸质报纸和每月的十几份杂志，读电子版的文字多了起来。有手机变成大字，眼又好使，方便很多，一日万字阅读量不在话下，再写上几千字小文。我的心里传播正能量给年轻人，爱上了这一行，写了一辈子也没够，倒是成了如吃饭、喝茶一样的必需了。

每天发声写作，我的每篇文章不敢说呕心沥血，也是反复琢磨。随着年龄增长，心态平和心境也恬淡。写作是没有什么名利之意了，主要是兴趣，是兴之趣，写给读者朋友，如果能读出些味道来，我就知足了。

以上是为序。

二〇一六年元月五日

序一

家宴

《家宴》这部书名字起得好，寓意深刻。家宴，这不仅是“小家”之宴，也是“大家”之宴；是生活之宴，更是精神之宴；是文化之宴，也是事业之宴。

我有幸提前阅读到这本书，受益颇丰！可以说，这是一本有范儿的家宴佳作。

你能从书中找到沁人心脾的心灵鸡汤，丝丝温暖，润泽身心；
你能从书中感受爱的萌动，瞬间觉得灵魂的觉醒；
你能从书中体悟人生的嚼头，破晓人生的密码；
你能从书中听到跳跃的旋律，找到人生的意义；
你能从书中笔墨的细腻，体味出生命的美好；
你能从书中看到迸射的火花，领略神采飞扬的创造！
人生，总要接纳大海的辽阔去崇高自己；
人生，总要精选无瑕的和风去吹拂襟怀；
人生，总要用丰沛的灵魂去呼唤未来；
人生，总要用艳丽的花草去染香衣角；
人生，总要用好的心情去滋养风度。

那我们就去细细地品读张成的《家宴》吧，会有启迪！

张成是一个有使命感的人，他从父辈那汲取了力量，从家族中传承了奋斗的基因。他把昨日的困苦埋在了昨天，活在当下，快乐地奋斗，无论遇到了什么，都不能改变他明天的追求！

他把人生目标定在自己想要的理想人格，理想的事业，理想的生活，理想的家庭上，然后一天也不懈怠地精进奋斗。

他坚信，人生只有创出来的亮丽，没有等出来的辉煌！成功的路靠自己闯，容易走的路都是下坡路，他毅然决然地选择走创业之路。

只有努力一把，才会有业绩，只有奋斗一把，才知有潜能。心中有岸，才有渡口；心中有梦，才有明天！

他怀揣着梦想上路，背负着使命前行！几十年来他从不歇脚，卓越的走在路上！建立了一支坚不可摧的大成梦想团队。

张成是一个有责任感的人，一个男人的成熟是看他能担当多大的责任，只要灵魂不倒，志向不摧，世界都会为此让路！上帝也不能卸下你奋斗的责任！

张成认为，谁没有摔过跤，摔跤了不要哭，爬起来加劲跑，拿得起，放得下，有担当，不逃避。他带领大成团队近二十年走过了所有的沟沟坎坎，喜怒哀乐都尝过，创出了朝阳日出的大成伟业。

十五年后的张成，再度启程第二次创业，他不忘初心，膜拜阳光，认定你信仰什么，你的生命就走向什么！

人生为什么要创业一回？为的是领略人生的美，为的是领略人生的意义在于创造。创业就要摈弃骨髓里的惰性，脱胎舒服区。

张成在“青春万岁”一节最赞美的是一种青春精神。“为自己理想拼搏！

为别人信任拼搏！为证明自己拼搏！”“永远不能懒惰，懒惰会换来你身上的几斤肥肉，而勤劳会让你获得百分之五十的成功和一生受用的宝贵习惯。

作者开启的十五年后的再创业，为的是珍惜眼前的一切，开拓更美好的一切。张成是把自己弄暖，然后以充沛的暖热能量，点燃团队，以满满的正能量，温暖“大成家”！

这是美好的高贵启程！这是绚丽的神往启程！更是傲岸的执着启程！

作者的书中还闪耀着读书与乐趣，包容与幸福，惜缘与感恩等思想火花。

张成的爱好广泛，乐趣无穷，诗文余韵，点墨留香，品茶论道，游览雅致，当然他最钟情的还是读书。

他总能在繁忙当中抽出片刻去读书，他总能在别人认为很不起眼的零头时间里不辍笔耕。记得我们曾一起和几位企业家去美国，深夜起飞的飞机，大家都在闭目养神或酣睡，只有张成亮着小灯，在津津有味地写着东西。这使我想到了一个有文化功底的人，是靠攒着辛勤过日子的！

他之所以表现出来的摄人心魂、个中玄妙，穿透性的气场绝不是一日之功！他所表现出来的既能力挽狂澜，又能守住平静的从容更不是一日之功！他内心的强大表现出来的是宠辱不惊的大笑，无论天多高，他都能跳起来接近阳光！这就是一个创业人的智慧！

你读了多少书，有多少阅历，都会刻进——你的骨子里，表现在——你的胸襟中，潜伏在——你的气质里，彰显在——你的脸颊上，渗透在——你的生活中，丰富在——你的谈吐上，体现在——你的文字中。

人的一生是很不容易的，张成的《家宴》告诉我们，人的生活要么读书，要么走路，身体和灵魂，必须有一个在路上。

尤其在今天“云物大智”的跨界时代，唯有不断学习，才能立于不败之地。

《家宴》描写了张成优雅的家庭生活，他在培养女儿、外孙上呕心沥血，力求用最好的教育和门风熏陶后代的涵养，让全家在飞速变化的时代拥有内心不变的温暖，找到人生的秩序和价值。

张成最赞叹的是自己有一个好女人。

男人的最大福报是找到一个好女人，男人最高的品位就是他选择的女人。好女人滋养心灵，养眼养心，好女人不仅因为美丽而可爱，更是因为可爱才美丽。张成笔下的爱人就是这样一位可爱加美丽的女人。

记得几年前我曾去过他家小住，深感张成爱人的温暖和美丽，她好像是从里到外散发着一种少有的贤淑温惠、柔美仁厚，她恬静端庄的气韵和优雅，总使人感到圆润润，乐融融，如沐春风，一看就知是一位有素养的女人。

常说：

有素养的女人像水，潺潺清水滋润人的心田。

有素养的女人善良无敌，能散发慈爱的光芒；

有素养的女人处处合道，以德养家，助夫成德；

有素养的女人聪慧自信，如福星喜星招财纳福。

女人是家庭的气数，大气使然的女人，必定会为家庭带来无尽的福德。

女人是家里的风水，男人一生站得高不高，走得远不远，取决于能否遇到一个如水的女人。如水的女人清明透净，如水的女人灵柔和美，如水的女人有贤、忠、乐、爱、学、勤、诚、善八宝，能为家庭带来三代家福。

因为：

贤能养福分，忠能养福禄，
乐能养福寿，爱能养福临，
学能养福贵，勤能养福足，
诚能养福惠，善能养福德。

张成很惜缘，他的作品很多章节中都渗透了遇见是一种缘，恰似前世的伏笔，一个愿意在你生命中行走或停留的人，就是包容厚待你的一切，就能在你的生命中镌刻。

人要惜缘相知，感恩相报，当人拥有感恩之心时，美德就产生了！当你满怀感恩心去工作时，你就是一个有独特魅力的人。

爱出者爱返，感恩者福来。报恩者聚光，负恩者聚阴，幸福就是坚守这份善良，而善良架构了人的高贵！书中的字里行间都渗透着这些思想，给人以启迪。

尤其难能可贵的是张成对每一个遇见的人都能找到他的美好，他的善良，他的优项，他都能感受到每个人的生命中都有一道斑斓，风光绮丽！这是心地柔软的人，才能看到的美丽！

有智慧的人都有一颗单纯善良的心，他总能从周围人中找到快乐，而愚昧的人总是期待别人给他带来快乐。智慧的人总是把好心情给自己，用好心情去温润别人。

世上大概有百分之一的人，最后能成长为“不惑，知天命，耳顺，随心所欲而不逾距”，圆融逍遥，充满智慧的人生境界。张成就是属于 1% 的智者之列。

淡然之心看纷扰是功底，成熟稻穗头低垂是文化！宽容是肚量，谦卑是分量，相加是质量。幸福的境界实际是灵魂的成就。希望《家宴》的问世能给人间带来美好。

最后赠送张成几句话，感谢对我的信任。

行神如阔天，
大气如长虹。
行德厚载物，
大健谓存雄。
怡养浩然气，
善立天地心。
修道养心者，
通达玄远深。
圆通臻自洽，
了悟家宴丰。
不坠凌云志，
大成伟业宏。

李靖
天津市企业文化研究会秘书长

序二

动静之处皆风景

我总以为，书法好似公孙大娘的剑。“霍如羿射九日落，矫如群帝骖龙翔；来如雷霆收震怒，罢如江海凝清光”，我崇尚的书法，一如诗圣杜甫笔下的公孙之舞，落笔时如天神驾着游龙在天上翱翔，畅快淋漓地展现在人们眼前。正因此，我迷恋上了书法。

我同样以为，文字犹如轻吟低唱的江南小曲。“柳絮轻柔风前曼舞如诗，落红低吟缱绻滑过双肩”，在寂静的时刻，轻柔地推开月下纱窗后的剪影，一任清风调皮地拂过面颊惊碎了思绪，在离殇婉约的一曲清唱里，不经意间抚断谁的琴弦。正因此，我喜欢上了文字的阅读。

我喜书法亦爱文字，而张成君爱文字亦迷书法。我的书法，安静里也许有些许的张狂，是为静中有动；而张成的文字，一腔情怀里却带着淡然的宁静，是为动中有静。正是因为有了这种动静间的和谐，张成予我，便有了这种如师如友、亦师亦友的关系。

初识张成君，纯属偶然。是日，在我家乡江南甬上一朋友私人小酒窖的家宴中与张成君初次对杯小酌，便觉这位年长于我两岁的儒雅之士，饱读诗书，睿智过人。二月后受张成君热情相邀赴其家沈阳做张府家宴座上客，便成了知交兄弟。

作为一个集团公司的董事局主席，张成一直奔走于中国细胞营养学应用学科的研究中，成效卓然。当时以为，一个俗事缠身的商人，是无暇去安静地阅读文字，更谈不上去文字的天地里纵情驰骋了。但事实证明，吾错矣！看过他所著的《感动》《过往》《景仰》之后，我才知道，一个成功的商人，也可以成为一个成功的文人。张成，就是其中一例。

没有文学底蕴的书法，显得平凡机械；没有生活感悟的文字，同样显得苍白无力。当一个人的作品渗入到深厚的文化文学积淀中去，并注入诸子百家的思想、哲学、美学基因，把这些基因贯穿于文章之中，它便会在“知白守黑”里凸显它的厚重、流畅、明快和韵味。在文字的世界里，张成是一个很有感情的人；而这种感情，转化成他对文字的热爱，对生活的感悟。即若是一次偶然的赏花，他也能悟出一番别样的心情来：“在人生里，每一个人都有其独特非凡的素质，有的香盛，有的色浓，很少很少能兼具美丽而芳香，因此我们不必欣羡别人某些天生的素质，而要发现自我独特的风格。”

身在商界，经历的是俗世的纷杂，但万般繁华过处，坚守的却是一片淡然的纯净。特别是在功利、浮躁的当下，张成仍然将中华民族的优良传统“善与德”做了很好地传承。在拜访黄岩九峰山下九十岁高龄的胡尔振夫妇时，张成从老人的陋室里，感悟了老人的“德馨”：“居处虽然简陋，却因主人有‘德’而‘馨’，也就是说陋室因为有道德品质高尚的人存在当然也能出名。”在《行云流水话真实》里，他说，水利万象万物，“善心”备焉。

喜欢张成的文字，还因为他的作品里充满了感恩的情结。在《女人是家里的“风水”》一文里，他这样写道：“这样的回家，多半有着期待，也多半有着收获。这样的童年记忆很难忘记，妈妈、姐姐一直呵护着，温暖至今。”家的温暖和母亲、姐姐的呵护，在字里文间悄然显现，让阅读的人们在不经意间感受到了这份温暖。与其说这是对家、对亲人的眷恋，还不如说这是他对亲人、对家乡的感恩。

生活如一幅画，张成用他的文字，在这幅画卷上填写了他的感悟和感恩。这幅画卷，因为有了他的这种情绪渲染，而变得丰富多彩……

对于文字，张成是享受的。他说："我玩作文是玩的快感，玩的享受，就不吝啬浪费那点时间了。"对于阅读，张成是快乐的。他说："我相信，他们每时每刻都和读书联系在一起，从他们的课件库，可以看到，都是心血的凝聚。"对于学习，张成希望是"致知"的。他说："我有一种新的感觉，学到的越多，不知道的就越多。"

对于张成的散文，我总有这么一个感觉，就如他在《人生若只如当初》中所写的那样："茫茫人海中，会有许多的遇见，有的注定就会忘记，有的一个转身就匆匆别离，有的遇见注定会在心中留有一隅。"张成所著的散文篇章都不长，但恰恰是这样的短小精悍，却给了我一个不小的惊奇。好吧，我承认，他的文字在我的心中已经留有一隅。一如他在文章中所言："邂逅一首好词，如同在春之暮野；邂逅一个人，眼波流转，微笑蔓延，黯然心动。"

在《时间都去哪儿了》一文里，张成写道："选择走仕途、选择当作家、选择搞艺术、选择经营企业，我个人的积累可以有这几种选择，我最终选择了经营企业。人的一生个人定位很重要。选准了方向，就需要经得住考验，百折不回。其实，人贡献社会的方式多种多样，只要你在自己擅长的领域做出了成就，也就是对社会做出了贡献。"短短的几行文字，道出了张成的人生观和价值观，或许这正是一直支撑着张成在他的文字世界里不断驰骋、不断追求、笔耕不辍的真正动力吧？

作者带着感悟、感恩和宁静的心态去叙事，在自己热爱的天地里写下唯美的篇章，这是我在书法上多年追寻未得的东西，也是我看到的诸多文学作品中普遍缺失的东西。但这一刻，我从张成的文字里，找到了这种热爱、这种唯美。“这一切真的很好！若问时间都去哪里了，一寸光阴一寸金，寸金难买寸光阴。儿时记下的那句格言，今天感悟更深！”读到此处，我静默无语，思绪飘飞。

张成君又要成著出版了，这本集子的书名为“家宴”。他所写的每一篇美文正如他所呈献的每一道佳肴，色香味俱全，精致而丰盛，值得您细细品味……

是为序。

汪平

二〇一五年十二月于宁波　　香墨草轩

（汪平，作曲家、书法家，中国音乐家协会会员，上海香梅画院副院长）

Contents 目录

■家宴 JIAYAN 心语

目录 Contents

■家宴 JIAYAN 随笔

Contents 目录

■家宴 JIAYAN 偶得

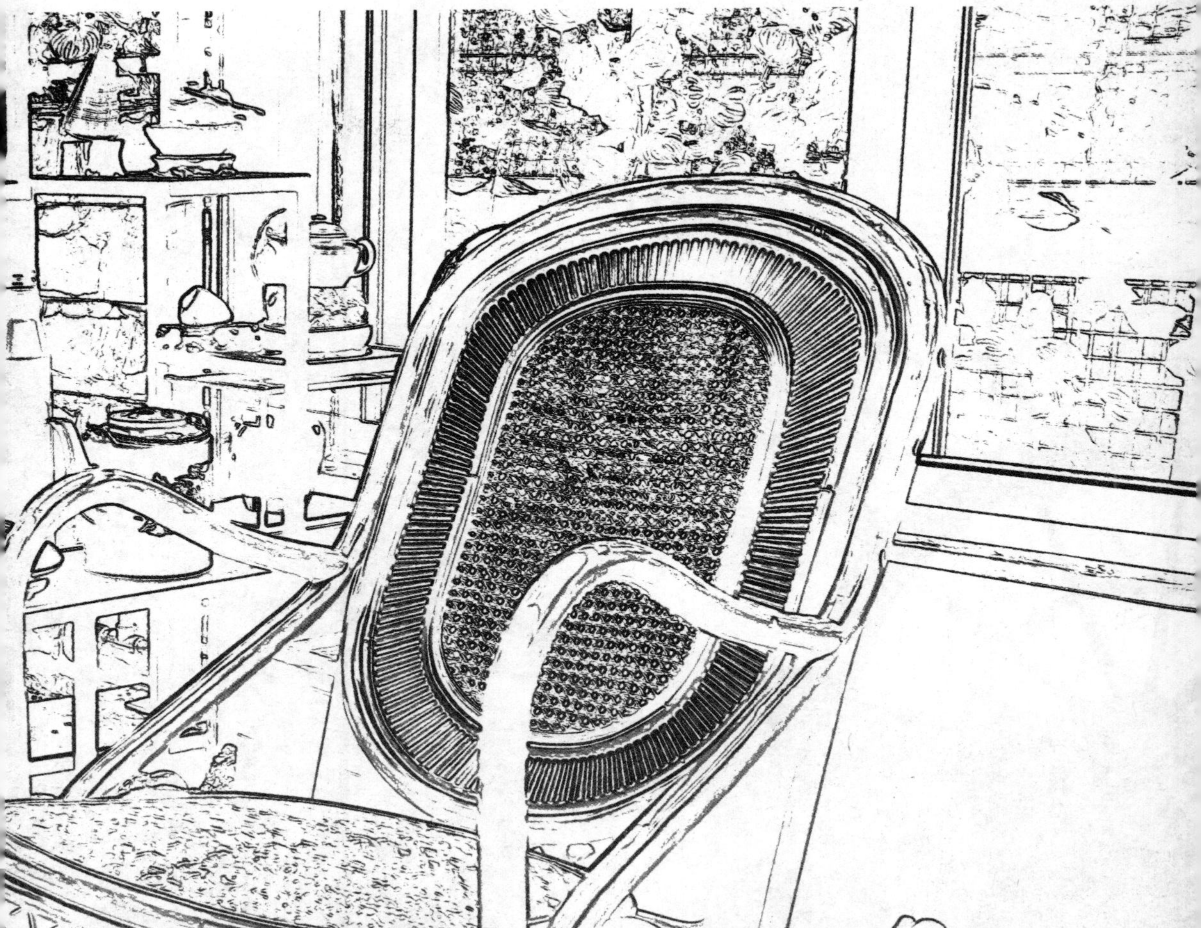

心语

女人是家中不可缺少的最重要的成员，有了女人的家才像个家，有了女人的家才是个完整的家。丈夫好好爱你的妻子吧，她是个不花钱甘愿奉献的保姆，是最理解你的人；孩子好好孝敬妈妈吧，妈妈对你无私地疼爱是谁也不可替代的。如果说，男人是家里的顶梁柱，女人就是家里的“风水”，决定着家庭未来的路。

女人是家里的“风水”

还能记得小时候一个熟悉的声音：“大——成——，回家吃饭啰——”她们把我的名字和最后一个“啰”字拖得老长。妈和姐都是这样喊，呼喊声能响遍整条街，当我正玩在兴头，这种回家的感觉，便是不能玩了，有点无奈。有时和伙伴玩得正在兴头，还是被呼喊声“拖”回家。由于各家各户吃饭的时间不同，于是各家的呼喊声在傍晚按顺序有规律地唤起，以致我们听到一个呼喊便知道下一个喊的是谁了。每天的呼唤如衔上清脆的韵律，依时绵延，一直延续到我十七岁上班。还有一种回家，是家里摆在门前的水桶卖钱了，傍晚便早早在门口翘首以待。爸爸披着晚霞从皇寺广场回来，在金色的霞光中，他迈着方步见到我们总是笑得像个孩子。然而他的笑容在我眼中，并没有捧在手上的纸袋，里面装着水煮的五香花生那样好看，那时候的感觉好像过年，不用妈妈喊，我便赶紧跟着爸回家，妈妈备好了洗脸盆，叫我们快洗手。这样的回家，多半有着期待，也多半有着收获。这样的童年记忆很难忘记，妈妈、姐姐一直呵护着，温暖至今。今年元月五日就出门了，二十日才到家，女儿和外孙到机场迎接我回家，一开家门，妻子和高英、小孔、小欧、小李，都在门口候着，很温暖，现在家里的女人掌管家事的已经是妻子和女儿了。现在社会这样的大家庭太少了，掌管好是很有学问和智慧的。我在外奔波几十年，家事都是由妻子经营的，安心工作得益于有一个贤惠的大内主政。拿破仑说过，“推动摇篮的手，就是推动地球的手”。这就告诉我们，女人是因为给男人和孩子一个温暖的家，才让他们有了推动地球的力气。

中国最有内涵的一个字是“安”，“安”字，上面一个宝盖头喻义为家，就是告诉男人，家里有一个女人，你的心里才能安宁。古语说，妻贤夫安，可能就是对这个字的深刻解释。女人是家里的“风水”，一个家庭是否幸福、平安，后代能否成材，跟这个家庭中的女主人的行为有着很大的关系。女人心身端正、乐善好施、心地善良，会为家及子孙后代带来无尽福德，避免家出祸端；倘若家里的女主人心怀毒念、口施毒言、不孝其亲、淫乱悖理，会致危身灭族之祸。所以古人云“好女人会旺三代，坏女人会害三代”。那些贪官的背后，往往有贪女人的作怪。女人打扮得干干净净，家里往往就整整齐齐；女人打扮得邋里邋遢，家里往往乱七八糟！心情也是如此：女人斤斤计较，小肚鸡肠，无事生非，家里永无宁日，鸡飞狗跳；女人大方得体，通情达理，家里必然财运旺盛，老幼身体健康。女人天生就是水做的，这个水就是家里的“风水”。有水性的女人，是旺夫之相。女人的命好与坏，就看她是否珍惜这个水性。女人太强，好景不长。这是因为女人水性太弱，背离了“风水”之命。尊重女性的男人，往往容易发财，也不容易折财。因为男人需要水性的滋养，才能将财气勃发出来。

厚德载物，厚德养家。女人是水，德行如水，有了厚德，才能承载家庭的发达。好女人，不是姿色，而是心色；好妻子，不是相貌，而是心貌。命由心转。有德行的女子，年龄越大，越有福相；无德行的女子，年龄越大，越有凶相。有凶相的女子，往往是家庭不睦，身体不好。一个家要靠着女人打理经营才能蒸蒸日上！女人一天围着家转，有时也烦。安下心来又想，家对一个人来说是那么的重要，让人觉得这个世界真好。有父母的牵挂，有爱人的体贴，有孩子的关心，还有什么能比这更好的地方？家好温暖，有家好幸福！别看柴米油盐、锅碗瓢盆，那是生活中不可缺少的插曲。有女人的家才是个完整的家，丈夫会安心地守在家中；有女人的家才是温暖的家，家中会笑声不断，欢乐不停，幸福永远！记得妈妈常常讲奶奶在世时的故事，仿佛眼前经常出现妈妈描绘的情景：老人穿得整整齐齐，爱人穿得干干净净，孩子穿得花花绿绿。是啊，这都是女人的功劳。吃着一桌可口的饭菜，我笑着，妻子乐着，孩子们美滋滋的。当我要出远门时，最放心有女主人在家，很安心有妻子在家。孩子最甜心，有妈妈的日子是最幸福的时刻，他们哪都不愿去，只想守在家中。女人是家中不可缺少的最重要的成员，有了女人的家才像个家，有了女人的家才是个完整的家。丈夫好好爱你的妻子吧，她是个不花钱甘愿奉献的保姆，是最理解你的人；孩子好好孝敬妈妈吧，妈妈对你无私地疼爱是谁也不可替代的。如果说，男人是家里的顶梁柱，女人就是家里的“风水”，决定着家庭未来的路。

二〇一五年一月二十一日写于家中雅茗居

三月任性

任性的三月。三月五日乙未年正月十五又称上元节，和“雷锋节”不期而遇，三月六日惊蛰，三月八日女人节，三月十二日植树节，三月十五日“消费者节”……

记得去年二月十四日，是正月十五元宵节，也是西方的情人节。这两个节日在一天相遇，据说十九年才有一次。民俗专家说，元宵节在古代其实就是情人节，什么“月上柳梢头，人约黄昏后”就发生在元宵节的灯会。也许，对大多数人来说，当元宵节遇见情人节并不是非此即彼的选择。元宵节是传统社会中一个热闹而浪漫的节日，许多青年男女实际上就是把元宵节当成“情人节”来过的。传统社会的年轻女孩不允许出外自由活动，但过节却可以结伴出来游玩，这就为当时未婚男女的相识提供了交谊和沟通的机会，未婚男女借着赏花灯的时机为自己物色对象、传情达意。更有甚者，那就是冒险幽会或干脆私奔了。宋朝人陈嘉言《上元夜》诗中有两句写元宵节青年男女的活动很具体。诗云："连手窥潘掾，分头看洛神。”“潘掾”指潘岳，西晋时天下第一帅哥，为所有的女子所倾慕，这里泛指美貌男子。“洛神”就是宓妃，这里泛指美貌女子。这两句诗是说美女们群集河桥，偷窥“潘掾”，暗送秋波，男士们则分头行动，饱览“洛神”秀色，有的大饱眼福，有的期盼姻缘。足见三月自古就任性。

再说惊蛰，是二十四节气中的第三个节气。太阳到达黄经 345 度时为“惊蛰”。惊蛰的意思是天气回暖，春雷始鸣，惊醒蛰伏于地下的冬眠动物。蛰是藏的意思。晋代诗人陶渊明有诗曰："促春遘时雨，始雷发东隅。众蛰各潜骇，草木纵横舒。”实际上，昆虫是听不到雷声的，大地回春，天气变暖才是使它们结束冬眠，“惊而出走”的原因。“春雷响，万物长”，惊蛰时节正是大好的“九九”艳阳天，气温回升，雨水增多。惊蛰发生在每年的三月五日或六日，三月真的可以任性！当然，我家在东北，此日此时却仍然是冬天景象。

还记得前年应学弟开奇之约去扬州的时候正是农历三月。李白一句“故人西辞黄鹤楼，烟花三月下扬州”，这一路行来，便让人感觉无限爽快。唐、宋时期的扬州，是江南最繁华的地方，也是最奢靡的地方。古人言“腰缠十万贯，骑鹤下扬州”，可见有钱是要到扬州去花的。我想起了那首歌：“牵住你的手相别在黄鹤楼，波涛万里长江水送你回江南，真情伴你走，春色为你留……烟花三月是折不断的柳，梦里江南是喝不完的酒，等到那孤帆远影碧空尽，才知道思念总比扬州那西湖瘦。牵住你的手，相别在黄鹤楼，真情伴你走，春色为你留……”只是这个烟花三月是阴历的阳春三月。一首李白诗，一句“烟花三月下扬州”火了扬州，从此三月任性千多年。

说三月够任性，更是有我自己的缘由，三月八日是我母亲的生日，那时候在中国虽然还不认识这个节日；三月十二日植树节是我的生日；三月十五日“消费者节”是我父亲的生日。我和我的家人就是和三月的大事件结缘！这是我这个人的心智模式，随缘吧。人的一生，总是先认识了身边的人，先从认识爸爸妈妈开始，后来又渐渐的认识很多人，然后，才认识了这个世界。是的，爸爸妈妈不仅给予我们血肉之躯，更给了我做人的思想，形成的随缘这种心智模式。一个人身边有多少人，就有多大的世界；有什么样的人，就有什么样的世界。这些人修养学养的高低，决定了人的高雅与低俗、辽远与浅狭、明媚与猥琐。一句话，朋友圈的质量，就是人们看的世界的质量。这话说得好！任性的三月我来了，为团队而来，为朋友而来。这里是科学的殿堂，这里在探索细胞的营养，这里是一个神奇的地方；这里更是一个有爱的地方；这里会带给我许多的欢乐；在这里有不同的认知；在这里可以谈天说地，博古论今，感染着你我他；在这里没有阴云，眼睛是晴空的颜色，永远看着的是应该这样美好，善良，勇敢，热爱，完完整整地投射出来，从此世界不再波澜不惊。哟！我可以认定：这样的三月可以任性！

二〇一五年三月七日

女儿长大

【题记】太太的微博：三十多年前的今天，我的女儿降生了，从此，我的生命中有了责任，有了牵挂，有了希望，更多的是有了幸福与快乐！我爱我的女儿，祝女儿生日快乐！

很多人都说，人这辈子，一定要有一个女儿。女儿小时候，春天来了，我带她观察小河怎样冰雪融化；公园里桃花开了，和她一起感受大自然的清新与美丽；夏天来了，星期天休息时带她去划船，领她到商业街吃“中街大果”，分享大自然的热情；秋天到了，领她观察楼下落满树叶的小路，带她到郊外看满山的红叶，感受秋高气爽；到了冬天，我盼着下一场大雪，带着她跑到野外，打雪仗、堆雪人、拍照片，还必须找个大晴天，去广场晒太阳，安享冬日里的暖阳。

女儿就是这样长大。后来，她又长大了些，变成了小淑女，妈妈喜欢给她扎头发，打扮得“美美哒”。我喜欢给她念唐诗、宋词，还喜欢让女儿和我一起写字、画画……培育她成长。我是女儿的老师、朋友、伙伴，陪她度过人生中最单纯美好的时光。

女儿真的长大了，她不仅完成了学业，并且现在还在继续念书深造，她成了我的替身，接班人，更有时候成了我和太太生活中的“领导人”。我却有一种歉疚感，她的青春太多的奉献给了事业。因此，我希望女儿青春美丽，我更希望女儿优雅！

美丽，是一场长跑。它不属于某个年龄阶段，而是整个人生。二十岁活青春，三十岁活韵味，四十岁活智慧，五十岁活坦然，六十岁活轻松，七八十岁就成无价之宝，更是要优雅，即使老，也要优雅地老去。时光，对每一个女人都是公平的。我们有了细胞营养素苷肽，还你二十岁不是梦想！现在我的女儿，和十年前没什么大的区别，在朋友圈子里还经常被朋友们称为青春妙龄……当然，我为之自豪！

这是我的理念，也是时代的音符，希望我的女儿做一个优雅的女人，这是女人一生中的崇高境界。优雅是表现风度举止的一种方法，它是自然的、有个性的、简洁的、调和的、知性的，还有是宽裕的，绝对不单指外在的美丽，而是顺应生活各种不同状况而反映出来的内心的一种智慧。我希望我的女儿是一个善良而大度的人，在天地间存一份慈悲心。我希望女儿要有学识，有才华，有不俗的谈吐和智慧。张府家风希望她还必须是个勤劳持家的人，要像她的母亲一样包容、大度，学会体贴大家庭中的每一个人。

钱钟书的妻子杨绛老师曾说，一个人经过不同程度的锻炼，就获得不同程度的修养、不同程度的效益。好比香料，捣得愈碎，磨得愈细，香得愈浓烈。我们曾如此渴望命运的波澜，到最后才发现：人生最曼妙的风景，竟是内心的淡定与从容……我们曾如此期盼外界的认可，到最后才知道：世界是自己的，与他人毫无关系。所以，你生命中遇到的问题，都是为你量身定做的。不要轻言你是在为谁付出和牺牲，其实所有的付出和牺牲最终的受益人都是自己。人生是一场与任何人无关的独自的修行，这是一条悲欣交集的道路，路的尽头一定有礼物——就看你能不能得到。

我希望，女儿时常读一读这位百岁老人的这段话。今天是女儿的生日，作此文以勉。

二〇一五年六月二十九日

天天华章 妈妈芳草心

哈哈！我最得意的事，是提出来让孩子晚上一年学，让天天（外孙）在幼儿园多待一年，可以多玩一年，多享受一年无忧无虑的快乐时光，相当于送给孩子一份生命的厚礼。

让小孩子晚上学是育儿工程重要的组成部分，旨在选择孩子最佳的入学时间。育儿是一项宏大的工程，据说犹太人给孩子的书上涂蜂蜜，让小孩去舔书上的蜂蜜，所以犹太孩子从小就对书有好感，喜欢读书，就像品尝蜂蜜。还有犹太故事说，犹太家长常会问孩子，如果有一天家里着火了，你只能带走一样东西，你带走什么？当孩子说金钱的时候，家长就会说，带走知识。因为金钱会用完，而知识可以获得无穷无尽的金钱。

张府育儿的核心理念是培养孩子的兴趣。埃米莉·迪金森在《没有任何快艇像一本书》中说，“没有任何快艇像一本书，把我们带到遥远的地方；也没有任何骏马，能像一页欢跃的诗篇，最贫穷的人也可如此跨越旅行，而不必被迫为通行纳税；这运载人类灵魂的马车是多么节俭朴素！”

在张府，晨可闻读书声，书案、书房、文房四宝和写字画画总是一道道风景。书早已是天天的最爱，只是为了孩子的兴趣，没有教天天识字，天天读书就要累家里的阿姨讲了。在我看来，培养读书的兴趣最重要，天天不仅喜欢读书，还特别会编故事，讲起故事来不仅人物关系清楚，故事情节也很生动有趣。

东晋诗人陶渊明，热爱田园生活，喜爱读书。他写了一首诗："盛年不再来，一日难再晨。及时当勉励，岁月不等人。"告诫人们要珍惜时光，好好读书。天天上学了，正式地开始了读书的生活，多玩了这一年不仅是丰富了童年的乐趣，更是身体、智能全面长进的一年。上学了，天天妈妈就必须按照学校的作息时间安排而让孩子适应，养成良好的习惯。

唐代文豪韩愈在一首读书诗中写道："读书患不多，思人患不明。患足已不学，既学患不行。"指出在治学的过程中，要"多读、多思、虚心、躬行"。妈妈还必须多从古人的读书经中找出教育孩子的正确方法。

比如，唐代书法家颜真卿写有一首流芳千古的《劝学》诗："三更灯火五更鸡，正是男儿读书时。黑发不知勤学早，白首方悔读书迟。"他劝诫人们要勤奋学习，不要错过读书的好时光。

晚唐诗人杜荀鹤，酷爱学习，他写有一首优美的《闲居书事》诗："窗竹影摇书案上，野泉声入砚池中。少年辛苦终事成，莫向光明惰寸功。"

宋代爱国诗人陆游，对读书情有独钟，他写过多首关于读书的诗。其中有千古流传的《冬夜读书示子聿》诗："古人学问无遗力，少壮工夫老始成。纸上得来终觉浅，绝知此事要躬行。"告诫儿子，只从书本上得来的知识还是片面的，更重要的是要亲身实践。

宋代哲学家朱熹，写有一首富有哲理的《观书有感》诗："半亩方塘一鉴开，天光云影共徘徊。问渠那得清如许，为有源头活水来。"这首诗把读书和人的知识更新比喻得非常形象生动。

天天大号华章，曰李华章。妈妈大号怡芳，常用名方芳。母子是缘分，父女是缘分，生长在读书人家，书是缘分……天天书写人生华章，有一份怡悦的母爱如寸寸芳草心。读书就犹如默默地用纯洁的心灵去体味人生这一片绿地，默默地用美妙的憧憬去悸动这一方天空。绿色，是挡不住的诱惑，追求是无法抑制的信念。我们每个人都在辛勤地耕耘，我们每个人又都用渴盼的目光去看外面的世界，外面的世界色彩纷呈。

伫立海边看帆，看飞翔的鸟，用心去倾听涛声，静坐山头遥望轻轻移动的白云，去想属于自己的心事，用心灵去读出无数深情的诗章，小憩人生旅途中每一个驿站，便会发现每一个脚印都是那样的深沉和坚定，阅读整个人生，我们便拥有一切，因为我们为整个世界献出了真诚！

二〇一五年八月二十八日

JWEONI WEARS
JWEONI WEARS

少年强则国强

带孙子的过程真好比一场“忘年恋”！“小少爷”纯真无邪的成长过程，可以让姥爷心情舒缓，特别是对忙碌中的姥爷，感情上有了更多寄托。走南闯北的，无论到哪里，心里都想着给“小少爷”带礼物，那一时间可以忘记身体上的劳累，缓解一切紧张焦虑的情绪。有人称之为“孙子疗法”，确实有一定的合理性。姥爷在社会上怕是还要工作一些时间，回到家里和“小少爷”在一起，情感上也会“变小”，与小孩的情感交流过程中，感觉到又回到童年了。和孙辈交朋友，重新激发了责任感，“少年强则国强”，让生活重新找回了重点。此外，“小少爷”情感发育的过程，让姥爷有了一种情感依赖。这是忘年的感情，心肝宝贝似的，有了更浓烈的牵挂。

在中国社会里，每个人的青少年时期都是在自己的家庭里度过的，一生的成长离不开家庭的呵护。当你长大以后，要对长辈父母有所回报，孝敬父母。西方文化不然。西方人举行成年礼之后，当天就可以喝酒，晚上可以不回家，他认为自己经成熟，可以脱离家庭了。而在中国，举行了成年礼之后，你对家庭就有责任了，跟家里的关系更深了。家庭是社会的细胞，只有每个细胞都健康，社会机体才会健康。中国社会注重伦理，称为“五常”或者“五伦”，有夫妇，然后才有父子；有父子才有兄弟；然后才有君臣、朋友。所以在中国文化里，家始终是社会的基本单元。传统的中国家庭聚族而居，往往有四世同堂、五世同堂的，提倡兄弟不分家，不仅家族内部可以形成合力，而且老人含饴弄孙，尽享天伦之乐；孩子绕膝玩耍，处处受到老人呵护。在中国人的内心深处，家永远是最温馨、最柔软的一块地方。正因为如此，一到过年，无论你是在百里、千里之外，还是平时日理万机，都会赶回家去与亲人团聚。

我的最乐是每年年三十子夜，“小少爷”给坐在罗汉床上的姥爷叩首问安！一打压岁钱送去我的平安祝福。记得小时候，压岁钱是妈妈在三十夜里我们睡熟了压在枕头下面的，正月初一一大早在换上新衣服前，总是先往枕头底下一摸，偷偷地在被窝里看看是多少钱，因为独生子的我会比女孩子得到的压岁钱多好多。童年的记忆总能勾起无限的遐想。关于压岁钱，有一在民间广为流传的传说。说古时候有一种身黑手白的小妖，名叫“祟”，每年的年三十夜里出来专害小孩儿。在嘉兴府有一户姓管的人家，夫妻俩老年得子，视为掌上明珠。到了年三十夜晚，他们怕祟来害孩子，就逼着孩子玩。孩子用红纸包了八枚铜钱，拆开包上，包上又拆开，一直玩到睡下，包着的八枚铜钱就放到了枕头边。夫妻俩不敢合眼，挨着孩子长夜守祟。半夜里祟果然来吓唬孩子，却不小心碰到了红纸包，纸包竟发出一道亮光，吓得祟急忙缩回手尖叫着逃跑了。管氏夫妇把用红纸包八枚铜钱吓退祟的事告诉了大家。大家也都学着在年夜饭后用红纸包上八枚铜钱交给孩子放在枕边，果然以后祟就再也不敢来害小孩子了。因而，人们把这钱叫“压祟钱”，又因“祟”与“岁”谐音，随着岁月的流逝而称为“压岁钱”。然而传说终究是传说，过年给压岁钱的习俗实则经历了一个漫长的演变过程。

当今如圣诞节这样的西洋文化在社会有一定的影响力，然而重视传统文化的传承已经得到全社会的共识。从文化角度上看，东西方世界各有所不同，这是因为文化底蕴不同，文化传统不同造成的。西方有西方的优秀文化传统，推动着西方世界向前发展；东方世界有东方文化精华，创造东方世界文化的辉煌成就。比如，公历起源于西方的“太阳历”，阿拉伯数字起源于印度却由阿拉伯人推广传播开来，富有西方文化的色彩。相对来讲，东西方各有千秋，都有自己的优秀文化传统。在过去，由于交通条件的不便，影响了文化的交流，阻碍了文化交流传播。但是，优秀文化本身没有民族界限，没有国界的区别，对人类社会的发展进步起着积极的推动作用，这是值得肯定的，也是公认的事实。

中华民族的春节起源很早，可谓有着悠久的历史。春节文化是中华民族文化精髓的一部分。从某种意义讲，春节印记着中华民族的聪明智慧与自然抗争的史实。把一年的时间分为四个季节，再把每个季节分为六个小节气，每个节气有十五天的时间。为了修正长年运行的时间误差，特以闰月的形式来调整偏差时间，这就是中国长期使用的历法——农历。这个传统的历法中国各个朝代一直沿用，它对中国的农业生产起着积极的推动作用。二十世纪初，梁启超写下了激扬一代中国人的巨作《少年中国说》：“少年强则国强，少年富则国富。”而今天，梁启超曾寄望少年具有的希望、进取、日新、破格、好行乐、盛气、豪壮、造世界、“常思将来”“常觉一切事无不可为”的气质都在这一代身上依稀地可见。可是，代价是他们身上的中国传统日趋稀薄，他们身上的特质与个性不复存在，难得见到中国文化传统的影子。到哪里才能找回我们丢失的传统？怎么样才能写出一篇《新少年中国说》！我们任重而道远！

二〇一五年二月二十五日写于家中大书房

四世同堂

大年初三难得上午家里没有安排客人，抓紧时间串了个门，去看望九十岁的老姨。家有老人是个宝。九十岁的老姨身板硬朗，每天饭前都喝上二两白酒。老人家三个儿子一个女儿，一辈子和小儿子一起生活，如今几个孙子孙女都有了孩子，是一个圆满的四世同堂之家。母亲在，家才是安魂入梦的地方，在外忙碌了一天，回到家来，亲热地叫一声“妈”，才能充分感知家的温馨和踏实。家有老人，就意味着这个世界上最永恒的亲情还在。老姨的女儿也快七十岁了，早已经退休了，一个星期要四五天住在妈身边。可以帮助弟和弟媳照顾老妈妈，早上陪伴老妈妈去公园，晚上陪老妈妈打麻将牌。是呀，不管自己年龄多大，只要家里有父母在，总觉得自己还是孩子，因此便不觉得年老，心里总存着一股蓬勃的朝气，身上总感到有不尽的活力。只要父母在，就会觉得生命的黄昏离自己还很远，还在生命的正午，还有许多的时间把梦想变为现实，脚下生活的路，还是那么的阳光灿烂。

我挺羡慕老姨家这样的孝敬的家风，四世同堂和睦相处。我更羡慕父母健在的人，有父母在可以孝敬他们，可以缠绕在他们身边，还可以做一个他们眼里长不大的孩子，感受那份永远不会苍老的父爱母爱。在张府，女儿是我的自豪！家里忙里忙外的大小姐方芳，从年三十开始组织大家庭的活动。

每天二三十位客人，真可谓上有老下有小，身为姥爷的我虽尚未老，“小少爷”和干亲儿子、女儿带来的孙辈们尚小。在张府这样的大家庭过大年安排迎来送往是件很繁杂的事，方芳已经游刃有余了。日常生活工作，方芳和东岩撑着天，为了大家庭的和睦，传承张府父慈子孝的家风，他们的努力有明确的目标。他们的辛苦和付出，被认可了！有家庭、有父母在身后的支持和鼓励，他们无论在外面遇到多大的风雨，家庭的港湾是永远温暖的怀抱。有父母，有孩子，有家，有爱，无论多么的辛苦和劳累，都是幸福的生活。他们即将奔向中年，上有老下有小的日子，其实是人生最充实最幸福的日子。因为自己的孩子还小，还要他们养育和操劳，就更有了努力拼搏的动力。

孩子是生命的延续，是每个人心中最甜蜜的温暖，足够我们终生沐浴。张府的家风，在孩子身上有了完美的体现，对孩子的人生，比对自己还要认真。方芳从小在家里娇生惯养，在学校做少先队大队长、学生会主席、共青团书记，大学毕业在企业里成长。在张府，从我们夫妻到方芳和东岩，一代一代传承。孩子教会了我们如何去爱，无怨无悔地爱。孩子让我们懂得什么才是真正的爱，因为一个不爱孩子的人，是不会真心去爱任何人的。

老人和孩子终有一天会和自己分手，到那个时候，上有老下有小的日子，便会成为最充实的记忆和一生的怀念。我们这一代父母离世过早，每想到这一点，我们更有理由告诉方芳和东岩，去珍惜生命里上有老下有小的日子，那是上苍赐予自己最美好的一世情缘。是呀，我们这一代人在岁月的风霜里，曾经的遗憾，曾经的不满，曾经的苦难，都是被自己的孩子所抚平弥补，生命被孩子装得满满，从方芳、东岩一直到天天。待张府四世同堂之时，我们这一代将老去，心里向往着慢些！

二〇一五年二月二十一日写于 A 座生活间

人生最美在港湾

小时候妈妈经常讲我奶奶常说的一句话：天天给她吃精米饭，整天给她脸子看，也不如和颜悦色，天天吃破米粥。最近，我在网上看到于丹讲了几句话很有同感。第一句话是“百善孝为先”。第二句话是“百孝顺为先”。意思是说：天底下能做的善事多得很，但是最重要的，需要放在第一位的，应该是孝顺父母、尊重长辈；孝顺父母、尊敬长辈的方式多种多样，但是顺应、顺从老人，让老人高兴，也应该是第一位的。第三句话是“孝顺老人的关键是始终给老人一个好脸色”。于丹所诠释的孝道，自古就是父母心底所企盼的孝道，并不是子女给他们的锦衣玉食、荣华富贵、出人头地，而是希望子女们的一生都能健健康康、平平安安、顺顺利利，努力做一个对社会有用的人，一个人格高尚的人，一个不给别人添麻烦的人，而这种孝道充满着朴素、洋溢着温暖、渗透着真情，也正是“可怜天下父母心”的内涵所在。

今天引出这个话题是因为早上读了一篇博客。文章说：“晚上朋友小聚，聊天至夜深才回家，走在小区的路上远远地就开始往家窗口方向张望，看见窗户里的灯已熄，知道母亲入睡了，松口气，因为不想看到母亲因我回家晚了而冷漠的表情，实在让人窒息。最近觉得母亲真正进入老年了，怕生病、怕劳累、更怕孤独……没有了前几年的独立坚强，变得依赖无助，没变的是用冷漠来表示对我的不满。这些不满是我工作八小时之外的时间没能都陪在她身边，回家晚点生气，晚上朋友之间有点事归家晚了她生气，出差几天不在家也生气……她不能理解我也应该有我自己的生活，我时常被她的这一举动影响，心情差到极点！

这不，今天大清早又开始冷落我了，本想这次不再迁就她，打算‘以冷制冷’的，可就在我小心翼翼地打开锁走进门的那一刻，看到桌上留好的饭菜、卧室里擦好的席子，我的心一下子就被融化了，心里不再那么冷！眼前似乎看到了一双期盼的眼神，心里想起了所有母亲对我的好！反而开始自责起来！”

这篇小文引起了我的深思，人生最美在港湾啊！如今“七〇后”开始向人生的中年迈进，就如同女儿这一代人，上有尚未太老的父母亲，下有成长中的孩子。承前启后的一代人啊！我常说生命是一本书。女人的容颜是上帝恩赐于这本书的封面，只有在生命的途中用知识不断去填充，不断去完善，不断去书写善、书写真、书写修养、书写素质、书写高贵的品性，才能使这本书具有丰厚而高雅的内容。如果说青春的容颜是一季的风情，那么成熟的韵致便是生命常青的风景。风韵，是女人盎然不败永远葱郁的春天！女人是每个家庭的园丁，慈爱子女，孝顺父母是她们神圣的天职！

清晨，怀着这样的心思，一首熟悉的歌曲一直在我的耳边响起："你静静地离去，一步一步孤独的背影。"我眼前仿佛出现一个着力刻画的母亲孤寂的形象，是一步一步走向独居的老屋？是一步一步孤零零地走出送别的站台？还是像燃尽了油的蜡烛、吐尽了丝的春蚕，一步一步静静地走向人生的终点，走向最后的归宿？无论是怎样一种诠释，都会让人黯然神伤、潸然泪下！

接下来一句"花静静地绽放"用的是比兴手法。母亲的青春岁月不正像一朵花吗？把自己最美丽的时光全给了儿女，自己也慢慢老去、枯萎，一切都在无声无息、不知不觉中悄然逝去。接下来引出了一句对母亲的思念："在我忽然想你的夜里"，"其实你一直都是我的奇迹"，不是说我创造了奇迹，而是说"母亲是我心中的奇迹"，母亲为儿女所付出的一切，所做出的巨大的牺牲，是人间奇迹，是爱的奇迹！

是啊，岁月的风霜无情地染白了母亲的青丝，一年一年春去秋来，儿女们羽翼丰满，拥有了自己自由翱翔的天空，也耗尽了母亲的心血。白发霜鬓本遮不住笑颜，是母亲一生只知把爱全给了儿女，把世界给了儿女，没有一丝享受的念头。母亲已经习惯了默默地奉献，她从不思回报。而儿女们在放飞自己梦想的同时，是否也曾记得走进母亲的心中，去了解母亲的心灵世界？不知母亲心中苦与乐，是儿女多么不应该的疏忽呀！

有人说母亲的一生是一本无言的书，书里只有一个字，那就是"爱"。对这个"爱"字体悟最深、感受最真的子女，自能读懂母亲，所以为母亲的孤寂心痛。而子女能回报母亲的，除了爱，还是爱！但言寸草心，报得三春晖。

二〇一五年七月二十六日

地界

小时候我非常渴望拥有一个藏书、读书的清雅地界，也好做做风雅梦。后来，我真的拥有了一间书房，那年我工作了，老爸决定把家里的小二楼分配给我独用，做卧室兼书房，于是我的梦想变成了现实。在二十世纪七十年代，一家子五六口人同居一室是很平常的事，我一个人拥有一间十八平方米的书房兼卧室够奢侈的。书房里“一头沉”的写字台，一个高低书橱和一个五层的书架，都是我自己做的家具。在那个时代，可想而知我是何等的骄傲！

我是从文学少年走向文学青年的。从小喜欢书，最先读的书都是我爸爸年轻时读过的“旧书”，我们从小学习简化汉字，旧体书读起来必须借助字典，于是，字典成了我的“哑先生”。几本旧书勾起了我的藏书梦。几十年下来，先是胡乱积攒了一些书，后来开始了系统藏书。辞书类、史书类、外国文学、中国文学、社会学、经济类；大部头的《四库全书》《二十四史》《资治通鉴》《莎士比亚全集》《中国文库》《墨香斋藏书》《张爱玲典藏版》《金庸全集》《茅盾文学奖获奖作品全集》等等；精装书、线装书，还有一些孤本藏书，还收藏了一些旧版古书，一共有几房子书。藏书的地界大了、多了，都叫“雅茗居”。我的书倒是不怕别人看的，但遗憾的是，到过我家的人，不管生人或熟人，好像很少有对我的书感兴趣的，顶多有人说一句，哦，这么多书！好在读书是很自我的一件事。即便是一群爱书人聚在一起，也不过是表面图个热闹，其内心里却仍然未免各怀“书”思。

书房，是精神的巢穴，生命的禅房。“雅茗居”是张府书房雅号，自谓“雅茗居士”书斋也。我分散在各地、各处的书房陈设也大不一样，有红木中式的，也有古典欧风的，不过都是桌、椅、茶台、画台、书橱而已，藏书满架，“偃仰啸歌，冥然▮坐，万籁有声”。

无论在上海、沈阳的书房，还是在大成庄园或私人会所，或者在小花园景仰亭，吟诗诵文，伴着清晨鸟儿的呢喃，会发觉，获得的不仅是知识，还有精神的充实。当细雨打在屋檐上时，听雨书斋中。打开书橱，昔日的韵香喷面而来，有种迷醉感。读书是一门艺术，它能使你的精力充沛，使你从无知到有知，使你的眼睛饱福。一个哲人说过，你如果想成为一个有品位、有思想的人，就必须有“恋书情结”。

几十年读书我发现，书中的奥秘实为不少。看着文字，活像一个个小蝌蚪，引诱你的眼睛去洞穿它的真谛，领悟它的神韵。书拯救了我，它就像一场甘霖，滋润了干渴的我；它就像一缕阳光，温暖了冰[illegible]的心；它就像航标灯，为迷失方向的我导航。经过书的洗礼，可以成长，可以变得有品位。

记得《我的书房》一文里有这样一段话：“……倘若问我：这么多书，你都读过吗？问这问题的人就更可笑甚至可恶，从此可以不再让这类东西进书房了，它们（不要改为‘他们’）是书的‘丧星’，只该令其去当负责说空话的闲官或做与书无关的稳稳当当赚钱的生意。”我也不止一次听到有人问我同样的问题，我一般都淡淡地回答：有些读过多次，有些仅仅是读过而已；有的只是大体浏览过，或者读过一部分，种种原因没读下去；还有的大概只是翻了翻，有的没了兴趣读，有的想留待以后读，有的只是听别人说好就买来了，结果并不是自己喜欢的；还有些甚至是单单看着封面设计得好，或者书名起得好，就买来了。总之，有读书的地界对喜好读书的人是不够的，还要有藏书的地界，因为吸引买书的缘由很多。画画泼墨的大画案，写字画画也是不可缺少的。

二〇一五年三月四日

巨流河之夏

“巨流河之夏”篝火晚会上，东北大学 MBA 研习班的精英一亮相，就吸引人的眼球，接触中，悦耳的声音，妙语连珠，博得满堂贺彩引人注目。他们是我女儿的同窗学友，也有一些是她的闺蜜，都是成熟漂亮、举止优雅、言谈别致的职业女性。

一个人成为对社会有用的栋梁之材，是一项人才培养工程。我推荐女儿方芳出任中国细胞营养学研究会理事长，我一直希望女儿做一个优雅的女人，做一个会说话的女人。因为，会说话的女人，总能让朋友喜欢她，让陌生人很想亲近她。在她很小的时候，我就很注重培养女儿懂得什么时候该去赞美别人；让她懂得在别人说话时给予最大地认同，最会倾听对方心底的声音；让她懂得如何巧妙地用问题来引导别人，让别人尽情地诉说，并从对方的叙述中获得自己需要的信息。

长得漂亮，愉悦的是眼睛；说得漂亮，愉悦的是身心。一个女人可以长得不漂亮，但是一定要说得漂亮。一个职业女性，无论什么时候，渊博的知识、良好的修养、文明的举止、优雅的谈吐、出口不凡的表达，一定可以让她活得足够漂亮。

我经常对女儿讲，善良，对于女人来说就是她的底线。自私自利、心狠手辣，即使她再成功再漂亮，失去了善良，所有的一切都将黯淡失色。特别要求已经在领导人岗位上工作的女儿注重尊重他人，内心深处牢牢扎下人和人都是平等的根子。在生活和工作中，所有的人都应该享受同样的目光和待遇。不自尊自爱，即使把自己打扮得再风光靓丽，也会遭人厌恶。有人说女人可以不漂亮，可以少点气质少点文化，但不能没有教养。好女人不能缺少温柔，温柔是女人最美丽的衣裳。

女儿长大了，做一个女人要扮演很多角色，女儿、妻子、媳妇、母亲。充当好这些角色需要耐心，否则会带来许多不必要的矛盾。如果男人的热情多半都用在事业上，他会推进物质世界的进步。职业女性也必须把自己的热情分一半用在家庭上，她会推进人类本身的进步。

在和女儿的交流中，谈及一个成熟的女人，她说，必须弄清楚“干净”这个词有两层意思。一是家庭环境和自身整洁，二是指精神生活的干净。如今是知识丰富多彩的年代，知识直接影响人们的生活。知识不一定来自课本，更是来自人生的积累。一个好女人要学会平衡各种关系，包括人际关系、自身能力、经济理财、心态的平衡。

我觉得女儿真正成熟是在她做了母亲之后，是在她对于女性的自觉方面。

在做母亲之前，人是比较以自我为中心的，有了孩子之后，有时候必须把自己所有的一切都放在一边。儿子长到七岁了，她写了两千五百多天的宝宝成长日志，并且每天都配上当天的生活照片，是了不起的育儿工程。女儿是职业女性，经常遇到某项工作必须自己去完成，可是那个非常脆弱的幼小的生命若是生病了发烧怎么办？对这一个小小的生命的责任，其实远远地超过当了妈妈的我的女儿所有的自我追求。我发现做了母亲之后，女儿迅速地成熟。心理学家都会告诉我们，所谓成熟就是自己那个自我变得小了，而自我以外的那个成熟变得大了。

“巨流河之夏”是一次夏令营，是美好的、美善的一次聚会，其令色，美女如云；其令辰，美好的时光；其令居，吉善的美丽庄园；其令音，美言佳音放声高歌的自由舞台！“巨流河之夏”是一次夏季里最美好的营地活动！

二〇一五年七月二十二日

喜怒不形于色

有女儿时才二十几岁，青春年少的我心里暗暗地树立一个育人的目标：把女儿培养成一个阳光女孩；一个乐观、豁达、懂得理解和关爱他人的女孩；一个善于接纳自己、有责任感、有幽默感的孩子。女儿渐渐地长大了，我慢慢地尝试着以恰当的方式表达对女儿的关注和培育，引导而不是限制女儿的成长，给女儿足够的自我探索的空间，包容她的一切。避免女儿失去活泼、童稚和自由成长的机会。这是我一生的追求。至今我依然记得女儿读小学时，给她讲的《喜怒不形于色》的故事：一次独唱音乐会上，一个男高音歌唱家一次一次地返场，歌唱家一直注视着一号包厢里那位高贵的小姐，又一曲唱闭，全场掌声雷动，歌唱家见到包厢的小姐轻轻地鼓了掌……歌唱家无比激动地跑下舞台直奔包厢……我告诉女儿，那个小姐的举止就表现出一种高雅——“喜怒不形于色”。“不以物喜，不以己悲”，这也是我希望女儿修为的理想境界。

随着女儿大学毕业走上工作岗位，更是和她多交流读书体会。比如“喜怒不形于色，好交结豪侠，年少争附之”，语出《三国志》，形容有城府的人，从内心和表面不会被别人瞅出他的情绪。在生活中，让她树立起人生大目标、大格局，喜怒不形于色的人是能够成大事的。并非卑躬屈膝，装出笑脸，更不是为了奉承上司，而是始终保持自然的神态，喜怒不形于色。没有一定的知识和阅历的人，是很难做到的。但只要你想做，并不是不可能做到。每天起床后，或睡觉之前，对自己说一声“我绝不表现出不耐烦的神色”，以此警醒自己，或者是在日记上，仔细写出来，要每天持续不断地做。

时常对女儿讲，自古以来，凡是成功者很少有因外界的事物而亦喜亦忧的。当然，人有时会高兴，有时候不免忧愁，但千万不要被情绪所左右。有高兴的事，表现在脸上无妨，但悲哀的事就尽量不要表现出来。因为将一切都表现在表面上，更会促使情绪强烈化，而不能忍受悲哀。如把愤恨表现在脸上，恨也会加倍。因此，成功立业之人，对这方面都尽量不形于色。

当失意或得意时，都能泰然自若，不表现出不悦之色或骄矜之色，旁人看来，会觉得你很了不起。

做到喜怒不形于色，为人处事才会达到理想的效果。女儿长大了，她也有了儿子，她还成了大成伟业的传承人。现在对她的要求更高了，是父亲的要求，更是事业的要求。她明白了，人心如路，越计较，越窄；越宽容，越宽。生活从来不复杂，复杂的是人为逻辑，世界怎么样，清清▮▮、明明白

白，人生这场过往，不过是个观察者、回忆者、思考者，所有的故事过往，不管它是悲伤、快乐，还是惋惜、希望，包括那些过眼的流云，落地的雪花，都是岁月的语重心长，更是这个世界的殷殷期许。

我时常以老师的身份与女儿交流，方式是朋友似的。从我父辈传承下来的做人之道、处事之道传递给女儿和外孙，那就是：予人方便，就是待己仁厚。人心是相互的，你让别人一步，别人才会敬你一尺。人心如路，越计较，越窄；越宽容，越宽。不与君子计较，他会加倍奉还；不与小人计较，他会拿你无招。生活，因梦而美好；人生，因梦而苦闷。然而，再难的道，也有尽头；再长的路，也有出口，坚持就会有光明。实现大成伟业百年梦想，就是要依靠这样的传承啊！

二〇一五年五月二十日

时间都去哪儿了

选这句话做这篇文章的标题俗了点，但想一想要说的事，还是这个标题贴切些。记得小时候我喜欢在学习本的扉页上写一句名言:“一寸光阴一寸金，寸金难买寸光阴。”那是孩提时代记住的一句格言，却成为我一生的座右铭。

二十世纪六十年代末学校都停课了，小孩子们疯玩儿，大孩子们“大串联”搞红卫兵运动。我也和小孩子们一样不去上学了，除了玩儿，我还做了一件事情，就是读姐姐念过的高中课本。语文、政治、地理、历史等能自己读懂的书都读，还帮助大姐姐、大哥哥们那些搞运动的大孩子刻“钢板”，就是在蜡纸上用铁笔刻字，再用油墨印刷成宣传单。整天忙碌中还必须按家长的要求写“大楷字”，还要每天陪伴生病卧床的妈妈，听她讲故事。

爸爸永远都是严肃的，他的话很少，却吐字为金，到现在老人家的很多“简言”都依然无时无刻不指导着我的人生之旅。记忆最深的是爸爸讲范蠡的那句经商的名言“水则资车，旱则资舟”。这句早在春秋时代即经商的鼻祖范蠡的名言，在今天的市场营销学中仍然是经典。“水”的意思即在有大水的时候，涝的季节，就要开始准备旱天的时候所用的车；“旱”是旱季，就是要在别人还忙着打造车的时候，我们就要开始准备有水的时候用的舟了，说明做事要有个前瞻性。范蠡对商业经营提出了“贱取如珠玉，贵出如粪土”的商业原则。他认为“物贱极则贵，物贵极则贱”。在孩提时代大家都在荒废学业之时，在严父慈母家教的熏陶下，自谋学业，此举让我受益一生，收获一生。

还记得很多年前，看过一篇小说，故事情节与我的生活经历极其相似。说一个年轻人，二十世纪七十年代时，在城郊一个村里插队。在那个年月，下乡知青干活很累，收了工大家都倒头大睡。他却在土炕上铺上马粪纸，画些花鸟鱼虫。这与那个时代的要求不符，有人就给反映到了县里。谁知因祸得福，县文化馆美术组正缺人，便把他调来“接受再教育”。他依然不知疲倦地画他的花鸟鱼虫。画室的玻璃被大风刮碎，他用破报纸一糊就糊了八年，从没向别人说起过此事。涨工资时，全馆人都互相背后告状搞小动作。他那里却没有半点动静，果然就没有涨上。但他依然神态自若，跟没事一样。当别人都热衷于铺天盖地“闹腾”时，他总是选择“看家”。看家时，也总是画那两尾小鱼，几根水草，一串小气泡。他在文化馆，就这样无声无息度过多少年月，春夏秋冬，无穷往复，是痛是痒，没人理会。若干年后，真正的艺术再次被社会重视，市里搞起了美展，人们在首次美展上，竟看到有三幅他的画，都是小金鱼吐泡泡。后来，他名冠全城……

人的一生非常短暂，能做的事，非常有限。不少人，往往耐不住寂寞，时常被潮流所裹挟，看别人怎么着，也马上跟着模仿。一辈子几乎所有热闹都要参加，任何时髦的事都不放过，可是到了暮年你会发现：这辈子其实一事无成！每个人出身的环境、天生资质都不一样，不可能在每个领域都擅长。所以，一个门里挤，其实是作践自己。可以想象一下，一个看了杀鸡都头晕的文弱书生，看了几本武侠书却要统领千军万马去攻城拔寨，能成功吗？从政也是如此，连周围几个同事的关系都搞得一塌糊涂，听到一点飞短流长都坐卧不宁，却想当市长、省长，能行吗？同样，连“贵上极则反贱，贱下极则反贵；贵出如粪土，贱取如珠玉；水则资车，旱则资舟”这样的基本经济学原理都不懂，却幻想着纵横商海，不赔得精光才怪！

选择走仕途、选择当作家、选择搞艺术、选择经营企业，我个人的积累使我可以有这几种选择，我最终选择了经营企业。人的一生个人定位很重要。选准了方向，就需要经得住考验，百折不回。其实，人贡献社会的方式多种多样，只要你在自己擅长的领域做出了成就，也就是对社会做出了贡献。不当作家了，现在做个网络写手；不搞艺术了，可以每天泼墨书画，可以写诗作赋，收藏玩物；不走仕途了，是最大的快乐，可以办好我的苷肽大学，可以经营好大成伟业，可以引领团队做好苷肽生意。这一切真的很好！若问时间都去哪里了？一寸光阴一寸金，寸金难买寸光阴。儿时记下的那句格言，今天感悟更深！我的座右铭。

二〇一五年五月一日

有个女儿（上）

有一天我问天天（外孙）："我为什么这样喜欢你呢？"小家伙不假思索地一本正经地说："我是你女儿生的，你喜欢你的女儿，就喜欢我呗。"回答得清清楚楚，一个六七岁的小孩子都能够看明白的事。是呀，现今社会很多朋友都羡慕有女儿的爸爸。我女儿出嫁了，我的小棉袄依然在我身边，无疑是件更加幸福的事。但是没有人会想到，女儿出嫁时，仿佛是我最落寞的季节。那天噼里啪啦的一场热闹，看到女儿从铺着红地毯的楼梯上走下来，进入婚姻的殿堂，我的泪水无法止住。父亲，面对女儿出嫁的那一刻，也许是这多年来最凌乱的一种感情了。多少年后你还会记得在那个甜蜜、喜悦、幸福，各种情绪交织的早晨，爸爸充满着复杂的情绪为女儿的婚礼忙碌着，生怕对那一场婚礼细节考虑得有任何不周全。女儿留下的空荡荡的屋子，记忆中的银铃般的笑声被暂时封存，有的时候，时间比人更落寞。我一直想要一个儿子而不是一个女儿，其实并不是因为我不喜欢女儿，而是因为过去的很多年我都不愿意去想象女儿离开我的这一天，我的女儿终于没有离开我，守着张府，又生了一个可爱的天天，带给我无限的天伦之乐。

我觉得女儿长得很像我，不只是基因遗传自父亲，在做某些事情方面也会像，按照遗传学的角度来讲，孩子像父亲的概率是会大一些，这只是遗传，其实后天的环境才是有很大影响的。不要怀疑生物的适应能力，也就是说女孩如果长得像你，而你又很会教育孩子，那就是福气。当然，长得像母亲也是这样。

昨天晚上我从苏北驾车回到上海，心里就有一点点的闹腾，打电话一问，女儿生病了，心灵感应啊。天天在电话那头急忙向我汇报他妈妈的情况，并且详细讲述他是如何跑到姥姥的房间找姥姥来看妈妈。哎！幸福的传递，有儿子的母亲也是这样的幸福啊。由此我想到孝敬父母是张府的美德。这种传承从我祖母到我的父母，到我和妻子，到我的女儿女婿，再到我的孙辈天天：

“是父母给了我们生命，是父母哺育我们成长。父母的养育之恩，我们终生都应回报。”这是张府孝敬传承的内容。

讲到“孝敬”，我们都知道花木兰替父从军的故事。说古时候有一位女英雄名叫花木兰，那时北方战乱频频发生，朝廷下达了征兵的命令，花木兰的父亲虽是位老将军，但他年龄大了，体弱多病，花木兰非常心疼父亲，就偷偷地女扮男装，替父从军。经过多年的战场拼杀，她为国家立下了汗马功劳。由于她时常牵挂着父母，于是战争一结束，她请求皇帝能让自己回家，去补偿和孝敬父母。后来她就荣归故里，继续在父母身边尽孝！感恩是有意义的，爱让这个世界不停运转。我有孝顺的女儿和儿子，有一个刚刚懂事就学会了孝顺的孙儿天天，很自豪。

我还记得一个陈毅探母的故事：那是一九六二年，陈毅元帅出国访问回来，路过家乡，抽空去探望身患重病的老母亲。陈毅的母亲瘫痪在床，大小便不能自理。陈毅进家门时，母亲非常高兴，刚要向儿子打招呼，忽然想起了换下来的尿裤还在床边，就示意身边的人把它藏到床下。陈毅见到久别的母亲，心里很激动，上前握住母亲的手，关切地问这问那。过了一会儿，他对母亲说：“娘，我进来的时候，你们把什么东西藏到床底下了？”母亲看瞒不过去，只好说出实情。陈毅听了，忙说：“娘，您久病卧床，我不能在您身边伺候，心里非常难过，这裤子应当由我去洗，何必藏着呢？”母亲听了很为难，旁边的人连忙把尿裤拿出，抢着去洗。陈毅急忙挡住，并动情地说：“娘，我小时候，您不知为我洗过多少次尿裤，今天我就是洗上十条尿裤，也报答不了您的养育之恩！”说完，陈毅把尿裤和其他脏衣服都拿去洗得干干净净，母亲欣慰地笑了。陈毅元帅虽是位大人物，有繁忙的公务在身，但他不忘母亲曾为自己付出的点点滴滴，理解母亲的艰辛和不易，知道报答母亲的养育之恩。这些孝敬父母的行为值得天下所有儿女学习和效仿。孝敬父母是我们每个儿女应尽的义务，也是义不容辞的责任，更是中华民族传统美德的彰显。

在苷肽大学的讲台上，我曾经向学员提问：给自己的父母洗过脚吗？孝敬自己的父母了吗？学员反应强烈，父母在的，有几个给自己的父母洗过脚呢！父母不在了，如果没洗过他们就离去了，会留下终生的遗憾的。其实父母的需求并不多，他们真正需要的只是子女的孝心和关爱。当父母还在的时候，常回家看看；当父母还在的时候，多抱抱他们；当父母还在的时候，多关心和孝敬他们。是他们，为我们洗了无数的尿布；是他们，花了无数时间和精力教我们慢慢用汤匙、用筷子吃东西；教我们系鞋带、扣扣子、溜滑梯；教我们穿衣服、梳头发；教我们学习，教我们做人……过去，我们的幸福就是他们的幸福；现在，他们的幸福就是我们的幸福。怀揣一颗感恩之心，学会关心和孝敬父母吧！让每一个有女儿有儿子的父母都说，有个儿子很好！有个女儿很好！

二〇一四年十二月十三日写于上海华生雅茗居

顺其自然 就好

这次举家来广州度假，家人都去逛街了，一个人宅在客房里独享“五星”。我喜欢休闲旅游，可以暂时在任何地方“安家”，读读书、写写文字，追求这种静静的安闲才是生活的境界，曰：顺其自然。喜怒哀乐是一种心情，酸甜苦辣咸是一种味道，深谋远虑是一种智慧，顺其自然是一种心境。

小时候家里曾经很富有，后来财产充公了，爸爸从业主变成了上班族，妈妈没工作，家里生活开始贫困了。那时虽然年岁很小，但在依稀的记忆中，妈妈每天晚上都不睡觉，在灯下缝衣服，是给成衣铺做活赚钱，帮助爸爸养家。是劳累，还是由富转穷的心理压力，先是爸爸有病住院，妈妈生活的压力更大了。爸爸出院以后，妈妈一病不起，早早地离开了我们，那时我才十几岁，妹妹们更小，还不到十岁。在苦难中长大，穷人的孩子早当家。日子过穷了，教育没穷，幼年经庭训，小时候奋发读书，还帮爸爸照顾更年幼的妹妹们，十七岁时我就上班帮助爸爸养家了。那年代“突出政治”，干了一天活，还经常利用工余时间给单位写黑板报。同时还利用业余时间读大学，利用业余时间写作，成为当地报刊的通讯员，并且在几家杂志做“专栏作家”。在奋斗中努力填补自身的不足，“入党”“提干”，“成名”“成家”。人生如梦，岁月无情，蓦然回首，体会：人活着就是一种心情，不攀比，不气馁，看准目标努力争取。穷也好，富也好，得也好，失也好，到啥时候说什么话，到什么地方做什么事，这一切都是过眼云烟。想想人这一辈子，不管昨天、今天、明天，能豁然开朗就是美好的一天；不管是亲情、友情、爱情，能永远珍惜的就是好心情。所有大事小情都是一件事，总有因有果，顺其自然就是有道。人与事、事与人，总有着千丝万缕的联系，宽宏大量，吃亏是福。我时常对弟子们讲一句话：“让人家对你好，就让他占点便宜”。是的，当岁月在悠悠然然的钟声里消失，一切将幻化成空气中的那份宁静、淡然。所以，人应该顺其自然，知足常乐。

生活中有时候累了，就停下来休息一下，看一下沿途的风景也是一种享受！可是，生活中我认识的一些朋友，闲谈时总是不由自主地去羡慕别人所拥有的东西，羡慕别人的工作，羡慕朋友买的新房，羡慕别人的车子……唯独忽视了一点，我们自己也是别人所羡慕的对象。其实人总是在这样互相羡慕的。有的人常常幻想有一天一觉醒来，自己就会成为某某一样的人。可能是因为我们深知自己人生的缺憾，所以就会拿那些我们认为比较完美的人生来做比较，当作人生的坐标了。

记得有这么一则寓言：猪说，假如让我再活一次，我要做一头牛，工作虽然累点，但名声好，让人爱怜；牛说，假如让我再活一次，我要做一头猪，吃罢睡，睡罢吃，不出力，不流汗，活得赛神仙；鹰说，假如让我再活一次，我要做一只鸡，渴有水，饿有米，住有房，还受人保护；鸡说，假如让我再活一次，我要做一只鹰，可以翱翔天空，云游四海，任意捕兔杀鸡。这是挺有意思的一种现象，可谓风景在别处。

其实这个世界上并不存在十全十美，那些我们所羡慕的人同时也在承受着他们的不如意。所谓家家有本难念的经，人虚荣的本性使他们愿把自己风光的一面展示给人，又有谁能真正看到别人风光的背后呢？很多时候，得到的就是所承担的，每件事都像硬币一样有两面，有正面就有负面。人，尤其是女人往往喜欢拿自己和别人做比较，结果是“人比人气死人”，其实不妨和自己比比，看看自己是否越来越好了，是否离自己期望的目标越来越接近了。时不时给自己鼓励，你会做得更好。说不定在你羡慕别人的同时，别人也正在羡慕你呢。

当然，有的人的确值得我们羡慕，不完全是因为他们得到的多，而是因为他们善于经营。羡慕别人是因为我们期待完美，期望可以活得更好。可是我们却忽视了一点，每个人的处境都不同，别人永远无法模仿。风雨坎坷人生路，不经历风雨怎能见彩虹，成功也好，失败也罢，所有的事情都来得很自然。有失败就会有成功，有完美就会有缺陷，且让一切顺其自然，保持顺其自然的心境面对生活，面对人生记忆里或者正在发生的新鲜的事和物。曾经拥有的不要忘记，已经得到的要更加珍惜，属于自己的不要放弃，已经失去的就留作回忆，想要得到的就要更加努力。

二〇一四年十月四日写于广州大厦

猴岛归来

来海南，天天（外孙）最大的心愿是到猴岛看猴，今天了了这份心愿。也是让小孩晚上学一年的一个特殊的收获吧。想想那些同年的小孩已经迎接第一次人生的期末考试了，我为天天庆幸，少挨折磨一年是一年啊！来到海南岛东部的陵水南湾猴岛看猴，犹如进入神话中的花果山。猴是岛的主人，人成了岛的来宾。猴与人，达到自然界的高度和谐。在这里看猴，猴性真正得到极大地发挥。去猴岛必须过海，却不必非得乘船，也可坐跨海缆车。无论是从空中跨海，还是从水上渡海，陵水南湾海面上密密麻麻的渔排，都是当地一景。勤劳的陵水渔民，将大海变成了鱼池，将捕鱼变成了养鱼。游过猴岛，再到渔排上吃饭，成为我们的当然选择。踏上猴岛，导游会提醒不要挑逗猴子，不要将吃的东西暴露给猴子。这些猢狲，从小没有受过任何礼仪教育，见了吃的，常常会做出种种出格行为。据说猴岛自二十世纪六十年代建立猕猴自然保护区以来，猴儿们无拘无束，自然发展了三十余年，由开始的六十多只增加到二千多只，猴多势众，人类的宠爱，养成了猴儿们天不怕地不怕的性格。在外面，游客受了欺负，有人撑腰；在这里，猴儿欺负了游客，游客只得自认倒霉。进门，首先给人震撼的是那些无所不在的猴子，还有猴子们那种目中无人的傲慢。天天妈妈为了儿子，任驯猴师让猴子跳到自己的脑袋上可谓壮举，小天天虽然喜欢猴子，真的和猴子近距离接触还真吓得一脸严肃。母爱的力量留下了一张珍贵的“与猴共处”的照片。

从猴岛回来，天天又多了一个新伙伴——猴子玩具，游兴未减的小天天还兴奋地讲他写的新书《动物王国》。去年年底开始，小家伙也学着姥爷写书了，不会写字怎么写呀，他创造了口述的方法，让妈妈、阿姨、姥姥这些身边的人写，由他口述。在孩子的世界里描绘得栩栩如生的故事还真够热闹，并且，回来的路上，还用他自己掌握的对各种动物的观察，出谜语让我们猜。由此我体会到了孩子的成长注重培养什么。最近读《明亮的对话——

公共说理十八讲》一书。书中提到，美国重视培养学生的说理能力。《加州公立学校幼儿园至十二年级阅读和语言艺术（教学）纲要》规定，小学一年级“重述简单说理和叙述段落中的主要观点”，二年级“重述文本区别中的事实和道理，说清和组织要说的意见”。到了六年级，公共说理分为两部分：一、辨析逻辑谬误；二、提防宣传。大纲中指明：“要辨析的逻辑谬误有五种：过度简单化、浮泛空论、循环论证、虚假两分法、无凭据推理。要提防的宣传手法有十种：人云亦云、谩骂、偏见等。”

书中把人类心灵看成一块空白的书写板，这也是美国从小学一年级即开始学习公共说理的依据。反观中国，小学和初中基本上是记叙文阅读与写作，如“一件难忘的事”“我生命中最重要的一个人”之类的题目。至于高考作文，议论文一等文评分标准为“深刻”，即“思想上的深刻，体现在透过现象深入本质……”而美国 SAT 作文试题获得满分的评分标准之一是：“有效而富有洞察力地发展作者自己的观点，表现出杰出的批判性思维……”两者相比，可以推想其落实到具体教学中的效果，以及由此训练出来的不同的学生差异。

读了这本书很容易联想到中美两国的教育。美国的高等教育被认为是世界最好的教育，但论及美国的基础教育，人们的看法则有着较大的分歧。将中国的基础教育与美国相比，人们普遍的看法是，中国的基础教育是打基础的教育，“学多悟少”；而美国的教育是培养创造力的教育，“学少悟多”。其中许多人认为，中国的教育的确是打基础的教育，但学的东西并不多；美国的教育的确是培养创造力的教育，但学的东西并不少。

美国的教育是为谁而学。美国教育告诉学生学习是自己的事，让学生自己去想想学什么东西，因而学生一般学得主动、灵活、高兴。而中国的教育总是要事先给学生做出细致烦琐的各种规定，该学什么，学多少，什么时候学，该怎么学等等，中国的学生视学习为功利，因而习惯于应付，学习是家长、老师的事情，是为升官、发财、找工作而学，学得被动、教条、无奈。

不太重视“基础知识”的学习，极其看重学生“创造力”的培养，因而才会有美国白领不会算“十减六等于几”貌似“可笑”的事情发生，他们觉得要趁孩子年龄小时抓紧培养创造性思维；而中国教育特别重视所谓的“双基”，重在练“基本功”，不重视对学生创造力和思维能力的培养。美国的学生低分高能，中国的学生高分低能。因而世界五百强企业，一般不愿意接收中国学生，在他们看来，中国教育是培养知识的奴仆，而不是在“育人”。

写到这里就会想到，天天就要入学了。接受哪种教育虽然是可以选择的，天天妈妈还是希望小孩子接受中国教育。能不能创造一种思维，在中国教育的课外，给孩子开发更多的创造力的培养环境呢！比如，小天天有创作写书的欲望，且有天赋，更有书香门第的环境，可以在适当的时候，给天天出版一本学龄前的以童趣为主题的书呢。教育培养乐趣，人才有快乐的一生，我们可以为这个理想而脚踏实地地做点事。

二〇一五年一月九日写于亚龙湾天域

归宁父母

甲午之夏不经意间就开始数二伏了，今夏的骄阳平淡无奇，我知道自己喜欢上了晨读。诵《诗经》："葛之覃兮，施于中谷，维叶萋萋。黄鸟于飞，集于灌木，其鸣喈喈。葛之覃兮，施于中谷，维叶莫莫。是刈是濩，为絺为绤，服之无斁。言告师氏，言告言归。薄污我私，薄浣我衣。害浣害否，归宁父母。"

诵着《诗经》美妙的诗句，不由联想古人悠闲自得的生活意境，会更加向往返璞归真、回归自然那样一种天伦之乐。说起来，就犹如风一程雨一程的旅途，堂前起风，心的帘未动，就像《诗经》，一个字，一行诗。好记得，那是五月的天，风有时候会很大，是春风。春风呼啸着，小花园满树的山楂花和苹果花儿争相着开放，苹果花开得早，有的在慢慢地败落，经风这么一急着吹，没来得及败落的，也随风而下，落了满院子，小草坪上星星点点地撒着，好像兰花小布，淡雅、清爽。山楂花开得晚些，花蕾经风一吹，渐渐地开了。那句"忽如一夜春风来，千树万树梨花开"，只是小花园这几树山楂花儿取代了那千树万树梨花。

这是张府的早晨，风大啊！小花园兔舍划着的门被风吹开了，四只大兔子撒欢地跑了出来，围着先前从天津领养的爱尔兰宠物兔"单舍"转悠，物以群分啊。"小少爷"（外孙）还在睡懒觉，姥爷喊来"小少爷"的"小哥"围追兔子回舍。一阵子围追堵截，兔子真的不好抓，姥爷急中生智，忙拿出绿色的蔬菜往兔舍一放，三只兔子鱼贯地跑了回去，还有一只是被抓精了，又跑了好几圈，才被小哥撵回兔舍。"小少爷"喜欢动物，"小少爷"是姥爷的最爱，张府小花园因此不仅有花，有树，有葡萄，还有很多小动物，蝈蝈呀，小鸟呀，鱼呀，小兔子，大兔子，那个叫"赫本"的就是在甲午年五月在天津"扭秧歌"杂志社领养的爱尔兰宠物兔，散养着的。姥爷经常替"小少爷"喂它，于是它认姥爷为主人，姥爷在院子里散步，它就围着姥爷脚底下转，弄得姥爷直迷糊，生怕踩着它。动物通人性，为了让赫本有个好的兔

舍，姥爷先是让管家做个兔舍，后来听说市场有卖的，就领着“小少爷”去选购，到市场，一眼就相中了一个木制的小木屋，有天窗，有纱窗，“小少爷”也相中了。不知不觉中，赫本在张府落户已经有些时日，憨态很招张府上下的喜欢，当然更是“小少爷”在客人面前显摆的资本了，也是小朋友们的新朋友。

甲午之夏已经入二伏了，七月的张府小花园除了盛开的鲜花，更有满树的果实，苹果、山楂挂满了树枝，只是还都是青色，葡萄园也是硕果累累，葡萄藤下耐阴的植物，茂盛地竞相开放着，享受着绿荫下的阴[illegible]。坐在水车旁的“景仰亭”里，伴着水车的哗哗声和小鸟叽叽喳喳声，阅读，很是读书人的享受啊。记得朋友讲过这样一句话，他说，我不是个画家，但撷取美的片刻，是我的心愿；我不是个作家，但记录每一次的感动，是我的习惯。仔细想想，生活的本身即书，即画。也许前一刻，我们是阅书观画的读者，而下一刻，却又变成书中主角、画中人物了。更有可能，我们同时既是读者又是主角。

说起享受，悠闲自得的生活意境也是一件很容易实现的事。关于休闲的方式，人们可能知道得非常多，有人说休闲就是散散步、打打球、游游泳；也有人说是打打牌、会会友、吃吃饭。这真是休闲吗？——当然，这是不是休闲，我们来具体分析体会一下。如散步，本来是好事，可是在散步的同时，要是你的脑子里还不停地考虑现实生活中的声名利禄、尔虞我诈，这时你的大脑就没有闲下来，这还算休闲吗？如打球、游泳，本来是放松或休闲的最好方法，可是又有人要挑战极限或是争强好胜，累得要死要活，这还谈得上休闲？打牌打得天昏地暗，日月无光，都不知道是白天还是黑夜；会友、吃饭，吃得人颠三倒四，丑态百出，这还是休闲吗？以我觉得，所谓休闲，就是什么也不做或什么也不想，彻彻底底放松心情，也不在于形式或时间，就是再忙也有几十分钟或几个小时的空闲时间。这个时候就是我们休闲的最好时机。“采菊东篱下，悠然见南山”，“孤舟蓑笠翁，独钓寒江雪”等等千古名句都是放松自我、放松心情，让生活慢下来的一种休闲方式。只不过偌大的张府，纵然每天有十几号人居住，“小少爷”一日不在家玩耍，便也好似空无一人。可见，读陶渊明老先生优美的诗句是一种境界，我却更喜欢“小少爷”为玩伴，或踢踢球，或捏泥人，或钓钓鱼，哈哈！只要“小少爷”在眼前晃，才有一种家的感觉，那才是天伦之乐，那才是其乐无穷啊！

二〇一四年七月二十九日写于小花园景仰亭

月饼记忆

从上海到新疆来，携带杏花楼的月饼作为礼物。这是连续两年在新疆过中秋了。说中秋，必有月饼，独属于这个节日的小小月饼，夹带着不同年代的独特记忆，深深烙刻进不同年代人的中秋记忆里：甜蜜、苦涩、伤感、幸福！每个年代的月饼都在诉说着我们回忆里不同的中秋故事。

今天，中秋之日。家里人分别在东南西北。在这一天团圆是民俗，吃月饼也是民俗。想念的时候带以怀旧的心思一起回味那些年我吃过的月饼，聊聊中秋故事。

我小时候的二十世纪六十年代，有个五仁月饼绝对是个宝。一小块五仁月饼，里面包裹着冰糖和青红丝，溢满了各种滋味。那时候物资稀少，大块月饼几个人分！大块的月饼成为当时的时尚记忆，传统韵味十足，就是看着这月饼、闻着香味都心满意足，内心幸福无比。

二十世纪七十年代，十六七岁正是读书的年龄，我就工作了，可是心还是孩子心，中秋吃上一块月饼仍然是稀罕物。那是一个非常特殊的年代，吃上一块月饼，首先得有钱！然后还要有月饼票！然后拿着月饼票去食品店排队买月饼，一小张牛皮纸随意包裹的月饼，在回家路上心情的畅快是难以言表的。

到了二十世纪八十年代，人们生活慢慢富足，月饼也慢慢革新，像新出的莲蓉、豆沙月饼在当时都算是“奢侈品”了，吃得上的人不多。那时候大多数月饼还是青红丝馅的，馅饼的料特别足，质地很硬，一块月饼可以啃半天。中秋佳节，一家人坐在一起，看着月亮、吃着月饼，便是最幸福的事了。

二十世纪九十年代，红色铁盒月饼成时尚。月饼的口味逐渐多了，五仁的、草莓的、水蜜桃的、豆沙的、酥皮的，各种口味让人垂涎欲滴。但是让人印象深刻的还是那个年代的红色铁盒月饼。记得一个朋友给我送来一盒月饼，打开一看少了一块，我没作声，猜想，没准是哪个偷吃过里面的月饼呢，如果被他的妈妈发现非得被臭骂一顿。想想，这些都是美好的记忆呢！

二十一世纪是一个新的年代，传统口味的月饼已经淡化出市场，各种新式非传统月饼渐入人们的视野。样式简直太多，已经说不清了，就不摆了。是呀，每个年代的中秋，每个人都有不同的记忆画面。中秋，无论身在异地还是归乡，人们都盼望享受家的温暖和团圆。一个问候、一句祝福、一份健康。在新疆、在哈密，海波携全家邀我们一行和这里的朋友们团聚。很快活，却心系着家人。

二〇一四年九月八日写于哈密

生活还有诗和远方

音乐家高晓松说过这样一句话：妈妈说生活不只是眼前的苟且，还有诗和远方。他说，他和他妹妹深受这教育。生活就是适合远方，能走多远走多远；走不远，一分钱没有，那么就读诗，诗就是你坐在这，它就是远方。

“有一种鸟儿是永远关不住的，它的每一片羽翼上都沾满了自由的光辉。”是的，我们向往并享受这种光辉。从这里，向自由出发！

“结庐在人境，而无车马喧。问君何能尔，心远地自偏。”很喜欢陶渊明这样的诗句，他那从仕而后隐的一种淡泊宁静，让我们在美妙自然的画卷中洗去眼中的尘埃，用一双明澈的眼睛看这一山一水的悠然，用一颗空灵的心装这一季一层天的悠远。

很多时候，我们会寻找时间，去走进山林湖泊，走进一种幽远的宁静，走进一种空阔的旷野，让塞满了红尘的心在大自然的悠然洗涤下丢掉一些俗尘重负，变得空灵起来，或许丢失得越多就越接近心灵。

听说“小少爷”（外孙）和他的妈妈千里之外到津门迎接姥爷，这是一份厚厚的礼物！早上推开窗，前楼顶层，有燕子在檐下垒了巢，成双成对，飞进飞出。空闲时，看它们忙来忙去的样子，真是开心。我和它们一起分享了这快乐时光。奢侈吗，似乎有些奢侈。纷繁社会，这片刻清闲，真是难得。

这时的光阴，真像一首宋词，平仄有声，满心欢喜。人生如水，恰似一场“清欢”，谁又可以轻易释手这样的满足呢？我们可以，在这美妙的世界中，像一朵花，慢慢地生长与开放，看尽人生百态，尝遍人生况味。

写到此让我一下子想起晋城，我的成平兄弟，为我们安排好了酒店，我的判断有误了，怕是成平兄弟朋友多喝高了酒，没有主动联系。子夜接连收到他的四个电话，方知他一直在等候。今天到了津门下榻锦龙国际，一路的奔波过后美美地睡到自然醒，接下来有方儿顶替做事了，姥爷可以和“小少爷”享受天伦之乐也。

应用
实践平台

想起《吕氏春秋》里有一段，讲孔子周游列国，曾因兵荒马乱，旅途困顿，三餐以野菜果腹，大家已七日没吃下一粒米饭。

一天，颜回好不容易要到了一些白米煮饭，饭快煮熟时，孔子看到颜回掀起锅盖，抓些白饭往嘴里塞，孔子当时装作没看见，也不去责问。饭煮好后，颜回请孔子进食，孔子假装若有所思地说："我刚才梦到祖先来找我，我想把干净还没人吃过的米饭先拿来祭祖先吧！"颜回顿时慌张起来说："不可以的，这锅饭我已先吃一口了，不可以祭祖先了。"孔子问："为什么？"颜回涨红脸，嗫嗫地说："刚才在煮饭时，不小心掉了些染灰在锅里，染灰的白饭丢了太可惜，只好抓起来先吃了，我不是故意把饭吃了。"孔子听了，恍然大悟，对自己的观察错误，反而愧疚，抱歉地说："我平常对颜回最信任，但仍然还会怀疑他，可见我们内心是最难确定稳定的。弟子们大家记下这件事，要了解一个人，还真是不容易啊！"所谓知人难，相知相惜更难。逢事必从上下、左右、前后各个角度来认识辨知，我们主观地了解观察，只是真相的千分之一，单一角度判断，是不能达到全方位的观照的！当你要对一个人下结论的时候，想想，你所看到的才是事实吗？还是你只从一个面、一个点，去观察一个人呢？

此时，给成平兄弟隔空喊话，愚兄一时思想之误，不仅仅是让老弟破费，更是伤了心，错过了千里来相聚的机会，可谓可惜了！

不过生活还有诗和远方，我们后会有期。

二〇一四年六月三日写于津门锦龙国际

女儿长大（下）

女儿长大了，她有了自己的儿子，还是喜欢用她那颗纯真的心向老爸表诉心声。老爸总是静下心来，倾听女儿的心事，烦恼、忧愁，且在倾听里，给她一份建议，这时候，女儿的烦恼、忧愁也就减半了。若再沏上一壶香茗来品尝，慢慢地所有恼人的心事都可以放下。

女儿是很懂生活情调的人。喜欢闲时品茶聊天。尤其喜欢在一个有阳光的午后找一位闺蜜，选择在办公室一个靠窗的位置坐下来聊聊天。在那样的环境，品味一种情调，品味一种人生。在那样浪漫温馨的环境里，关于浪漫的遐想一一浮上心来。这样的午后，也因了暖阳，而变得幸福奢侈。而这种幸福，是来自工作之外的，因而来得更真实惬意。呵，这样的时刻，女儿的内心是宁静而温暖的。那晃荡的心事，如童年的秋千。秋千悠悠荡荡，这一刻画面里那些无忧的岁月，好想再回到从前，坐坐秋千，哼唱一首秋千架上的歌谣。这日子惬意又舒心。因为生长在张府，这样的家业她必须顶起“大梁”。一旦顶上了便必须一生坚强。

那一个个诗意的画面，总有女儿在梦里梦外晃动。也许梦里的画面更神奇而浪漫。也许在梦里，还有梦中得诗的场景。生活里的甜美温馨，更加体会女儿的用心的柔软，心思的细腻敏感，又常常带给我来自生活的情感。女儿的内心是一座美丽的花园，让人流连忘返。女儿是柔静细腻的母亲，让一个聪明伶俐的儿子得到最慈祥的母爱，她懂得品味艺术，品味生活艺术、爱的艺术。她用心灵温暖地给予，她的儿子天天来到这个世上二千四百多天，每天一点点思恋，每天一点点温暖。天天的日志就是这样写了二千四百多个日子的点滴，不只文字更是留影，极其珍贵。这种坚持是我的遗传基因，传给我的外孙，她的儿子了。不识字的天天开始口述写书了，孩子世界的自然风光、动物植物的生活，描写得妙趣横生。

在关东冬天的早晨，读一部女儿写的书，便也是心灵的慰藉与温暖。就是在昨晚，她将元旦过后到南国度假的别墅晒给我看，她在用心地经营这个大家庭，在女儿这部书里，她知道，唯有女人更懂女人，她是为了妈妈更多地享受温馨，为了在父母都还年轻健康，儿子尚在学龄前的黄金时间里让一家人共享欢乐。我知道也知足！

我的内心永远存着对女儿的希冀，多培养自身的学养和艺术气息，多些高雅的爱好，让整个人的气质都日新月异起来。还记得《甄嬛传》开头，进宫选秀的那一场戏，冷不丁泼上一杯水，扔出一只猫，考验一个秀女是否端庄。甄嬛淡定地站着，眉宇之间皆不慌，而旁边的秀女已经大惊失色叫出声来。这正是对一个女人内心勇气的真正考量。一个动不动就吓傻、惊呆、大哭、失态的女性，就不会有多智慧的主见和坚强的内心。我要对女儿说，高贵优雅和神秘感都来源于你真的很丰富。是的，每个日子，都是内容不同的一本书，风格迥异的一幅画。只是我们的脚步太匆忙了，常常忘记去读它，欣赏它，随意地浏览过去，便断言生活是一味地今日抄袭昨日，只是公式化的衣食住行罢了。阅读，不仅是认识符号而已，更要懂得符号所传递的内涵；而观画，也不只是五彩缤纷的调配，细细想来，画中原是有画。

女儿长大了，没离开张府，又把她的作品“天天”奉献给了张府。小花园景仰亭上我撰的对联就是我的心声：风水宝邸藏辰龙，天地精灵育子鼠。

二〇一四年十二月二十八日写于家中大书房

土地

四月初的沈城一场小雨过后，春意渐浓。走出家门沿着小河沿来到万泉公园，桃花、丁香花、迎春花、刺梅还有玉兰花竞相开放着。小草悄悄地从土里伸出头来，朝着太阳伸展着娇嫩的身姿，蛰伏的昆虫苏醒了，开始忙碌起来，觅食、筑巢、不失时机地寻找伴侣，为繁忙的季节准备着。树木不甘落后地借着春风，争抢着吐出新绿，四季开始了新的轮回。

借着几天假日，姥爷可以带着“小少爷”（外孙）开始在春天漫游。“天街小雨润如酥，草色遥看近却无。”诵着文人墨客咏春的诗句，踩在松软的泥土上，才知道生命的温床可以如此平实。只要季节的老人飘然而至，所有沉睡的种子，都可以在这里孕育，并赋予生命一种变换的姿态。

春，绝对是一幅饱蘸着生命繁华的画卷。无论是破土而出的，还是含苞待放的；无论是慢慢舒展的，还是缓缓流淌的；也无论是悄无声息的，还是莺莺絮语的。只要季节老人把春的帷幕拉开，她们就会用自己独特的方式，在这里会演自然那神奇的活力。说不清是姥爷陪着“小少爷”，还是“小少爷”伴着姥爷，披着柔媚的春光，让略带甜意的风，从身边掠过。姥爷的心思是让“小少爷”学着，如何观察世间万物的变化，细细地品味生活的滋味，领悟到在春的气息里，包含着怎样一种最令人感动的柔情。也会让幼稚的顽童觉得大自然就是一位奇特的母亲，她竟选择在万物萧条的冬的尽头，将千姿百态的生命孕育而出，让她们踏着那最为柔媚的第一缕春光，相拥而至，把无限的生机带给人世。

春，也是一拱彰着生命神奇的画廊。看着从张府带来的信鸽，在六十公里以外的大成庄园飞回家，“小少爷”好奇地提出了很多问题。妈妈用科普的方法不厌其烦地讲述。这种生动是要备课的，教育是一项宏大的工程哟。每一种生命都有自己特定的形态，而每一种特定的形态，都包含着特定的生命信息。无论是高大的，还是弱小的，都要经历着有生也有死的历程，也都

有稚气和成熟的时节。无论是引人注目的，还是平淡无奇的，都要沿着那特定的时令轨迹，在自己特定的生存空间里，完成一段生命的壮举。也无论是否有名有分，无论是生在富饶的家园，还是长在贫瘠的沙土，所有所有的，在春天萌生的万物呀，都用自己独特的方式，用尽全部的热情，谱出一曲生命的颂歌。

这就是春，因着萌生在这里的生命的齐奏，让“小少爷”真真切切感受到一种神奇的美丽。这就是土地，让生命踏踏实实地感受到无限的生机盎然。

二〇一四年四月八日写于大成庄园

苹果情怀

记不得从什么时候起我开始喜欢吃苹果，只是记得每天都必须要吃上一个。在我的书房，家人和身边的工作人员都会摆上一盘苹果和一些应时的水果，只是我对苹果情有独钟。每每见到它们簇拥在盘子里，脸上红红润润的，什么时候看上去，都是新鲜的。总会情不自禁地拿起一个“亲”上一口，随着一声“咔嚓”，唇齿芬芳，津香四溢。那些没来得及吃掉的，它们就会慢慢地蔫了，果皮像老人脸上的皱纹，蹙缩着。原本就没有一点区别的苹果们，按着它们自我时间的节奏，一点一点地在它们该新鲜的时候新鲜，在该蔫巴的时候蔫巴，再放久了还会在该腐朽的时候烂掉。由此我想到，这个世界，哪一种生命的润美不是被亲近而痛惜的目光抚摸而生的光泽呢。更多的人在一条短路上重复，两点一线地从家到工作地点。这条短路上更多的时间只有风雨没有风景，有幸在大都市挤地铁或公交的人们，常常被挤成“照片”了，剩下的怕是只有心情而没有表情了。

我的人生之旅用一句话概括“玩得热闹”，每年飞行五六十次，天南海北地找乐趣。其实是一种安排，玩之中安排一些事情就更有趣了。渐渐地随着年龄增长有些“宅”，更喜欢安逸了，只是不能太久地居在一地，就要出门逛风景了。明天要去北京踏青，心里涌出几行诗句：

春分时节

当春带着她特有的新绿，
浪一样地漫来时，
真能让人心醉；
当春携着她特有的温煦，
潮一样地涌来时，
是能让人断魂。
春是一幅浸染着生命之色的画布，
新绿、嫩绿、鲜绿、翠绿，
满眼的绿色呀，
温柔着我们的视线。
还有那
星星般闪动的
一点点红，
一点点黄，
一点点粉，
一点点紫呀，
惊喜着我们的目光。
于是，
开始在春天漫步。

二〇一四年三月二十二日写于大书房

不过打折的生活

今天三月十一日，我送给天天一个礼物，又让天天妈妈送给我一个礼物。我送的礼物是天天喜欢的一次成像照相机卡，收的礼物是我喜欢的莱卡相机。我送的礼品比较经济，“小少爷”非常满意，高兴得跳起来！我收的礼物可让送礼物的人破费，搞大了！我高兴得哈哈大笑。人生啊，就是不能让幸福的感觉打折。

那天一个小朋友给我讲了一个故事。他说有一天，陪他的女上司上街选购圣诞礼物。当他们拎着大包小包坐下喝咖啡时，他的女上司问他：“新年要到了，不买点礼物送给家人？”他笑着说：“我爸妈都很节省，只有不乱花钱，他们才会觉得我会过日子，将来才会有幸福的生活。”女上司看着他，讲了自己的故事：“知道吗？我曾经也是一个非常喜欢担忧未来的人。我总是担心事业，总想攒更多的钱，读更多的书，拿更高的学位。三十六岁的时候，我怀上一个孩子，可当时我考上了经济学的博士。学习很紧张，为了更优秀，我彻夜苦读，结果孩子流产了，我再也没有怀上过孩子。现在我有了很多很多的钱，但却一辈子也看不到自己的孩子了。”女上司的话让他非常震惊。她又说：“很多人都认为节省能让他们的生活更保险，所以，他们把现在的生活过得潦草而廉价，其实这是对生活没有自信的表现。我绝不主张挥霍浪费，但你要知道，健康地享受是人生的进步。当你为了将来而省略了生活中应有的享受时，你的生活就打了九折；如果牺牲了自由与亲情，你的生活就打了七折；如果你放弃了自己的意愿和爱情，那你的生活就打了对折，再富足的生活也经不起打折。”其实何止金钱如此，时间和精力也一样，当你全部投入工作中，没有分配给亲情和爱情的时候，就离失去不远了。

前几天在上海和几个朋友共进晚餐，在饭店的大堂，一个时尚又漂亮的女人和我打招呼，我一愣，很快想起来了。十年前她还是一个大学刚毕业的学生，现在在一家很著名的外资企业供职，气质高雅文静。女大十八变呀！

特别是在上海这个时尚之都。入座了，她自豪地告诉我说："我也经商了！"我知道她的情况，这个高学历、高收入、高身材的"三高"女孩，如今又上升到一个新的"三高"，所谓"高富美"。按说一个女人在外企工作，社会地位和生活品质都不低呀。是的，言谈中我发现，她有更高品质的生活追求，并且追求更高的自我价值。那晚回到家里，我写下了几句诗，在这里晒一晒：

天方不是夜谭

仿佛是一丝清泉，
缠缠绵绵流淌不息。
淡雅的知性，
散发着强大的张力。
唯美的线条，
沉浸在柔情的世界里。
秀一秀吧，
你的整体。
天方不是夜谭，
这夜注定迷离。

许多人，许多事，过去了都成为风景。让我们记住该记住的，忘记该忘记的，改变能改变的，接受不能改变的。生命的精彩就在于不能让生活的品质打折扣。在上海这个时尚之都，幸福生活不打折扣是一种前卫的思维。当发现自己不再盲目地喜欢跟风似的和一群人混在一起，开始尊重自己的意愿做自己需要做的事情，开始安排自己的种种计划，规划自己的方向，自己的

独处也变得充满意义。当你面对很多选择时，不再犹豫不定，脑中会很快地闪过三个以上选择某种选项的必要原因。有了自己独立的思想，开始学着镇定理性地思考问题。当你在饮食习惯上越来越重视食物的质量，养生之道闯入脑海，坚持吃早餐，坚持锻炼身体。俗话说得好，留得青山在，不怕没柴烧。重视自己的亲人、朋友、爱人，因为这些人不是总会存在于你的生命中的，也许在不轻易间就物是人非了。在他们面前你无须作假，切忌不要忘了真诚。让自己快乐，让周围的人快乐，绝对比金钱有价值。在面对得与失、去与留的问题上，大度与开怀会让复杂的事情变得简单，简单的事情变得富有意义。任何时候不要与老人、与小孩子计较，生命的开始是无知的，生命的完结应该是快乐的。正确地树立前进的目标，任何时候都不要把自己搞得太累，否则生活的价值就完全失去了。自信地生活，开心地笑，成功与快乐并驾齐驱。不以物喜，不以己悲。

二〇一四年三月十一日

十年的纪念

这是一张珍藏十年的照片。大成伟业工业园奠基之时，在一片泥泞中，挖下了第一锹土。我爱这片黑土地，这是生我养我的地方，这里有我的家、我的亲人，这里记录了我的成长。

回忆是一种享受。人生总会有一些美好的东西值得留恋，值得回味。回眸过去，生活中的一分浪漫，一段真情，一份久藏心底的思恋，一个得而复失的遗憾，都像一泓蜿蜒清澈的溪水，汩汩注入我的心田，滋养我的情愫。它能使我沉迷时变得清醒，贪求时变得淡泊，软弱时变得坚强，骄纵时变得谦逊，颓丧时变得积极，愁苦时变得欢快，使我的身心得到一次小憩。

回忆是一种激励。十年一剑，大成庄园破土奠基刚好十周年，那片荒芜的土地上，如今已建成大成伟业工业园和文化科技园，苷肽大学培养的市场精英，活跃在神州大地上。今天大成伟业第二次创业战鼓已经敲响，我依然激情四射，我依然豪情满怀，那是我的梦想，我是一个一直有梦的人呵！就是在此时，在今天，一会儿就要飞上蓝天，去寻梦，去迎接新一轮的挑战。

回忆是一种沉思。唤醒沉睡的那一部分感觉，培养一片思维的土壤。新的丰收就在歉收后的探索中回归，新的希望就在失望后的思考中实现。品读自己，通过静静思考，以一种洒脱的心态，平心静气地同自己的心灵进行对话。这个过程犹如一支画笔，蘸着我的笑声和泪水的墨，从我心灵的隐藏处起笔，一直涂染到我生活的外延。我要和我的战友分享，如果只用百分之一的心思工作，只吃老本是没有出息的！

回忆是一种分享。学会向内品读自己，才真正在意生命的价值，才真正地去理解失落的生命内涵，从失落中回过神来，再看看自己。我们学会品读自己，检阅曾经有过的人生印迹，才发觉生活的忙碌和追求是一个个无边无际的省略号，许多被我人生省略掉的东西，恰就是我念念不忘的东西，而那些被曾经忽略了的东西在记忆中重新拾起来后，生活中就多了许多许多的后悔。

回忆是一种过滤。在反思的过程中，将曾经的酸甜苦辣重新回味一遍，就发现得与失仅仅是两种过程，不管在意与不在意，它们都会因境而生，许多耿耿于怀的东西，恰恰都是过眼烟云的往事，才发觉，得与失聚散匆匆，真正能够让心灵刻骨铭心的是：只要你时时替他人着想，你也就不会在别人的眼中消逝。生命的价值在于奉献啊！眼睛直盯着索取，荒芜了工作的乐趣，到头来只有“寄生”的日子相伴。

回忆是一种品读。我发现人生如书，读不尽；人生如景，看不完……我相信生活是一首诗，每一段生命的路都有美丽的韵脚；我相信生活是一首歌，每一件成功都是好听的音符。我不仅仅要在快乐和悲伤时品读自己，即使我的心境如一泓秋水，并没有涟漪或是巨澜时，我也需要品读自己 。

大成伟业是和我的生命捆绑在一起的，我的回忆写满了“鲜活”，是艺术家的心灵；写满了“快乐”，是生活家的追求；写满了“幸福”，是“幼稚家”的童趣。回忆是美味的精神大餐，我选择了用笔耕与读者分享。

二〇一四年二月二十七日写于家中大书房

甲午年属马的记忆

三十六年前的那个马年，我实现了人生的第一次升级，也是那一年，实现了人生的真正独立，为人父却不能为人子了。今天起甲午马年开始了，大年初一，是农历新年的第一天。春节是中国民间最隆重最富有特色的传统节日，她标志农历旧的一年结束和新的一年开始。春节一般指除夕和正月初一。记得小时候，很盼着过年，有好吃的，有新衣裳穿。民俗中传统意义上的年是指从腊月初八的腊祭或腊月二十三、二十四的祭灶，一直到正月十五，其中以除夕和正月初一为高潮。春节又叫阴历年，俗称“过年”“新春”。春节象征团结、兴旺，对未来寄托新的希望的佳节。有文献记载，中国人过春节已有四千多年的历史，她是由虞舜兴起的。传说公元前两千多年的一天，舜继天子位，带领着部下人员，祭拜天地。从此，人们就把这一天当作岁首，算是正月初一。据说这就是农历新年的由来，后来叫春节。春节过去也叫元旦。春节所在的这一月叫元月。正月初一古称元日、元辰、元正、元朔、元旦、岁旦、岁首、岁朝、新正、首祚、三元或年、过年，自汉武帝太初元年始，以夏年（农历）正月初一为“岁首”（即“年”），年节的日期由此固定下来，延续至今。年节古称“元旦”。一九一一年辛亥革命以后，开始采用公历（阳历）计年，遂称公历一月一日为“元旦”，称农历正月初一为“春节”。国家非常重视非物质文化遗产的保护，二〇〇六年五月二十日，“春节”民俗经国务院批准列入第一批国家级非物质文化遗产名录。

扯远了！马年的记忆是因为女儿的出生，一九七八年、一九九〇年、二〇〇二年，都是和她相关。一九七八年初为人父时只是怡悦，女儿又是在鲜花盛开的季节出生，我给她取名“怡芳”；一九九〇年女儿十二岁时在学校当少先队大队长，到哪里，肩上总不能忘了戴上“三道杠”，那时是骄傲；二〇〇二年女儿长大了，有一天带回个男朋友，我开始有危机感，很怕失去。今年又是马年，女儿早已升为人母，她开始实践着把爸爸妈妈给她的爱传递给予他的儿子，我很欣慰。几十年有女儿作为生命的寄托，是一股原动力；几十年有女儿在身边“闹哄”，是“调味剂”；年长了有女儿在家里呵护，是“保管员”。老爸的心事，女儿不一定全懂，却能体会到她的用心。子夜，张府张灯结彩年味还很足，几门亲家都告辞回自己家了。张府剩下纯粹的家人，“大宅门”一下子安静了下来，这是少有的安静，女儿还在，爸爸心安。

甲午年正月初一 写于小书斋

品茶之至清之味

喜欢喝茶，茶不入口，这一天就没有开始。一杯茶，如同一口贮满禅思的深井，引人沉思清醒，令人拥有超越现实的轻松与满足。外出好些天都没能好好喝茶，只觉得日子过得很惨，心思也不好。赶回家来，在小花园里泡上一壶好茶，邀来太太对酌。苏东坡说："戏作小诗君莫笑，从来佳茗似佳人。"我想这是对茶的最好的比拟，一杯香茗融汇了女儿般温婉柔媚的情怀，也融入了匆匆而过的光阴。

我以为每个人每天的生活就像一杯茶，善品者更知其味浓，能从中汲取多少，也全在个人。上善若水，水为天下至清之物；人生如茶，茶是水中至清之味，茶与水的相遇注定生出无限禅机。茶要沸水冲沏之后才有浓香，人也要历经磨炼之后才能成长，无论是谁，若经不起浮浮沉沉，怕是品不到人生的最佳况味。太太入张府三十八载，功劳苦劳，把持着这么大的家业，岂能只用一个"劳"字，全在用"心"浇筑，用"心"耕耘，如品茶。红尘之中，酷爱茶的人居多，可品懂茶的人却不常遇。人生当历经了世间沧桑，就如同那三滚后的茶叶，从容沉入杯底，用静默作为微笑的表情，内心足以坦然接纳一切，我很敬佩她。几十年的时光里，无论是什么样的情感体验，当她趋于平淡之时，才是最稳定的人生真味。幸福也淡，痛苦也淡，历经了岁月的沧桑之后，感悟到平平淡淡才是真，开始用洞察的神情观赏花开花谢，用平静的眼睛注视阴晴圆缺。人生不知不觉就走过中年，太太的生活精彩起来，歌唱得好了，画也画得好了，社会活动极其丰富，生命中多了几分睿智，少了几分激动，含蓄的人生给予了许多经验和思考。恰如一杯好茶，品人生沉浮，或许我们的人生常常苦乐参半，或清或浓。我思考：平常心，造万千世界，在苦中保持乐观向上，在乐里不失含蓄内敛，那么生命的茶会在岁月的流光中越泡越醇，越品越香。

一朵花，开在深夜，悠长的一束光照见它，它视而不见，意韵幽幽地开

着，这样的花朵有静气。一个人，专心一件事，别的事情都打扰不了他，别的诱惑都迷乱不了他，这样的人也有静气。太太和她的“一族”，弹琴、唱歌、画画、摄影、旅游、采风，有热闹，也有静闲。她每次到庄园别墅小住都能画出几幅好画，嗨！也为她骄傲。写到这里，记起齐白石老先生成名后，有人问他，如何从一个木匠华丽转身成为一位巨匠？他答道，作画是守静之道，涵养静气，事业可成。齐白石的话让我想起一则故事。

在雍正皇帝编著的《悦心集》里，有一则《尧舜至今尚在》，里面有这样一段话，很有意思：“昔有一名僧，被召见驾。上曰：‘京师有多少人？’僧云：‘只有两个人。’上曰：‘何谓？’僧曰：‘一个为名，一个为利。’上点头称善。”京畿之地，名利纷扰，何来静气？静气在哪里，在山野清风徐来之处，明月皎皎之所。难怪历代圣贤中的许多人，心向田园。这就是静气，八风吹不动，在世事的飓风深处也能泰然自若。翁同龢是清朝三代皇帝的老师，他曾写过这样一句话：“每临大事有静气，不信今时无古贤。”丰子恺也说：“既然无处可逃，不如喜悦。既然没有净土，不如静心。既然没有如愿，不如释然。”多明亮的心态！

当然，讲这等故事绝不是夸妻，旨在讲一个道理是也。

二〇一四年七月五日写于小花园景仰亭

言传身教

有人说母亲是人生的第一任老师，古人曰；“养不教父之过。”可见父母亲对每一个孩子成长的影响有多重要。记得小时候正赶上改革开放，老百姓可以选择自由职业，我的家住在老城区，很快就形成了自由市场，于是，邻居们都互相影响着摆摊做起了小生意。邻家的如我一样大的小伙伴和同学也跟着家长学着做。那是一个特殊的年代，我十七岁就工作了。我不甘心做一个工人，更不喜欢做小商小贩。我选择了好好工作，业余时间看书学习，就这样，在工作岗位上努力工作，加入共青团，后来又加入了共产党，又被“提干”。同时，考上业余大学，进修财会学、经济学、中国语言文学、新闻学，几年时间进修了四个大学专业。后来又在清华大学、北京大学、美国北弗吉尼亚理工大学等攻读管理学、中国古代史、哲学等专业，获得美国北弗吉尼亚理工大学工商管理硕士学位。这几十年的生活选择决定了我的命运。很有趣的是，很多年以后，回到小时候的老街、老宅院，好些我的同龄人还依然摆小摊做小贩。更耐人寻味的是，又过了很多年，回到即将拆迁的老街，看着小摊位前的面孔，已经是我孩儿时小伙伴们的孩子了。

我的内心毫不歧视这些普通劳动者，只是想起，那时我上“夜大”，邻居都笑话我“死心眼”“书呆子”，而我的志向从幼儿起就树立了，是我的父亲的教导，做一个有大志向的人、有作为的人；是我母亲的影响，一个男人要做一个能帮助别人的人，一个诚实守信的人，一个不计较并且大度宽容的人。我很感谢我的父母，他们不仅给予了我生命，更给予了我生活的智慧。

人生是一个舞台，小时候父母是编剧和导演。下面这个故事，对于做父母的会有启发，特别是年轻一代的父母们。说的是一个四十多岁的女人领着她的儿子走进了某著名企业总部大厦楼下的花园，并在一张长椅上坐下来吃东西。不一会儿妇女往地上扔了一块废纸屑，不远处有个老人在修剪花木，他什么话也没有说，走过去捡起那块纸屑，把它扔进了一旁的垃圾箱里。过

了一会儿，妇女又扔了一块。老人再次走过去把那块纸屑捡起扔到了垃圾箱里……就这样，老人一连捡了三次。妇女指着老人说："看见了吧，你如果现在不好好上学，将来就跟他一样没出息，只能做这些卑微低贱的工作！"老人听见后放下剪刀过来说："你好，这里是集团的私家花园，你是怎么进来的？"中年女人高傲地说："我是刚被应聘来的部门经理。"这时一名男子匆匆走过来，恭恭敬敬地站在老人面前。对老人说："总裁，会议马上就要开始了"。老人说："我现在提议免去这位女士的职务！""是，我立刻按您的指示去办！"那人连声应道。

老人吩咐完，径直朝小男孩走去，他伸手抚摸了一下男孩的头，意味深长地说："我希望你明白，在这世界上最重要的是要学会尊重每一个人和每个人的劳动成果……"中年女人被眼前骤然发生的事情惊呆了，她一下子瘫坐在长椅上。她如果知道是总裁就一定不会做这无理的事。可是她做了，只不过是在园丁身份的总裁面前做的。为什么？是因为身份的高低？尊重每个人，不以身份而区分，这是你的风度，风度是装不出来的，总会暴露出你真实的一面。财富不是一辈子的朋友，学会尊重别人才是一辈子的财富。只有这样才是人生的最高境界。

如今张府"小少爷"六岁了，家里上上下下都爱他，教育的责任重大啊，要教育这个小孩子有爱心，学会尊重人，总之，德育要先于智育，这是姥爷的心思。天天的爸爸妈妈，你们懂的！

二〇一四年四月十日

在乎

“白雪漫空万里寒光银世界，人间胜景满目春色金满堂。”家父百年华诞，家亲和好友汇聚一堂，大家捧场，不亦乐哉，感激之情难于言表。筹集盛典，旨在弘扬孝道，传承家风。撰联“传家有道集大成，隽业无为纳百川”。方芳学习书法，用隶书书写，晒出来赞扬声一片，是向祖父的汇报吧。我还是希望芳儿谦虚好学，多写多练。

今天的一场大雪，洗去了冬天的阴霾，瑞雪将唤醒沉睡的大地，我还希望春风吹绿孤零的柳枝，让春水流动着丝丝的情意。我希望会给每个人都带来好心情，好心情才会有好风景，好眼光才会有好发现啊。家父百年华诞希望给大家带来好心情哟。美好的愿望有时或许只是愿望啊，早晨刚开机，有电话进来，是小妹从南京打来的，有些埋怨，为什么呢？过后仔细想想是我的过失！家父是兄弟姐妹共有的，作为张府的哥哥应该诚邀妹妹从外地赶回来参加庆典的。哟，是在乎啊，我这样理解了。有一种明白叫糊涂，难怪郑板桥讲“难得糊涂”。有包容的心态，就会凡事“看淡”，看得淡才不会计较。本来就没有那么复杂的事，为什么偏偏要复杂化呢？多有感动之心，喜欢分享他人的成果，就会珍惜获得的幸福。学会放下是一种境界吧。

人生方圆，方是目标，圆是路径；方是原则，圆是变通；方是以不变应万变，圆是以万变应不变；方是做人的脊梁，圆是处世的锦囊。人生的目标能体现做人的原则，过往的路途千变万化，能把握住尺度，拿捏好准则的才是大家。记得有一年，张大千家乡遭遇大风暴，大家都紧闭门窗，唯有大师将宅子的前后门打开。暴风雨过境，家家都有损毁，唯大师家完好无损。有些字画受潮浸湿，大师用水将其全部浸湿后熨平，完好如初。后有人请教奥妙，大师言：“他强由他强，清风拂山冈；他横由他横，明月照大江。”这个故事告诉我们，世间诸事，敞开心扉，顺其自然。

家里的几个人，每到吃饭常有议论。是年老了吧，记住过去的事太多，

经常会拿自己的处事原则衡量他人，看不惯吧。其实看不惯就行不通，行不通就自己寻烦恼，走进死胡同。是“小和尚”吧。有一个故事：老和尚和小和尚过河，见一个少妇被河水挡住了去路，于是，老和尚脱了鞋，卷起裤腿，猫下腰背上少妇过河去了。回到寺庙，老和尚就入睡了。小和尚说什么也睡不着觉了，他想师傅讲的那么多的清规戒律，为什么就背上少妇过河呢？辗转反侧，他推开师傅的门，把心里的疑问向师傅请教。老和尚平和地说，背过了河就放下了，可是在你的心里就一直放不下。

其实，我和他们在一起，只是秉承一个原则：有道理的多听一点，是非少听一点；有趣的善事多听一点，烦心的坏事少听一点；天籁之音多听一点，噪音杂音少听一点。人生就像天平，总是需要某种平衡。给予、接受，付出、得到，耕耘、收获，物质、精神，总是一边一个。上天是公平的，不可能把所有的好事都让给你，也不可能把所有的坏事、所有的不幸都塞给他。看淡得失，才能找到生命的最佳平衡。这是因为我们有时候会太在乎，在乎我们的得失和他人的得失，太在乎我们的感受和他人的感受。如果放下，都不做小和尚，多好！

二〇一三年三月十二日

培养有大格局的人

晚上，春明从北京打来电话，慰问我们一行，羡慕这次奢侈的旅行。玉春从哈尔滨打来电话，赞扬我周游列国。现在是信息社会，我一边游玩一边写作，全世界的朋友都能知道我在游玩。美国的、英国的、新加坡的、日本的、巴西的、意大利的朋友们以及全国各地朋友都很关怀，我感觉很温暖。这次旅行是借参加朋友婚礼之际安排的，又因为“小少爷”（外孙）晚上学一年，才得以全家出动游玩。另外，是我心中最重要的育儿理念，多带领小孩开阔眼界，在行万里路中而阅人无数、增长见识，培养一种气概，做有大格局的人。

曾经，美国杂志记者劳特斯问李嘉诚先生：你能成为华人首富，是因为什么？勤劳？是比别人聪明？比别人更会沟通？李嘉诚就用两个字回答：气概。

气概是什么？气概是一个人的格局，一个人的高度。为什么关羽、张飞、诸葛亮会跟刘备打天下？是因为刘备有匡扶大汉的气概。由此，我认定如果希望孩子长大能有一番作为，培养他的精神气概是最根本的。劳特斯再问李嘉诚：“你这种气概是怎么培养出来的？”李嘉诚先生感叹：“儿童时期学的《三字经》《千家诗》《诗经》《老子》《庄子》等，这些知识弥足珍贵，它令我终身受益！”虽然李嘉诚只有初中毕业，但不影响他成为大企业家、大慈善家，所以一个人的成就，在于他小时候精神食粮是什么！

比如鲁迅、老舍、巴金、郭沫若、朱自清、沈从文、徐志摩、林语堂等这些文豪，全都是读国学经典长大的，没有一个是读我们这些“小明小华上学校，小猫小狗汪汪叫”长大的，最终他们都成为白话文的文豪！还有中华民族的领袖孙中山、毛泽东、周恩来、邓小平，诺贝尔奖获得者杨振宁、李政道、丁肇中……甚至包括台湾的首富王永庆，虽然是小学毕业，但他饱读经典，不妨碍他成就一番大事业。海尔的总裁张瑞敏，也曾说过他是应用国学的智慧让海尔走向全世界的。

记得读过一篇文章，作者遇见了一位八十八岁长者，祖上几代都是读书人。有人问他为什么读书，回答令这个作者叹服："读书让人成为勇士"。"文革"时要他交代已故父亲的"反动文人"罪行，他带上鲁迅的书，去问造反派头头，鲁迅是反动还是革命的。头头说当然是革命的。他又问，对鲁迅有帮助的是什么人。头头说当然也是革命的。他就翻开鲁迅的书给他们看，鲁迅说他读了蒋瑞藻的书"颇获裨助"，造反派头头哑口无言。蒋瑞藻正是他父亲，他名叫蒋逸人。在人人不敢多言、逆来顺受的年代，他敢与造反派叫阵，真像一个勇士。北宋初年一次农民起义的地点，历史书上如此认定，史学家前辈亦如此认定，而蒋逸人在读史过程中发现有误，拿出凿凿依据，后来整个史学界都改正了，书上说"据蒋逸人先生考订……"那是二十世纪五十年代初，其时不到三十岁的小蒋，竟敢挑战权威，真像一个勇士。后来他成了右派。公社组织政治学习，有个小组都是中学教师，领导指派小蒋当组长。教师们说，怎么叫一个工头来领导我们学习？结果小蒋从《资本论》谈起，《资治通鉴》《二十四史》……教师们佩服之至。他不怕命运多舛，真是个勇士。

自古中国，有人读书读成书呆子，百无一用是书生，这是读死书。读活了书的，"书中自有千钟粟，书中自有黄金屋，书中自有颜如玉"，啥都有。

也没错，读书首先与生存有关。而读书让人成为能干的人，与真理有关。在这方面我非常有体会，“文革”开始那年我小学六年，还没毕业就停课两年。这两年小朋友们有的参加“串联”，有的参加“运动”，而我听从父命在家读书。那时候“国学”作为“四旧”，书都藏起来了，更是不敢读了，尽管我的国学老师马兴武先生不时来家里检查我习写的毛笔字，“经、学、子、籍”断是不敢讲了。我们师徒的话题也开始和革命有关，比如十大元帅是谁，清朝十几个皇帝，开国大将，还有美国历任总统等等“天下大事”。更使我受益的是，那时姐姐读高中的课本，历史、地理、政治、生物、语文这些学生可以读的书，我都读个烂熟。直到今天，中国地图在我脑海里记忆深刻，都是那两年做的功课，就算是自学吧。几十年下来，连一个正经八百的小学文凭都没有的人，利用业余时间读了不下十所大学，并且走进大学讲学，创办苷肽大学，几十年如一日读书做学问，办企业。都要归功于“幼年经庭训”，奠定了“光宗耀祖”“修齐治平”的抱负和志向。

我体会：培养有大格局的人，是一项宏大的育人工程。蓝图是姥爷画的，只是一个设计师而已；工程师则是老师们，父母是孩子们的第一任老师，更是自己孩子的终生教师。年轻的父母们加油啊！

二〇一四年十月九日写于北海银滩

雨后

夜里下雨了，小花园很清洁，雨后的清晨有些■爽。东北的夏天就是这样，夜里下了雨，早晨没放晴，没有太阳就■爽，人的感觉除了爽更觉着■。回到书房，从衣架上拿一件常备用的马甲，穿上还没有感觉暖，把前襟的拉链也拉上了。小花园“茶缘”是木质结构，东西南面都是窗，是个“阳光”房。夏日的早晨有太阳时，这里如“蒸笼”，不过只要打开门窗，一透风就■爽了许多。春、夏、秋三季是我常待的地方。靠南有一个竹制的小方茶桌，几把竹背靠椅，可以品茗，是个绝佳的喝茶聊天的好地方。每天都有三两知己在此处闲侃，或有同事到这里找我议事，或是“小少爷”（外孙）找我合作作画、捏泥人、喂鱼喂龟。靠北的地方是我把上海办公室淘汰的写字台，舍不得扔，派车从上海运回东北，虽然运费远远超出了物之所值。只是在我心中，账不是这样算的：一来用过的物件有感情，是无法用价值多少来计算；二来物品不可以随便丢弃是我的思想，地球上的物品随意丢弃是一种犯罪行为；

三来作为创业历史的见证，作为文物，可以教育子孙，“勤俭”不是喊在口头上，而是做出样子，“家大业大浪费点没啥”是很危险的。说到这张桌子，是大成企业发达的一个标志，回到这张桌子旁，写字、读书、上网，是一种心情，是一种难舍的创业情怀。

雨后的小花园很迷人，还早，没有客人来，静悄悄的，窗外潺潺的流水声，小河对岸不时地传来晨练的人吹号子的声音。此时，很宁静。宁静是一种奢侈，只有心灵丰富的人才能享受啊！我体会：宁静不是表面的宁静，而是磨难馈赠给坚强之人的一种淡然和安详；宁静的人如同一潭湖水，万象掠过而不为所动；宁静者不争，不惧，不卑不亢，从容洒脱，肤浅的人得不到它，浮躁的人与它无缘；宁静是伤痛浇灌出的完美的人生。我是很喜欢热闹的人，也很会独处的。独处有很多事情要做，坐在靠背椅上，身后放了一个电视机，正是早间新闻时间。听电视节目是我的一个习惯，现在是信息时代，除了听广播，听电视新闻也是一种身体的调整。看手机微信、QQ 空间、在电脑前上网、写博客、看新闻、看网络小说，都很累眼，也很累腰身。在电视前听新闻，可以把背全靠在椅背上，闭目用耳听，是养眼、养身、休闲的好方法。这种脑运动的方法，可以将被动的生命活动主动地掌控。记下了那首小诗：

没有清风朗月
只是阴雨绵绵
舍得自在欢喜
禅心得一安然

二〇一三年六月三日

LAGO DI COMO

以孩子的名义

二〇一三年六月二日，是难得的六一儿童节小长假。这一天，张府“小少爷”，大成未来之星——五岁的天天，请小朋友偕家长陪同到张府做客并游览鸟岛。请来了小弟弟洋洋和他的爸爸妈妈；小朋友柔柔和她的爸爸妈妈；彤彤姐姐和她的爸爸妈妈，还有外婆；小妹妹萱萱的妈妈、外公、外婆、姑婆，还有八十八岁高龄的太奶奶；张府作陪的阵容有天天的外公、外婆、爸爸、妈妈，还有“乳母”大姨和大姨夫。大成伟业广告公司专业摄影师祁舅舅全程用镜头记录，以便过后给每个小朋友制作一本画册。

大成车队浩浩荡荡，从张府出发，直奔鸟岛。一路上政府增加了警力，三步一岗，五步一哨，以保证儿童节假日行车的畅通。

鸟岛坐落在美丽的沈城东部丘陵地带，沈阳的母亲河浑河从此流过。附近的福陵埋葬着清朝开国之君努尔哈赤，被沈城人称为“东陵”。一座城市有水、有山便有美丽的风光。沈阳是“一朝发祥地，两代帝王都”，人杰地灵，大成伟业集团从这里出发走向全国。张府“小少爷”天天是姥爷心中的未来之星，姥爷无论有多重要的事，天天总是第一位的。商贾之家可以培育一种贵气，“小少爷”有贵族的范儿，姥爷更重视培养“小少爷”的和气和修养。姥爷陪同“小少爷”的朋友在鸟岛游玩，并且为了纪念第一次以天天的名义邀请朋友游玩写了一篇日志，是现场的随笔，作为送给这期画册的礼物，以飨读者。

这篇小文的题目是“怎样理解勇气”。一般人讲到教育、培养孩子，常常会希望有勇气，特别是对男孩的培养更是。人生从小到大，认知的差距挺大的。不同的年龄段和不同的修为，对涵养认知也是不同的。真的不用太追求某一种完美，随遇而安就很好。记得在报纸上看到这样一则故事：歌德和贝多芬在路上并排行走，突然对面来了国王的仪仗队。贝多芬昂首挺胸，从仪仗队面前挺身而过；歌德则退到路边，摘下帽子，在仪仗队面前恭敬肃立。

这是中国作家莫言几年前在德国法兰克福书展上讲的一个故事。莫言说，年轻的时候，他也认为贝多芬了不起。随着年龄增长，他慢慢意识到，在某种意义上，像贝多芬那样做也许并不困难，但是像歌德那样，退到路旁，摘下帽子，尊重世俗，对着国王的仪仗队恭恭敬敬地行礼反而需要巨大的勇气。

我想到夫子讲的一段话：十五而有志于学，三十而立，四十而不惑，五十而知天命，六十而耳顺，七十而随心所欲不逾矩。这句经典，教诲人生，时而温习，每每有悟。此时我想，培养孩子，不可偏颇，勇气和修养共存才是。如夫子所言："随心所欲不逾矩"是何等高的境界啊！随心所欲地在社会生活中生存，符合自然规律，又能遵守社会公德，尊重世俗民风，这才是人生追求的君子之风啊！中华文化源远流长，博大精深，古人的许多文化精粹和精神宝藏值得现代人借鉴，我们可以向古人借来智慧，教育子女，"营养"心灵。

二〇一三年六月二日

学做个“玩学家”如何

昨天，下了一整天的雨，把国庆节后的天空洗得湛蓝。十月二日，在张府从来都是个不平凡的日子，太阳也讨好人似的笑眯眯地送来温暖的阳光。小花园一下子又热闹起来：分别栽种在五个大缸里的几十株九月菊争相绽放着，疯长了一夏的橡皮树和紫竹比繁茂，关在笼子里的小鸟叽叽喳喳凑热闹，山楂树和苹果树遥望着晒果实。是啊，红红火火的小花园是茶缘里静坐着的老爷眼里的风景，毛泽东那句“三十八年过去 弹指一挥间”，把我的思绪推向久远。

平凡的日子里总会有些不平凡的事情发生，九十八岁的经济学家于光远老先生于二〇一三年九月二十五日去世了。他不仅是经济学界的学人景仰的导师，更是当代中国的国宝级大师，被誉为“心不老的大玩学家”。虽然平生与于老先生不曾相识，老人家却是我一生敬仰的师者。

于光远曾为朋友题词：“玩是人生的根本需要之一，要玩得有文化，要有玩的文化，要研究玩的学术，要掌握玩的技术，要发展玩的艺术。”有人听说后送于光远一个“大玩家”的绰号，于光远谦称“大玩家”受之有愧，于是加了一个“学”字，自称“大玩学家”。于光远赞同积极有益的娱乐和休闲，支持健康的、有情趣的、有文化品位的玩，反对那些病态的、庸俗的“玩命”“玩花样儿”。他认为，社会向前发展，人们追求新、知、乐、美的生活方式，于是有了旅游业和休闲业。休闲是现代经济的产物，而且越来越发展。一次在西安，于光远在饭桌上与主人谈到兵马俑、古城墙、大雁塔等旅游资源的发展前景，建议当地政府认真研究如何搞得更好，吸引国内外游客在西安多停留几天。于光远最后说：“过去讲活到老，学到老，现在还要加一个玩到老。”说完哈哈大笑。

向于老学习做个“玩学家”如何呢？玩乎，学乎！有人说于老是一个闲不住的人，他无时不思，无日不写，他可以在飞机上，甚至在汽车上写字，他也能边开会边写作，一心二用。八十六岁开始学电脑，使用汉语拼音输入法，对一个上海人有一定难度，他还是学会了。也正因为使用电脑，启发了于老的思考，写出了《我的“四种消费品理论”》，于老也从此手稿绝迹了。做一个玩学家，玩得好关键是学得好。于老的“文学细胞”是在他不能从事经济学研究才开始的，从《古稀手迹》开始，一发不可收拾，二〇〇五年就出版了五部作品。

以生平未曾相识的先生为偶像，也修正了我的生活态度。还在工作状态下的我，每天用两个小时写作，秘书和家人说我在电脑上的时间太长。每月外出几次，工作了也顺便游玩了，乐趣还是很多的。如果觉得哪个地方生活不便、多烦恼，可以选择躲开。选择生活环境首先是心情要好，人的一生中有天然的莫逆、永恒的知音，彼此都善于心灵的沟通、情感的交流和心灵的碰撞，就会很开心，就好。所谓游戏人生，一个“学”字了得！

二〇一三年十月二日写于家中小花园之茶缘

作文的享受

说不清从什么时候起爱上了写作。小时候练习写字是父亲的“压迫”，母亲的“管理”，老师的“点拨”。环境让我有了一技之长，写一手好字，于是小学三年级就开始写学校的“黑板报”，这一写就写到二十几岁，在企业也写黑板报。写黑板报就必须得写稿，于是从小开始“写稿”，成了专业户。更有儿时的玩伴，有什么要写的常来求我，如同孩子眼中的“师爷”，自然成为领袖了。

二十世纪七八十年代是“企业报”的黄金年代，那时从编辑到主编，编企业报的爱好文学的朋友，很多人后来都从事了文化行业。我也曾做过专业记者，或许是这一时期的从业经历吧，后来不做专职的新闻工作者了，却和作文结缘。

最坚持的是写日记，小时候姐是文学方面的导师。姐也常要求我做些事情，写日记就是姐的建议。那时的小孩有一本日记本是多么奢侈的一件事啊，正是这样一本非常平凡的姐姐送给我的日记本，让我开始了和它“结缘”一生。作文是写日记的必需，是一种内心的独享。那时居住条件限制，书房是没有的，只是能占上一面墙或一个角落便满足得不得了。有时写作是在阳台上享受的，最好是秋日的月夜，风清月满，阳台简洁干净，趴在窗台上，身后是熟睡的家人，现在想一想真是再好不过的作文背景了。

生活在变，物质生活变丰富了，书房在不断地增多，在上海、在庄园、在沈阳所有的居所，书房都是必备了。看书作文和“舞文弄墨”不是一样的环境，画台的文房四宝要有足够的空间。用于写作读书的场地，除了可以藏书，也得喝茶啊，讲究起来真的不得了。说藏书吧，最近有一本书，收录了六十位文化名人写自己书房的文章，还配了各自书房的照片，各有千秋！我的藏书乐，还在于书柜的选择。大部头的书，铁架加玻璃隔板；有些精美的书和古籍收藏在红木书柜里；一些工具书是随时翻翻的，还有一部“四库全书”，

专门设计一个书柜和一间书屋，有时进去，随手翻一翻就放回原处了。倒是《墨香斋藏书》二十四函放到大书桌背后，《智囊》是经常开卷的，还有《毛泽东评点二十四史》，时而翻阅。读书和写作是分不开的两件事，有时为写一篇文章，经常把书籍从书房搬过来，书桌上摆成堆了。虽然，现在上网查资料“百度”很方便，也不用再抄卡片，我还是习惯从纸质书中找出来读读写写。如今网络阅读的信息量真的很大，将喜欢读书之人的阅读空间塞得满满。我还是喜欢纸质的读物，每天读十几份报纸，更有《新华文摘》等十几份杂志，和纸“亲”啊。

电脑已经普及，在电脑上写作方便了许多，出门在外也不用带钢笔和笔水了，不过我还是喜欢在纸上用钢笔写字，再转到电脑上费二遍事。我玩作文是玩的快感，玩的享受，就不吝惜浪费那点时间了。

二〇一三年六月十日

阅读的乐趣

幼儿时为写毛笔字没少挨父亲批；在以后的几十年里，也为此没少被社会各阶层赞。如果将生活的收获分分类，物质的归物质，精神的归精神，真的很不好分；如果从享受人生的角度，用物质和精神分分类，物质的收藏和享受，和精神收藏的享受是可以分一分的。当然，物质和精神的占有和收藏，可以共同享受，生命的趣味是有境界、有比较高的质量的。

入夏时节在东北避暑，电脑、日记本、笔记本、稿纸，再加上写字画画的纸、墨、笔、砚等，整天围着这些物件，只是饭后围着宅前的小河沿公园走步一个多小时。家人时常批评“玩文字”占的时间太多，听听工作汇报也多在小花园的茶缘这处书房里。办公室是“摆设”，有外客来时会会客而已。各方面的朋友闲聊、神侃还是回到小花园的茶缘来，或泡一壶明前碧螺春，或泡金骏眉，有时也泡普洱，兴致起时，再可品品红酒……这一个“品”字，是生活的境界啊。这书房才是我的精神殿堂。人的一生，启蒙教育非常重要。在父亲的督导下，写字、读书这一套文人之事，已是我一生生活的“食粮”。没有这精神层面的生活，再富有的物质享乐在我的生活里都是无味的了。

昨天东升兄到家做客，为我陪客人。他是我少年时景仰的大哥，是一个写公文的文人墨客。因为省贸促会会长张喜柱先生到寒舍访问，身为省文化交流协会会长、省政协常委身份的大哥来，是社交的需要吧，再有工商局办公室主任宝利和高健，是东岩安排的。大哥看到我的几房子书，问我：“这书都看了吗？”

说到书房，文人们都忍不住津津乐道。范用（中国著名出版家）的感慨很真切：“有一间书房，算得上人生幸福。”大哥的提问“书都看了吗？”如果这句话再少讲一个字，“书都看吗？”味道就重了。读书人说书房，不管说有说无，说好说歹，是一种本能的需求。有个书房又怎么样，现在有一个新的商业创意，为企业家设计书房，并且推荐藏什么书。商业的创意真的很

有市场预见性，对读书人却是一种贬义，读书人读什么书，怎么可以由他人掌控？这可让东升大哥问到了“书都看了吗？”读四月十八日的《今晚报》，有一位孙香我先生有一段话：“你就看电视上那些‘讲师’们，学问大得不得了吧，一定都有漂亮的书房吧，但你看他们在电视上讲了还不过瘾，还又全国各地飞来飞去地讲，哪还有一点闲工夫待在书房里翻一翻书呢。偌大的中国，如今还有几间书房里还有人啊。人不在书房里面，那书房也不过是一间摆书的房间而已。”孙先生的话有些道理，却也不敢苟同。窃以为，如今学者在更大的舞台上“传道，授业，解惑”，是时代精神，其社会价值在学而致用。我认识的几位老师，如清华大学历史系教授张国刚、南开大学历史系教授孙立群、中央民族大学哲学系教授赵士林，听他们的课是一种超级的精神享受。正是他们走出校门，才让当今社会的中坚——企业界的经营者们和其他社会界的好学之士，补上了“文化提升”这一课。我还是为他们鼓掌！我相信：他们每时每刻都和读书联系在一起，从他们的课件库可以看到，都是心血的凝聚。或许书房只是摆书的时间多了。我相信，就是不在书房，书定是不能少看的了。

二〇一三年六月九日

这辈子三万天

回家这一天过得很快，听听汇报，会会茶友，打打乒乓球，通通电话，散散步，打打牌，用用三餐，听听小孩讲他的故事，还真是丰富。人这一辈子，三万天。说短是短了点！有人感慨，人生，真的只有短短三万天吗？真的，有很多的人还没享受三万天就走了。马上拿起笔算了一下。

30000÷365=83（年），果然，如果活到八十三岁，大概只有三万天。人活到八十三岁过去很少见，现在生活水平提高了，能够活到三万天并且健康也不易。

很多人对人生是没有概念的，以为过了今天有明天，过了明天有后天，过了后天还有大后天。然而，真正有这样一个数字摆在眼前时，会突然觉得，人生真的好短。如果静下心来想一想：你有多少天是快乐的？多少天是不快乐的？多少天是激情澎湃的？多少天是平平淡淡的？多少天是充实的？多少天是虚度的？多少天是为自己而活？多少天是为别人而活……哎！人生短短三万天，何其短暂又是何其宝贵啊！

刚刚在上海组织一场“健康中国”高峰论坛，会后又驱车在江南市场转转，虽然有些紧张，却也很丰富。是呀，只要我们活一天，就应该用心去感悟生命的过程。在为了理想努力打拼时，路边的风景也是可以顺便去看看的，丰富人生的意义，也包括嗅嗅身边每一朵绮丽的花，享受一路走来的点点滴滴。人生短短三万天，如今我的二万多天已经走过，不要等到生命走向尽头的时候，才后悔没有停下来享受生活，让自己空留遗憾。我尝试着把自己的目光从繁忙的工作和琐碎的事务中挪开，踩着细碎的阳光去林荫小道的深处散散步；在静谧的夜空下，悠闲地躺在阳台的藤椅上，欣赏一下月里嫦娥的舞蹈，找寻一下属于我们自己的星座……每当用心去观察，用心去感受，总会发现，生活中的点点滴滴都能汇成一道美丽的风景！生活本是丰富多彩的，除了工作、学习、赚钱外，许许多多美好的东西值得我们去享受：可口的饭菜、

温馨的家庭生活、蓝天白云、花红草绿、飞溅的瀑布、浩瀚的大海、雪山与草原等。此外还有诗歌、音乐、沉思、友情、谈天、读书、写作、体育运动，甚至工作和学习本身也可以成为享受。

此时，子夜钟声已敲响，张府宁静下来，只有小花园茶缘还灯火通明，我躺在罗汉床上，想起：天明东升大哥有宴会邀请；年底管骅爱女在上海设婚宴庆；周日家宴款待家亲好友，都是热闹事！感慨："对酒当歌，人生几何"啊！

二〇一三年十一月三十日子夜写于家中小花园之茶缘

随笔

生活中每一天我们拥有共同的上苍馈赠的礼物：阳光、雨露、空气。我们的祖先又创造了美食美景，还教会了让我们对前辈尊敬，对父母孝顺，对子女慈爱，对兄弟孝悌，对朋友诚信。我们是很幸运的。

南湖秋韵

时光把仲夏深黛的绿野，由一个浓妆素抹的妙龄少女，变成个雍容华贵的少妇。金风的吹拂，天姿妩媚，撩人欲醉；散发诱人的芬芳；色彩斑斓，惹人眼花缭乱，心旷神怡也。人生如同一丝游云，一片落叶，云与天宇的相栖是短暂的，叶与树相依是匆匆的。唯其短促，人生四季的秋时，才有了这样特殊的韵味。

古人有一首诵秋的好诗写在南湖：

渌水明秋月，
南湖采白苹。
荷花娇欲语，
愁杀荡舟人。

这是唐代诗人李白的一首诗《渌水曲》。多美的诗句啊！一幅胜似春光的迷人秋景。首句写景，诗人就其所见先写渌水，南湖的水碧绿澄澈，映衬得秋月更明。一个“明”字，写出南湖秋月之光洁可爱。次句叙事，言女子采白苹。三、四两句构思别致精巧，“荷花”仅“娇”而且“欲语”，不特“欲语”而且十分媚人，以致荡舟采萍的姑娘对她产生妒意。这两句诗，选词甚妙，设境奇绝，把荷花写活了，把境界写活了。末两句诗写出典型的南方秋景，不仅无肃杀之气，无萧条之感，而且生气勃勃，胜似春日。从景色的描写，表现出诗人愉悦的情绪。

秋天已经悄悄来了吗？郁郁葱葱的草木，繁荣茂盛的夏天似乎还没有过去。是的，江南的夏天是不容易褪去的季节。在这个休息的日子，静静等候秋天的到来。约上阿萍和她的几个小姐妹，江南女子秀美，与之共进晚餐，美景、美食、美色……和了李白的诗境，可谓美不胜收了。

到南湖来，从栖息的泰晤士小镇来的。这里有那一池的莲，只有一只荷花儿绽放，仿佛是在等待什么。“荷花”仅“娇”而且“欲语”，不仅“欲语”

而且十分媚人，哟！唯独属于吾。

这是特殊的秋韵，果实成熟了，在枝杈间露出了迷人的色泽；但是那美丽的瞬间十分短暂，随着叶片的坠落，它告别母体的时刻已然来临。那是一种忧伤的别离，无论是醉红了脸的高粱，还是白了头冠的芦苇，它们从萌芽到吐穗，都经历春夏季节的风吹雨打，待到生命璀璨到极致的时刻，它们便到了与母体生离死别的日子。树若有知，会是感伤的。果实如若有情，也是恋栈的吧。

有句话说，简单就是快乐。生活就是一个由简单走向复杂，然后由复杂走向简单的过程。树未有知，果难言情。大自然用简单的眼光看待生活，无欲则刚，无求则乐。简单多好啊！简单让我们恬退隐忍，简单让我甘于淡泊宁静。安享这份难得的礼物，领略小镇安静美妙、湖水碧绿澄澈的迷人秋色，体验一种平衡的生活艺术。就如这秋天的美丽，一定经过了冬天的寒冷，春天的生根发芽，夏天的烈日酷热，才来到了秋天的丰收。

生命的诞生也许是偶然，注定在得失之间。生命短暂，没有返程票。在这个世界上走一趟，需要用心，赏这美丽的秋景。年轻的时候不懂得，中年的时候要奋斗。也许，只有到了暮年，才知道有些东西，当你完全拥有时，索然无味；有些东西，当你失去时，才知道珍贵无比。所以，放下就是快乐，简单就是另一种成熟。心态最重要，心情最要好，就如这秋天，自然而美丽。

当清晨第一缕■爽的风从窗外飘进来，吹在脸上，很■爽。当第一片树叶从枝头随风飘落，落在满是落叶的地上，仿佛闻到了秋天的味道，听到了秋天的声音。待到一片黄叶落下，两片、三片……倾听远方，秋风吹着身后的黄叶，秋风吹着飘满落叶的树林。秋天的诗，这是秋天的诗，秋韵，定格在南湖的秋韵。

二〇一五年八月三十一日

子夜心情

《回眸・苷肽十五年》摄制组进入山西，在晋城一天拍摄了两场，接着又聚会两次，结束就直接回到我的同学成平安排下榻的晋城国贸宾馆，同行的同人各自回房间安歇了。成平夫人晋香专程从北京提前回到晋城，他们等了我一个晚上，安排喝茶、唱歌，很是让我感动，我还是决定提早休息。

子夜，在宾馆灯下读书。《孙子・用间》："凡兴兵十万，出兵千里，百姓之费，公家之奉，日费千金，内外骚动，怠於道路，不得操事者，七十万家……"

这次出行巡游二十几个省市，就是为了给十五年细胞营养学应用学科研究做好总结。子夜读书感悟，正如孙子所说，凡兴兵十万，征战千里，百姓的耗费，国家的开支，每天都要花费千金，前后方动乱不安，戍卒疲惫地在路上奔波，不能从事正常生产的有七十万家。孙子讲，这样相持数年，就是为了决胜于一旦，如果吝惜爵禄和金钱，不肯用来重用间谍，以致因为不能掌握敌情而导致失败，那就是不仁到极点了。这种人不配做军队的统帅，算不上国家的辅佐，也不是胜利的主宰。

所以，明君和贤将之所以一出兵就能战胜敌人，功业超越众人，就在于能预先掌握敌情。要事先了解敌情，一定要取之于人，从那些熟悉敌情的人的口中去获取。

夜读古书，联想到大成伟业第二个十五年周期，第二次创业，从"回眸・苷肽十五年"起步，在队伍建设上挖掘"七〇后"精英加盟，全国市场重新布局，在江南的沪浙苏、在闽粤赣、在京津冀、在晋鲁豫、在湘鄂黔、在陕川渝，不是正如孙子说，凡兴兵十万，征战千里的开始吗！

合上书本，心思平定不下来。上网翻看《天天日志》，想他的时候总会这样，这样心就回家了。看看"小少爷"天天在大客厅和阿姨拉家常，怎么二十几天没在家胖了许多！爸爸、妈妈和姥爷都出差了，小哥和舅舅、舅妈都做了随员，张府空前地空也，只有姥姥和阿姨了……

耳边响起一首歌《驿动的心》：曾经以为我的家，是一张张的票根，撕开后展开旅程，投入另外一个陌生。这样飘荡多少天，这样孤独多少年，终点又回到起点，到现在我才发觉……路过的人，我早已忘记，经过的事，已随风而去。驿动的心，已渐渐平息，疲惫的我，是否有缘和你相依……

这是姜育恒的作品《驿动的心》，由于歌词写得较为潦草，"骚"与"驿"字形太过相近，姜育恒错把"骚动"唱成了"驿动"。所以"驿动"这个词本身是错误的。如果非要解释，也只能解释为躁动、不安的意思。

记得我们是一个年代的人，那是二十世纪八十年代初，姜育恒孤身从汉城赴台湾发展，一首《再回首》红透半边天，还有《跟往事干杯》《梅花三弄》等多首歌曲脍炙人口，然而之后他投资做生意失败，负债累累，个性忧郁的他再次走上歌坛。

姜育恒，一个纵使风霜历尽，也还是像个孩子的男人。从《爱我》到《昨日梦已远》，从多年前只身漂泊，从北国来台，到成为举国皆知的忧郁歌手，姜育恒的故事里有着太多幸运，却也有更多个人的努力，如此难以解释，一切又好像顺理成章。他的脸孔不算英俊，却自然想让人亲近；他的歌声不算"美丽"，却无条件令人包容；他的表演，总是吉他一把，直挺挺地站着，却能每一次轻易吸引住全场的目光……

《驿动的心》敏锐把握时下脉动的音乐特色，是一种理想。在通俗的情爱中开拓属于现代生活、现代男子的思维与步调，于是我们有了驿动的心里的不安与渴想，有了天天里的反抗与挣扎，也有等爱的人的最后一线温柔与希望。唱歌、听歌、也写歌，品赏歌的旋律和歌词都是一种腔调……

这是我子夜的心情：由灯下读书……演变成想念家里孙儿和家人的孤独……又很快走进歌的世界里……

二〇一五年六月二十日

武夷山雨

你可能不信，来武夷山不仅没去九曲溪北的天游峰，更没去仙游岩，仙掌峰……而是选择更自由的深度游。

首先去了龙川大峡谷。夜里一直下大暴雨，晨曦初露之时雨渐渐小了下来，我们驱车跑在武夷山中的路上，白茫茫的烟云，弥山漫谷，风吹云荡，起伏不定，犹如大海的波涛，汹涌澎湃。山路崎岖，开车仿佛没有前方，洪志就是这样艰难地将车开到龙川大峡谷。进了景区，沿水道，临各级瀑布拾级而上。登峰巅，望云海，变幻莫测，宛如置身于蓬莱仙境，遨游于天宫琼阁，可谓天游也。登至半山腰，雨势突然加大，变成了暴雨，狭窄的山路太不安全了，我决定不登山顶，原地向下转。此时，四周一片云雾茫茫，什么也看不到了，我们直接从下山的路下山了。龙川瀑布之壮观可以用震撼来表述。连导游袁小姐都说，这是她见到的最壮观的瀑布了！是因为借了雨势，当然也多了几分的险情。

第二站是梅溪下村，是晋商万里茶路的起点。来到武夷山一定离不开武夷山岩茶，更离不开大红袍了。在邹府家茶品茗闲侃，听导游述说武夷山的故事。古时候，武夷山这地方没有名字。相传古时武夷山的幔亭峰上住着一位姓彭的老人。当时，洪水成灾，百姓日无宁日。俗话说，山有顶地有主。老人就带领村民开山治水。到了白眉白须的时候，也已是远近闻名的开山始祖了，于是人们尊称他为“彭祖”。彭祖有两个儿子，一个叫彭武，一个叫彭夷。彭祖活到八百八十岁的时候，被玉帝召上天成仙了。临走时只留下一把斧子、一柄锄头和一弯弓箭，嘱咐两个儿子要继承祖业，日夜开山治水，造福村民。兄弟俩终不忘父训，把这一带装点成人间仙境，村民过上了鸡犬相闻、五谷丰登的日子。彭武、彭夷去世后，人们为了报答他们的恩情，就以兄弟俩的名字命名他们的居所，称之为“武夷山”。

武夷山不愧是世界文化与自然遗产双重圣地，被誉为“全球十大最幸福地方”之一。这古朴山村的居住者安享着世外桃源的快乐。

武夷山是朱子理学的摇篮，朱熹是继孔子之后中国历史上最伟大的思想家、哲学家和教育家，是儒学思想的后期代表人物。朱熹一生与武夷山有着十分密切的关系。在他的七十一年生命中，有四十余年时光是在闽北和武夷山度过的。并且为宋代孔子学院的建立提供了哲学理念的前提，他的思想延续并且影响了大半的中国古代文化，使武夷山在当时成为中国东南的文化中心。武夷山素有“碧水丹山”的称号，奇峰险峻，碧水潺潺，幽谷险壑，古树参天，“奇、秀、美、古”的动人美景让人叹为观止，从古至今吸引了无数文人墨客留下动人墨宝篇章。

二〇一五年六月十日

陋室有"德"而"馨"

黄岩九峰山下住着九十岁高龄的胡尔振和七十九岁的妻子陈仪贞一对老夫妻，这次我们从上海出发专程来看望二位老人。这是《回眸·苷肽十五年》摄制小分队离沪的第一站。

记得去年"苷肽大学十年"纪念活动时，盛情邀请二位老人，在组织去长白山天池旅游时，九十岁的胡伯伯因为高龄，旅行社没有同意，陈阿姨不想错过一次难得的机会，于是他的儿子专程从台州飞抵沈阳接走老父亲。作为佳话，我一直讲给朋友们听。这次摄制组于台州黄岩开机，在九峰山下的九峰园，得以认识了胡伯伯和陈阿姨的小儿子胡跃琦兄弟。坐在茶舍，品茗侃谈，我认定了高寿的老人有孝顺的儿女是重要的因素，当然更重要的是"年轻"的陈阿姨是九十高龄的胡伯伯健康快乐的保护神。胡陈二位老人是细胞营养素苷肽的神奇见证人。

胡伯伯早年投身革命，是退休的老干部；陈阿姨出身名门，是大家闺秀。陈阿姨讲起他们这段近六十年的婚姻时风趣地忆起六十年前的故事。那年她芳龄二十，有一天单位领导把她找到一个会场，入座后问她："你对我有没有什么看法啊？"陈阿姨说，看法挺好的！领导同志说："那好呀！我们结婚吧！"晚上两个行李搬到一起就结婚了。她的领导同志就是胡尔振，从此这一对夫妻一路走来相扶到老，到今天已经走过了五十九年。开始的那一年她二十岁，他三十一岁。

今天在黄岩九峰山下的一个古朴的老旧民居里拜访两位老人时，胡伯伯说他在林业局退下来三十年了，这十年有苷肽，他没在林业局报销过医药费。

我见到了一位共和国的功勋，不给组织找任何麻烦，身居陋室却乐观豁达，以不回老单位报销一分医药费而自豪的革命家。这不仅是情操高尚，更是拥有健康啊！我记起古代先贤刘禹锡的名篇《陋室铭》：

山不在高，有仙则名。水不在深，有龙则灵。斯是陋室，惟吾德馨。苔痕上阶绿，草色入帘青。谈笑有鸿儒，往来无白丁。可以调素琴，阅金经。无丝竹之乱耳，无案牍之劳形。南阳诸葛庐，西蜀子云亭。孔子云：何陋之有？

居处虽然简陋，却因主人有“德”而“馨”，也就是说陋室因为有道德品质高尚的人存在当然也能出名，声名远播，刻金石以记之。山水的平凡因仙龙而生灵秀，那么陋室当然也可借道德品质高尚之士播撒芬芳。此种借力打力之技，实为绝妙，也可谓作者匠心独具。特别是以仙龙点睛山水，构思奇妙。“斯是陋室，唯吾德馨”，由山水仙龙入题，作者笔锋一转，直接切入了主题，为引论铺下了基础。也点出了陋室不陋的原因，其原因是“德”“馨”二字。

在革命老前辈之陋室，我浮想联翩，心中默默地读起先贤刘禹锡的名句“南阳诸葛庐，西蜀子云亭”。作者借诸葛亮的草庐，西蜀扬子云（杨雄）的玄亭做类比，引出自己的陋室及人，为自己的楷模，希望自己也能如同他们一样拥有高尚的德操，反映自己以古代贤人自况的思想，同时暗示了陋室不陋。我体会刘禹锡这样写还有另一层深意，即诸葛亮是闲居隆中草庐以待明主出山。而杨雄呢？却是淡泊于功名富贵，潜心修学之士，虽官至上品，然他对于官职的起起落落与金钱的淡泊，却是后世的典范。作者写此二人，他想表达的意思是：处变不惊、处危不屈、坚守节操、荣辱从容。既不愿与世俗同流合污，又想逢明主一展抱负，若无明主，也甘于平淡的那种志向吧。

我仿佛想到作者官场的起起落落，再看看我们的时代如胡伯伯这样的革命老人，不是楷模吗！回眸苷肽十五年，我要把陋室不陋的胡老伯和陈阿姨写到《苷肽的故事》里，他们的居处虽然简陋，却因主人的有“德”而“馨”，陋室因为有道德品质高尚的胡伯伯和陈阿姨健康快乐地存在，当然也应该出名，声名远播，和《苷肽的故事》一起流芳千古！

二〇一五年六月七日

水清月近人

满目青青是入夏而精心编织的巨毯，各色的花儿更是怒放着自己的心情，要不人们怎么都说夏季是热力四射的季节呢。从小河沿漫步径直走到古城里，中街商业街上，少女早已迫不及待地褪去原来身上的束缚，清爽可人地穿起了夏装，街上满眼是楚楚动人的女子，像那花儿一样，也在盛放着自己藏了一冬的美丽。古人说女子是水做的，有水的灵气。亦嗔亦娇，扮靓了这季的风情。

临水的张府小花园里，翠色的山楂树，叶子在阳光下闪着光，走近了细看，树杈间已长出花骨朵儿，虽然很小，却分明是怒放的样子，好像就要结出那浑圆的山楂来！一丛丛的骨朵儿摇摆着枝蔓，如仙人手中的拂尘一般，经风一吹，种子不时地飞散了开来。

每天在小河沿散步是临水而居的奢侈，总是惦着清风拂面，阳光也是分外地媚好。夏风还是那风，但已不是给山川着色时的冷屑。和着这正午骄阳，这风不知何时，已经变成了一种■爽的惬意！说夏天是火热的，看那鲜花一茬接着一茬地开着，带着一缕缕香，裹着一团团绿袭来。那如雪般悬挂在枝头的花儿，一簇簇，一串串，多么的惹人怜爱。漫步在河边的小树林，风吹过时，一阵阵扑鼻的清香总会让人忍不住驻足片刻，摘一朵放在手心里，含在嘴里嘬一小口，甜丝丝的。这片小树林原本是绿化带，被卖花人开辟成“花市”了。我经常领着“小少爷”（外孙）在这里买花儿、买鸟，还买小动物什么的，和卖花人成了熟人。他们把那么多漂亮的花儿养好，给多少人家送去了美丽和花香啊！可是他们晚上就睡在小型面包车里，在这游动的“房车”里要住整整一个夏天。走在卖花人的“花市”里，分享着花儿的芬芳，深深、深深地呼吸，香味入鼻，入了五脏六腑。

要照顾卖花人的生意，家中小花园里新摆上了几百盆从小树林“花市”购来的草本的花，小花园一下子热闹起来。大花坛那招风的蔷薇在墙头开满

了红彤彤的花儿，它如夏天般火热、鲜艳、亮丽。一整墙，真真有“千朵万朵压枝低”的气势！月季以及许多不知名的小花，红艳艳、粉嘟嘟、黄澄澄，各有各的妖娆，各有各的风姿。

夏日里的小河沿绿柳婆娑，夜幕下，在万泉河忙碌了一天的游船，停泊在暮烟笼罩的河中小洲旁，茫茫暮色仿佛新添几分忧愁，旷野无垠，远处天空比树木还低，河水清澈更觉月与人情投意合了。诗意地沉醉，水天一色，恍如水墨江南，淡淡晕着初雨时晴那般迷离。岸边树影疏离，微风中摇落几缕凄清，浸透了夜色的幽静。最添风景的是那垂钓的人，从抛出钓竿的那一刻，便凝成了一尊雕塑。守望自此成了关注的全部，直到鱼儿上钩的那一刻，动态打破了所有的宁静，笑爬上了垂钓者的脸。月亮不知何时爬上夜空投入水面，静静地为垂钓的人祈祷。水清月近人！此时，多想捧起水中的明月，安放在酒坛里，封存，封存一片古老悠然的月色；酝酿，酝酿一坛韵味深长的酒水；珍藏，珍藏一段质朴淳厚的心情。望着游船在烟霭沉沉的小洲边静泊，忙忙碌碌的我无限感慨：生活的垂钓者呵，成功的鲜花必定属于你！

二〇一五年五月十一日

日本难波

关西空港是大阪的空中门户，小山健和小山慧明夫妇代表妈妈井上雯女士到空港送行，我心中诵读一首古诗词：彩袖殷勤捧玉钟，当年拼却醉颜红。舞低杨柳楼心月，歌尽桃花扇底风。从别后，忆相逢，几回魂梦与君同。今宵剩把银缸照，犹恐相逢是梦中。

这次大阪之行了却了我的一个心愿，亲眼所见李雯在日本的生活和工作情况，很是敬佩她。特别是孩提时的小蓉蓉已经如出水芙蓉，如今已经是为人之妇的小山慧明，一个成熟的职业女性。她聪慧安静、大方热情、贤淑端庄、时尚秀美。在岛国的几日一直有她相伴左右，仿佛多了一个小女儿，我会想着她了。大阪是李雯在日本定居的地方，是日本的第二大城市，古时又叫难波，她东接历史悠久的京都和奈良，西连神户，在保留着诸多历史古迹的同时，也有着现代的一面。今年三月七日开业的阿倍野 harukas，其三百米的高度令她成为日本最高大楼。三层的 harukas300 展望台，中通的露天设计是一大特色。清晨时分登上展望台，街景在旭日照耀下显得分外动人。此次大阪之旅我们就下榻在这座大厦的万豪都酒店。位于十九楼的大堂，设计充满气派，我们入住四十四层，夜晚临窗鸟瞰，万家灯火通明，愉悦心情可想而知。

没来大阪就听说有个难波公园，是位于大阪传统热闹商业区的现代建筑，名称中有公园，其实并非传统意义的公园。进入难波公园后，会让你以为自己来到了一个生态绿色公园。室内外的空间界限被打破，因地势而打造的“峡谷”内有一条“八字形”倾斜上升的通道，一路精心设计出不同的小湾、岩洞、河谷等探险般的空间感受，更让你常常有“柳暗花明又一村”的惊喜。我们是商务考察之旅，在会友时也有意对商业投资经营环境进行考察。当然也不会放过这个独具特色的地方了。

到日本看樱花，大阪造币局是一处绝佳的观赏处，临水左岸汇集了如注的人流，排成巨龙阵。我是一个逆向思维的人，于是带领家人从回的方向进

入，避开了人流，可以悠闲自在、逍遥快活地漫游观赏。在河岸边坐在遮天蔽日的樱花下，眼前的一切都变得如梦如幻了。抬头望去，樱花的花瓣在阳光的照射下显得分外娇艳，层层叠叠的花朵竟渲染出无数种粉嫩。认真观察，就会发现这瀑布般的花树是由无数朵小花组成，每一朵小花都拼命展开笑脸，用尽全力去迎接春天，然后在最辉煌的瞬间告别生命。正是因了这份对美好春天的挚爱和对完美生命的追求，一朵朵看似貌不惊人的小樱花汇成了美不胜收的樱花海。短短的几周时间，樱花海的海浪从南向北逐波漫过日本列岛，随着粉红色云雾的飘逝，一场百花竞艳的春之歌也将徐徐谢幕了。我此次赴日本考察的商旅之行也将谢幕了，小山健先生从东京专程抵大阪送行，昨晚设宴，今晨又送行到机场，友情，有情，此次日本之行收获满满。

二〇一五年四月十三日

听雨·骄阳

井上雯嫁到日本一晃十五年了，还记得井上先生到中国迎亲之时，在沈阳太原街大连渔港的迎送宴会上和沈阳桃仙机场挥手离别之时，妈妈拉着那时只有八岁的蓉蓉登梯时，小女孩一直扭着身子回首，那依依不舍的样子，仿佛就在眼前。

天地之间，一个小小的我一个小小的你，记得你是我离开公职自谋职业时第一批虔诚地跟随我的人之一。那时你还没过第三个本命年，你认我为大哥了，我高兴捡到了一个“林妹妹”。还记得你那年回国在浙江大学学习中医，我专程从上海赴杭州看你，相聚是短暂的，今天在淅淅沥沥的小雨中，我率全家人在小蓉蓉，如今已是小山慧明小姐的陪伴下，从东京乘坐新干线去大阪专程来看你。列车奔驰，虽然只有两个小时车程，“归心似箭”啊！天公作美，没开出多久雨歇了，列车经停名古屋时太阳终于露出笑脸，暖洋洋的，这是几天来第一次在日本见到久违的太阳。从雨中走出来，脑海里现出一首宋词，《虞美人·听雨》：

少年听雨歌楼上，红烛昏罗帐。
壮年听雨客舟中。
江阔云低，断雁叫西风。
而今听雨僧庐下，鬓已星星也。
悲欢离合总无情。
一任阶前，点滴到天明。

这首词是宋代词人蒋捷的作品，写了少年、壮年和暮年三个画面：年少的时候，歌楼上听雨，红烛盏盏，昏暗的灯光下罗帐轻盈。人到中年，在异国他乡的小船上，看蒙蒙细雨，茫茫江面，水天一线，西风中，一只失群的孤雁阵阵哀鸣。而今，人已暮年，两鬓已是白发苍苍，独自一人在僧庐下，听细雨点点。人生的悲欢离合的经历是无情的，还是让台阶前一滴滴的小雨下到天亮吧。

历代诗人的笔下，绵绵不断的细雨总是和“愁思”难解难分的，如“梧桐更兼细雨，到黄昏，点点滴滴，这次第，怎一个愁字了得？”“欲黄昏，雨打梨花深闭门。”但是在蒋捷词里，同是“听雨”，却因时间不同、地域不同、环境不同而有着迥然不同的感受。词人从“听雨”这一独特视角出发，通过时空的跳跃，依次推出了三幅“听雨”的画面，而将一生的悲欢歌哭渗透、融汇其中。

这三幅画面虽然不能完全表达此时此刻的心情，只一句“悲欢离合总无情”，还是触碰到了灵魂的深处。列车飞奔，到大阪站了，井上先生亲自开车来接站，一别十五年，人也老了。因语言障碍虽然难以交流，也有感动。坐上井上先生开的车，心脏要有相当的承受能力，为了避开红绿灯，小汽车在小马路里穿行，每一个路口都必须急停、急启动，据说井上先生年轻时候是玩跳伞的。笑谈中就到家了！车在一条小马路上停了下来，“李雯中医诊所”出现在眼前。这就是成就，一个外国人在异国他乡能立足就已经很了不起了，能有一片自己的天地更加了不起。老朋友一别几年还是那样的年轻，还是那样的执着，还是那样的有追求，还是那样的火一样的热情。我要为井上雯女士鼓掌！

遇见，分明是一种缘，从不需要特别预约，蕴藏着深奥的禅意，注定于冥冥之中，而又释放在预料之外。就像经过漫长寒冬的煎熬，你遍寻春天不着，然而，在某个未知的早晨，你懒懒的躺在床上，倦怠的心正无处安放，忽然间从窗外射进一缕朝阳，柔柔的，暖暖的，挟带着清新的气息扑面而来，你欣喜地往窗外一瞥，似乎一夜间，所有的枯枝都绽出了绿芽，顿时，春意爬满了你的心窗。你惊讶地发现，你与寻寻觅觅已久的春天竟如此毫无征兆地不期而遇。和井上雯就是有缘，她今天的事业也缘于十八年前对健康养生

事业的追求。

对的时间，遇见对的人，注定邂逅一场春暖花开。这样的遇见，无须标签，盈润着最合适的温度，在彼此的心端绽放白莲。无论何时何地，他们总能心心相印，默契犹如琴瑟之和。这样的遇见，恰似天空坠入凡尘的诗行，曼妙无比，如舞动着的音符，轻灵成曲，独奏一段完整的人生乐章。通过我们此次日本商务考察之旅，井上雯的女儿小山小姐已经是我女儿方芳的好朋友，并且天天（外孙）也非常喜爱小山慧明小阿姨，友情之树已经栽种。

岁月是首诗，我提笔落墨，于浅浅的回眸中与往事相拥，用笔端独品灵魂深处的寂寞和美丽。若世间有多少喜事，大阪的这次相遇是久别重逢，我选定用最虔诚的韵律，将这次专程的拜见写成刻骨；若人生最美的回忆是友谊，我要用深情的笔调，将两个家庭三代人会见的惊艳定格，我要用温馨的辞章，记下岁月的痕迹，让我们每一个参加会见的人人生片段定格。

二〇一五年四月十二日

行云流水话真实

题记：真实的东西有真实的感受，无论外界情况如何，无论享乐，还是受苦。感受的不再是现象，而是本质，因为本质也是同样地存在，理应能让人们感受得到。

这次到日本商务考察，没有旅游团的安排，可以随心所欲地看日本，很好。最幸福、最开心的是有小山慧明小姐全程翻译并做商业考察向导。小山慧明小姐一直从事时装流行设计调研，对东京银座太熟悉了。以银座大道为界，银座分为东、西银座。大道两旁，高级商店和名牌老铺鳞次栉比，巨大的橱窗展出最新流行的男女时装、锦绣和服、金银珠宝以及精致的艺术品和丰富多彩的生活用品，醒目而又独特的宣传广告比比皆是，历史悠久、享有盛誉的“三越”“松屋”“松坂屋”等大百货店也坐落于此。

从羽田机场登上日本国土，小山健先生亲自开车接机，送我们到下榻的希尔顿酒店，这一路上一直有雨丝相伴，有一种很有趣的巧合，我的行商之路常有雨水相伴，在上海、无锡、苏州、长沙……一次商务之旅到韩国的首尔，天公以水洗面，流水潺潺财源滚滚呀！我喜欢水，选宅院修庄园总喜欢临水。如水一般的思维是我人生的行为处事之道。水是美丽动人的，《红楼梦》中言，“女人是水做的骨肉”；《荷塘月色》写道：“月光如流水一般静静地泻在这一片叶子和花上……”水也是多愁善感的，清新飘逸的仙湖也有“抽刀断水水更流，举杯消愁愁更愁”之时；词中高手如李煜更有“问君能有几多愁，恰似一江春水向东流……”之叹。水是交友的榜样，“君子之交淡如水”；水也是处世的辩证，“水至清则无鱼……”水中，有儒风，有情商。

心如止水。我更喜欢水的大智和柔情。如此总想影响身边的人，多年以后或许会有收效，所谓诲人不倦吧。我想起一个故事：一艘游轮遭遇海难，船上有对夫妻，好不容易来到救生艇前，艇上只剩一个位子，这时，男人把女人推向身后，自己跳上了救生艇。女人站在渐沉的大船上，向男人喊出了一句话……讲到这里，老师问学生：“你们猜，女人会喊出什么话？”学生们群情激愤，都说：“我恨你，我瞎了眼！”这时老师注意到有个学生一直没发言，就向他提问，这个学生说：“老师，我觉得女人会喊——照顾好我们的孩子！”老师一惊，问：“你听过这个故事？”学生摇头：“没有，但我母亲生病去世前，就是对我父亲这样说的！”老师感慨道：“回答正确。”轮船沉没了，男人回到家乡，独自带大女儿。

多年后，男人病故，女儿整理遗物时，发现了父亲的日记。原来，父亲和母亲乘坐游轮时，母亲已患了绝症，关键时刻，父亲冲向了那唯一的生机，他在日记中写道：“我多想和你一起沉入海底，可是我不能。为了女儿，我只能让你一个人长眠在深深的海底。”故事讲完，教室里沉默了，老师知道，学生们已经听懂了这个故事：世间的善与恶，有时错综复杂，难以分辨，所以凡事不要只看表面，不可轻易论断他人。

在银座做考察，这里四百多年前还是一片荒■的海滩，十七世纪初德川幕府在此铸造银币，遂有“银座”之称。明治初年，东京成了日本的“世界门户”，西方商业与生活方式最先渗入到这里，东西合璧，使之成为东京最为繁华的商业街，从此一直占据着世界商业王国的制高点，与法国巴黎的香榭丽舍大街、美国纽约的五大道齐名为世界三大著名商业街。银座商业领军绝非空话。平时经常举办各种展览会、表演会和其他娱乐活动。随着季节变化，各商家经常向游客分送鲜花，春天是郁金香，夏季是君影草，秋季是菊花，冬季是水仙，这既博得游客的好感，也能起到广告宣传作用。当然，更有太多商业细节上的精致。在日本，银座已成为“繁华”的同义语，其名称被全国各地所使用。据粗略统计，在日本以“银座”命名的商业街多达四百条。这是日本人的商业智慧，有水的风格。

水利万象万物，“善心”备焉。是说水凭渗透性强而滋润生物；水靠浮力大而可行舟船；水凭流动不息而改善环境，让地球充满生机；水可降温，水可去污；水可驱动机器，水可以发电生能……水的作用无数，水之善心无边。我一直信奉“善心”的智慧当“如水”之文化。“流水不腐”莫不是暗示人要想身心健康就得常运动？“饮水思源”岂不是暗示人们不要忘本？“顺水推舟”是昭示人们要善于顺情吧？小山慧明这次全程陪同考察日本商业文化，如“高山流水”是知音，我们此次日本之行如“行云流水”为妙境。

二〇一五年四月九日

モリケン

舒 适

侄女在韩国留学留下来十几年了，嫁到了这里。她做过中文老师，现在是职业外交官，业余时间又在电视台做节目，还兼职做一个品牌化妆品亚洲区的推广，真的很忙。我看总体上是这样，比较舒适而非闲适的生活方式，一般应该和有效地辛勤地劳动贡献有关。

我几次到韩国，这次入住五星威斯丁朝鲜酒店，以往来韩国，特意观察了一下，所住宾馆里的每一处都非常干净，并且讲究整洁。记得上次来韩国，在旅游胜地济州岛，那些我们出入的路边店，包括卫生间里的那些隐蔽处，我也用手摸过，没有灰尘，如非有人辛勤认真地劳作，是不可能这样的。记得当时的导游，是一所大学的女教授，导游只是她的兼职，她还有其他兼职，她说，她需要多挣点钞票，日子才好过。

七岁的天天今天是第三十六次飞行，到韩国也是第二次了。当地时间晚上八点十分从仁川机场登陆，侄女在电视台做节目，安排司机举着“大成”的牌子接机，商务车以每小时一百五十公里的速度飞驰，天天还嫌慢，因为他要到市里吃“参鸡汤”。下榻的威斯丁朝鲜酒店就坐落在明洞商业街的街头之上，入住的这个酒店安排得很有想象力。因为，无论你是否来过韩国，提到韩国的购物天堂，脑海中首先浮现的第一个名字肯定就是“明洞”。不言而喻，这就是明洞的魅力所在。这里是给钱包瘦身的最好去处；这里是集购物、美食、娱乐于一体的时尚之地，韩味十足的参鸡汤当然会有。

吃过晚饭已经是韩国时间晚上十一点了，天天嚷着回宾馆看电视，太太当然要到夜市逛街，我要完成走一万步的目标。于是兵分两路各取所需。说明洞是不夜城名副其实，子夜了依然人潮如注，这里不仅有国际知名品牌的大商城，还有时尚低廉的淘宝小店；这里有世界各地的特色餐厅，也有美味的韩式传统小吃；这里你可以一下就成为受人瞩目的 VIP 顾客，而下一秒则可以变成穿梭街头淘货的平头小百姓。这里不仅仅是购物的天堂，更是一个有魔法的奇幻乐园。在这里没有买不到的东西，只有想不到的惊喜。不过若是你从上海来，就会觉得其商业规模是“小巫见大巫”了。

我的一位朋友，在日本一所大学搞研究，说起他的工作来，也是说忙得很。在中国一家日资企业，因有引进设备，由日本人安装，把他安排过来在中国做“日本专家”。知道他们工作情况的朋友给我说，他们的工作方式特别，上班一丝不苟，时间利用充分，哪怕在无监督状态下，也是如此。但只要下班时间一到，就算有几颗螺丝未上，也会停下来走人。下班后的时间属于自己了，各归各。回到中国做日本专家这几年，他的假期就是游祖国的名山大川，繁华都市，花钱买开心。前不久我还在上海接待他和与他同行的日本朋友。

从一般状态上讲，舒适的生活是不能用坐享其成的方式得来的。但任何一个国家，我想都会有靠某些资源条件，过得闲适的人。国人，也只是一些人忙碌。西方社会，是一个竞争并且竞争规则比较完善的社会，对于工薪阶层来说，其基本特征可能是：上班忙，有效劳动程度高；下班就享受生活，也有条件，因为收入相对也较高。

没想到这个周末会来这里，汉江江南。起床时已是上午十点，还没洗脸就想叫天天起床去玩，尽管那时候还不知道去哪里。天天却先叫门了，我刚起来还在洗澡。用过早中餐后，侄女就找我们来了！我们驱车真的去江南，女儿和侄女姐俩要去谈化妆品业务，于是，在江南大道商业街把我们放下。

这是首尔最繁华的一条商业街了，天天只想着他要买的玩具，这条街都是时装，没有人考虑小孩子的事。几个人的想法不一样，后来想起之前派来的传单介绍“星巴克咖啡馆”，于是决定去那里，我可以在咖啡馆安营扎寨，太太去逛街购物，“少爷”领着“小少爷”买玩具，他们可以各奔东西选择各自的所需。哎，总能想出好点子了。

天气真的很好，阳光明媚，就是感觉很热哟！这个咖啡馆算最普通了，没什么特色，摆设体现着简约的那套星巴克文化。人很多，还真没有位置可坐。我刚在堂中间站一会儿，靠窗的一位美女站起身子把座位空出来，仿佛是先前过来给我留座位的，我心里真的好欢喜！“挑好”位置坐下。还是老习惯，太太帮我点了拿铁，陪我小坐片刻，便购物去也。

时间过得很快，小半天就浸泡在咖啡馆里享受，过了一天小资生活。日后，我还会有这样的时间和心情享受这样的时光吗？星巴克收银台那个女孩子打扮得也很可爱，像日本的女仆，长得又漂亮。我请她帮我连上网络，她很耐心，便觉得更可爱了。先前那个女孩给我留下的位置比较宽敞，靠近窗户，够大，明亮，在这里看杂志、上网，挺舒适的。坐在窗边看着外面的人来人往，忽然觉得，这就是我想要的生活吗？像我的名字一样“大成”“若缺”。忙了很久之后，好一次清闲，乐得清闲。坐了很久，忘了时间，能够把时间给忘了，就足以证明此时是多么惬意，舒适，细细品味：其实就是游戏人生。

二〇一五年四月四日

未名湖畔

北京大学同窗胜岭学妹从燕园未名湖畔发来信息："阳光明媚的春日，跟随万献初教授走近《说文解字》,感悟中华文字最初的魅力。"我对她说："常在这里见到你！想念、难忘燕园读书时那短暂的时光。"

一条信息勾起了我的美好回忆，作为一个北京大学的学员，在历史系，在华夏儒商国学院，在北京大学读书一读就是十年。那些年每个月都在燕园小住三五日，上课三五天，一年四季，未名湖给我留下特别的印迹。还记得，那年，那次，我和永利、开奇、卫东、东亮几个学友漫步在未名湖畔，我们静静地守候着她，触摸她的沸腾龙脉，吸闻她的中华"清气"。未名湖很静美，她安然地躺在燕园之中，周围起伏的地势与湖岸交接形成的流畅的线条，将未名湖勾勒得如同一块温润的软玉。湖畔杨柳依依、曲径通幽，则使她显得更加淡泊宁静。未名湖被未名北路和未名南路合抱，沿北路东去，漫步湖边，可以体验到未名湖美丽的神韵。风过无痕，水面上却泛起粼粼波光，湖周围树木葱茏，春天鹅黄、夏日浓密、秋季金黄灿烂，季季各有不同，但未名湖的神韵却不会变。

说起未名湖的名字由来，还是一个有趣的故事。一九二〇年，北平燕京大学是教会大学，校务全是由美国人司徒雷登一人主持。一天，司徒雷登在其宅邸设宴招待新同事，问诸人到校印象。其间，钱穆先生直吐胸臆：本以为燕大乃中国教会大学中之最中国化者，后来，乃感不然，入校门即"M"楼、"S"楼、"贝公"楼等，看不出丝毫中国化。建议宜改为中国名称才是。钱穆一席话，举座默然。后燕大特为此开校务会，遂改"M"楼为"穆"楼，"S"楼为"适"楼、"贝公"楼为"办公"楼，其他建筑一律赋予中国名称。校园中有一湖，景色绝胜，尚未有名，于是人人竞相提名，但均不适宜，钱穆先生脱口而出："就叫未名湖吧。"自此，"未名"之名，沿袭至今。

还记得，在燕园，一边漫步一边欣赏描写未名湖的诗篇，"客戏游鱼近，

柳展暖风亲。春桃悄绽蕾，恐惊读书人”。未名湖是北京大学的标志性景观，诸多大师曾在湖畔散步、乘■、读书、思考，给她留下了深厚博大的人文底蕴。徜徉在未名湖畔，诗人感受其幽美的自然环境和独特的人文魅力。“客戏游鱼近”，写人与鱼的亲近。岸边怡然自适的游客和水中自由自在的鱼儿相处是那样的融洽，人不伤鱼，鱼不怕人，人跟鱼亲近，鱼跟人嬉，恰是一幅人鱼同乐图。“柳展暖风亲”，写柳与风的和谐。温暖和煦的春风，舒展轻舞的柳枝，清澈明净的湖水，随波荡漾的倒影……置身此境，怎不令人心生愉悦，陶醉其间？“春桃悄绽蕾，恐惊读书人”，写花对人的温情。花开本无声，但四周环境是如此的雅静，诗人沉醉于柳展风轻、春桃绽蕾的美景，自然而然地产生奇特的想象，好像真的听到了花开的声音，并且花亦有情，悄悄绽放，唯恐惊扰了树下读书之人。

品读这首诗，前两句生动地描绘了未名湖优美的环境，对仗自然而工整，表现作者自在愉悦的心情。“戏”“近”写出鱼和人的融洽亲密，“展”“亲”除了写柳写风，也写出了人物内心的舒展、轻快。后两句将桃花拟人化，使其有情有义，并用了夸张的修辞手法，渲染花开有声，想象大胆新奇，写出了诗人独特而微妙的感受。北京大学正是人人向往的读书求知的最高殿堂，文化底蕴极其深厚，因此除了景物之美，未名湖畔的“读书人”更为其增添了人物之美、情感之美、文化之美。

未名湖很静美。她安然地躺在燕园之中。这静美是一种欣赏，是一种修养，是一种人生的彻悟，是一种智慧的清明，使人拥有了然于心的清宁。这静美是一种豁达，让你不再在意拥有和索取，使人学会放弃，学会奉献，让内心把失去当作一种收获，让你快乐永随！这静美是一种智慧，能感知“心止如水”，给我们一片湛蓝的天空；是一方心灵的净土，让人拥有高品位的人生！这静美是一种境界，是甜美的微笑，能听到缓缓流淌出来的如水音乐；使人怀揣着真诚，能感受到纯洁地呼唤！这静美是一种内敛，从不肆意张扬，让生命似涓涓流淌的河流，给内心带来一汪清泉，使人波澜不惊！这静美是一种智慧，是解读新生命的安宁，让心思澄明，让言行磊落，让生命充满阳光！

二〇一五年三月二十九日

欲把西湖比西子

苏轼曾写：欲把西湖比西子，淡妆浓抹总相宜。而我今天要离别，我要说，西湖会再来。怪不得古人云“上有天堂，下有苏杭”。西湖，是杭州最美的风景线！在西湖边客居这几天，每天都在湖边漫步，一边完成万步健身计划，一边欣赏西湖美景。美哉悦哉！此时此刻的别离，不免有些眷恋。

湖边垂着的柳枝，柔软的枝，细腻的叶，在微风的吹拂下摇曳着，摆动着，似一位翩翩起舞的少女，扭着她婀娜的腰。柳枝翠色欲滴，嫩绿的柳叶，春意盎然，宛若一片片小花瓣，把垂柳点缀得美不胜收。西湖里，湖水波光粼粼，在阳光的映射中，好像一块熠熠生辉的五彩石，各种颜色混杂在一起，交相辉映，很是好看。湖水清澈见底，一湾碧水，映照着脸庞。水面，荡起了阵阵涟漪，仿佛女孩脸上深深的酒窝，煞是美丽。湖水似乎是静止的，又好像在潺潺流动，缓缓地流进我的心田，用静谧把我包裹，我感受到了无限美好。西子湖畔，也恍如仙境。各色的花，五彩斑斓，散发着迷人的气味，沁人心脾，令人心旷神怡。泥土散发着独特的清香，与雨后的清新相混合，真香。怪不得苏东坡一千年前被感动，唱出“欲把西湖比西子，淡妆浓抹总相宜”的腔调，至今仍然脍炙人口。

车行在沪杭高速公路上，西湖未了情！心里念着宋代诗人苏轼的《饮湖上初晴后雨二首》诗句：“水光潋滟晴方好，山色空蒙雨亦奇。欲把西湖比西子，浓妆淡抹总相宜。”这首赞美西湖美景的诗，写于诗人任杭州通判期间。首句“水光潋滟晴方好”描写西湖晴天的水光：在灿烂的阳光照耀下，西湖水波荡漾，波光闪闪，十分美丽。次句“山色空蒙雨亦奇”描写雨天的山色：在雨幕笼罩下，西湖周围的群山，迷迷茫茫，若有若无，非常奇妙。从题目可以得知，这一天诗人在西湖游览，起初阳光明丽，后来下起了雨。在善于领略自然美景的诗人眼中，西湖的晴姿雨态都是美好奇妙的。“晴方好”“雨亦奇”，是诗人对西湖美景的赞誉。

“欲把西湖比西子，浓妆淡抹总相宜”两句，诗人用一个奇妙而又贴切的比喻，写出了西湖的神韵。诗人之所以拿西施来比西湖，不仅是因为二者同在越地，同有一个“西”字，同样具有婀娜多姿的阴柔之美，更主要的是她们都具有天然美的姿质，不用借助外物，不必依靠人为地修饰，随时都能展现美的风致。西施无论浓施粉黛还是淡描蛾眉，总是风姿绰约的；西湖不管晴姿雨态还是花朝月夕，都美妙无比，令人神往。这个比喻得到后世的公认，从此，“西子湖”就成了西湖的别称。

人生难得几日闲啊！对于忙碌奔波惯了的人，寻个美景如画的好去处养眼，客居在空气清新的好去处养身，觅得文人雅士荟萃的好去处养心，还有美味佳肴、美女如云、西湖龙井、茶户香茗，更有好友同人千里迢迢会聚酒楼，推杯问盏好不欢喜。此行收获可谓颇丰。在从杭返沪的高速路上，品读唐宋大家的诗篇词作，是精神大餐的回味，“欲把西湖比西子”的千古绝唱，不仅赞美了西湖的一处之景、一时之景，是对西湖美景的全面欣赏。一首诗的流传，让西湖的景色增添了光彩。我为东坡先生点赞啰！

二〇一五年三月二十五日

飞雪迎春到

“风雨送春归，飞雪迎春到”，一场北风烟雪送走了二〇一五年二月。羊年正月也走完了初十。念着谚语：一九二九不出手，三九四九冰上走，五九六九隔河看杨柳，七九河开，八九雁来，九九加一九，耕牛遍地走。“七九河开，八九燕来”，八九第六天了，河还没开，北方大部分低温，南方比中原温暖。农谚流传了上千年，是适合黄河流域，关外：七九河开河不开，八九燕来燕不来。中国南北跨度几十个纬度，先民创造的民俗文化沿用几千年，我们的责任是传承。

踏雪。从家园北门出去，直到万泉公园西门，沿岸都是垂柳，以往八九后，冰裂声咔咔作响，传得很远，因为是小河沿路北的高楼挡住了北面来的风，这里背风向阳，所以，往年柳树总是比其他地方的先绿几天。今天湖面上穿上了雪白的衣裳。在万泉公园的湖心岛上，还保留了几棵百年树龄的大柳树，沿着湖三三两两或直立或歪依，“东方不败”，在北风中吹着口哨，长长的垂枝垂到湖面上，冻在冰水里，与冰亲吻，难舍难分。“五九和六九，河边看杨柳”，可如今都是河开的八九了，硬是见不到绿色，一切都还在寒风中忍耐。

晚上做梦，梦见了绿柳，用枝条拧成柳哨，含在嘴里，苦涩涩的，但吹得出鸟叫声来，看着万泉湖岸的迎春花和连翘，黄灿灿地开在阳光下。

想春天了，又要出行。

二〇一五年三月一日

我到天涯海角来

天涯海角添加了一个大门，原本的古朴、典雅、自然，全然不知丢到哪里去了。故地重游，我刻意寻找二十多年前那个宁静的海边，那片金子似的海滩，那个清■中的南天一柱，那个孤独寂寞的天涯海角。那个安享清欢的景观，那么素，那么喜，透着远远的古意。在记忆的搜索中，回味那场景，仿佛酷热下用碧青的碗喝一杯■茶，瞬间甘凛，瞬间冰雪在心。而这一会儿全没有也！

天然自然的天涯海角，平添了些房子、市场，商业化运作模式让我们丢掉了原本的古朴。如果有谁，在这俗世里，还能寻到一些清欢，莫不是极致地美妙。这心情，恰似八月的荷，透着致远、淡定。远远地欣赏，亦是远远的距离。它那水晶般透明的思念，只不过，只不过是念念不忘的一场清欢。我到天涯海角来，二十年几次到同一个地方，心情总是不一样的。初次是借“公出”之机到访，那份新奇新鲜气十足，满眼的渴望；再次的到访是组团率全家出游，四人组合第一次人为“增员”，女儿带来了小朋友东岩，玩得开心也惬意，并且开创了家庭成员中的几个第一次突破；接下来我的两次海南之行都与天涯海角擦肩而过，或忙于工作或度假休闲，或爽约独行留下尴尬，回忆起来，就连惆怅，也是寂寞的。

二〇一五年说来就来了，多么快，有时候让人措手不及。芳儿安排的海南之行是恰到好处的时间节点。临行，沈阳早晨开始飘雪花，雪后家中的庭院里几只麻雀三三两两飞来飞去，在景仰亭旁的鸟巢旁觅食，空闲时，看它们忙来忙去的样子，真是开心。仿佛是给我们送行，我和它们一起分享了这快乐时光。奢侈吗，似乎有些奢侈。选择经营企业的操劳人生，这片刻清欢，真是难得。这时的光阴，真像一首好诗，平仄有声，满心欢喜。

从天涯海角归来，回到度假村，装满了一肚子的海鲜还没来得及消化，刚好配合完成一万步健身计划。漫步在美如画的花园里，累了躺在椰树下的吊床上，望着天上飘来飘去的云，仿佛若有所思，其实什么也没想，而内心，是愉悦的，一个人的山河岁月，同样温暖妥帖。或许，我把思念想象成一朵花，安静地，对着它微笑。这干净、细致的时光，独自一人享受，真的很好。思想一复杂便有了心思：我想到男人要承担所有的责任。有时，是心里若隐若现的感受；有时，是一种运筹，是一程山水一程歌的自在清欢，是留下更多的选择给时间。

说起来，过了几十年的这生活，多好似一块被染的布，新的时候可真新，旧的时候也真的旧了。褪了色的生活，寡淡得无所适从。一颗心，在这样的节拍中，慢慢地老了、旧了。就连岁月，也已经发黄、变淡。难怪白居易如此感慨：“君不见外州客，长安道，一回来，一回老。”其实，是心老了吧！且以为，一个男人是否成熟，不是看他的年龄有多大，而是要看他能担起多大的责任。越是优秀的男人，承担的责任越大，负责任的范围也越广。即使做不了伟大的男人，也要做一个负责任的男人，是我的心思。

我曾经以为人心老了才要别人关爱，原来也不是！万马奔腾的内心世界，仿佛已经离开很远，就是图安逸，希望稳妥。有时，寻找的，只不过是内心世界的片刻宁静。此刻，也无风雨，也无晴，只有一粒织染的素心，其实是在一个天空下，走着说着，躺着讲着，天涯共此时。

二〇一五年一月八日写于大海边

张家港我的家

真正的江南，守着长江边有一个张家港，著名的全国卫生城市，获得联合国人居奖。还有一件大事很多人或许不知道，鉴真大师东渡日本，就是从张家港的古黄泗浦起航的。公元七四三年，鉴真应日本佛教界的邀请，准备东渡日本，传授佛教戒律。接下来的十年里，因为种种困难，鉴真历经了五次东渡失败。直到公元七五三年十一月十六日，已经六十六岁的鉴真和尚在张家港的古黄泗浦开始了第六次东渡之行，历经万险后成功抵达日本。

从北国的张府来到了江南的张家港，到家了！爱爱说我是回家了。于是设家宴，有江南味道的汤圆、馄饨，北方风味的水饺、炒饭，更有趣的是居然有韩国的泡菜、美味辣白菜，几个“大厨”从早上忙到中午，一桌子南北风味大餐，连续吃上两顿也吃不够。二十多年来，走南闯北广交天下英雄豪杰，爱爱和美子绝对是巾帼“好汉”，是有思想的睿智的人。我想到韩国女总统朴槿惠在清华大学演讲那段话：“人生一世，终归尘土，就算有一百年光阴，也不过历史长河中的涟漪。因此，人要活得正直和真诚。无论遭受多大考验，只要视真诚为道路上的灯塔，绝望也能锻炼我。”是的，做人这四样东西必须要有：扬在脸上的自信、长在心底的善良、融进血里的骨气、刻进生命里的坚强。“爱·美美妹”这对姐妹花就是具有这四样东西的人。

这次应邀前来是因美子的盛情，在微世界的交流中有一种涌动，促膝谈心一定很好，我认定了她是一个有大格局的人。人贵在大气，要学会对自己说并请相信，真正懂你的人，会在对的时间和你相遇。所以我说，养好你的大气，大气不是性格，是一种人格魅力，大气是一个人的气质或气度，是一个人内心世界的一种外观表现，是一个人综合素质对外散发的一种无形的力量。下午我们来到一个叫凤凰的古镇，见到一位秦女士，是一位职业经理人，映入眼帘的是一位典型的贤妻良母，怀抱着孙子也不影响她侃侃而谈，敏捷的思维，精到的语言方式，一见了然，她是一个大气的人。大气不是从小生来的，而是经历生活慢慢培养出来的浩然之气，是一个人对社会、对生活所持有态度的一种意识，是人性的自然流露，装是装不出来的。美子很欣赏她，一见也感染了我。

临来凤凰是先到东渡寺，李医生做向导，她是医院系统营养专家，是和苷肽“一见如故”的人。她每年都来参拜东渡寺，一进寺庙，她径直找到寺庙里的师傅，请一个三十岁开外的和尚做讲解员。这个寺庙是为纪念鉴真大师东渡成功而建的。在参观中，我和美子一直交谈，美子曾经是照相馆的人像摄影师，后来也随社会的发展开过影楼，她选择做职业经理人是十六年前的一次华丽转身。她从此找到了自己的社会位置，她大气，谈吐大方得体，处世自然和谐，生活态度平和，不急躁，不懈怠，不该出手的时候呆若木鸡，该出手时让人瞠目结舌。

离开凤凰，我要告辞，美子说晚上还有安排，我决定留下。车往城里开，她也顾不得领路，电话连线，在十几分钟时间里，临时改辙，很快安排好了晚上的活动，她召之朋友即来之，一亮相便是“领袖”的范儿。大气便是总能高屋建瓴地去看待问题，让人感觉厚重，像一本好书，让人荡气回肠，不轻不浮，无论从何种角度去看，都不会感觉索然无味，一旦读起来让人爱不释手，受益匪浅。美子如是。

张家港这对姐妹花，对朋友忠诚，对父母孝顺。站在一定的高度而从不让别人感觉你的高度，更能赢得别人的刮目相看，是我的所见所闻。由此我想到，沉淀自己，多思考，多学习，齐家、治国、平天下你可以做不到，但内心永远不要放弃。放开眼界，能跳多高就跳多高，能走多远就走多远。做自己，把自己养好，养好你的大气！做到真正的大气很难，如果做到就有大格局了。

二〇一四年十二月九日写于张家港华芳金陵

游走于秋冬之间

沈阳这个位于东北的城市，今冬的第一场雪羞羞答答的就是不肯下来，早上先是绵绵细雨，天色暗暗的好像承担不起这份责任。雾蒙蒙的雨渐渐地变成了雪花儿，虽然姗姗来迟，雪片也是那么小巧精致，可它还是一样的纯洁温婉，一样的深情款款，一点也不影响我对它的喜爱之情。

十一月的北方刚刚入冬，到了万叶飘丹的观赏季，而南方才刚刚泛起红光。我精心策划，趁着气温还没有彻底变冷，不时地找个由头回到江南，回到十几度的湿润空气的户外走走，反复地感受大自然一年之中最盛大的色彩变化。漫步其间，耳边响起那首诗《晚秋》：

在这个陪着枫叶飘零的晚秋
才知道你不是我一生的所有
蓦然又回首
是牵强的笑容
那多少往事飘散在风中

秋天是迷人的，天高云淡，枫叶似火。江南味道的秋天，红过春天，美过初恋。十一月下旬，借“健康中国高峰论坛”举行之时来到无锡，那天傍晚，在随行人员的陪伴下游览梅园。梅园风景区南临太湖，北倚龙山，经过多年不断的园林营造，形成了“初春探梅、仲夏观荷、金秋赏桂、隆冬踏雪”的四大特色。漫步其中，景区集自然景观、人文古迹、名花异卉、园林建筑于一体，真的是一处休闲的好去处。步入人与自然和谐的梅园，给人一种回归自然、超越自然的感受。有专业摄影师跟随拍摄，留下了难忘的梅园“金秋赏桂”的瞬间。

其实，我更加喜欢悠然自在，默默地单独走路，随心所欲地欣赏身旁的风景，最美是静静。我喜欢漫步在梅园宁静的小路上，动着心思，可以每天给自己一个希望，试着不为明天而烦恼，不为昨天而叹息，只为今天的美好

而独享。漫步在梅园的小路上，仿佛走进梦里那片花海：即使是很微小的一朵，千万朵小花汇聚在一起时，也能让整个世界变得无比灿烂；漫步在梅园的小路上，留下的一串串脚印，记下了这次偷闲得来的最好的旅行，在一个并不陌生的地方，又发现了一种久违的感动；漫步在梅园的小路上，脑海里不由地闪过一个意念：简单就快乐，世故就变老，保持一颗年轻的心，做个简单的人，享受阳光和温暖，真好；漫步在梅园的小路上，走着走着，我豁然开朗起来，幸福是用来感受的，心可以在繁华过尽依然温润如初啊；漫步在梅园的小路上，我被如此美景陶醉着，更萌生了一种期盼，趁着还年轻，趁着可以找到很多由头，在无限的空间里可以反复享受秋色。

送走了十一月份，十二月初还要回到江南，来享受秋色，还要到上海、到无锡、到苏州、到南京，是因友人的盛情邀请，更是心向往之景行之。可以和一个知己，谈大格局的人生，分享爱迪生那句名言：“天才是 1% 的灵感加上 99% 的汗水，那 1% 的灵感是最重要的，甚至比那 99% 的汗水都重要。”我认定她是拥有 1%天才的人。

生活的点点滴滴，萦绕着无限的哲思，人生在这个光怪陆离的人间，没有谁可以将日子过得如行云流水。但我始终相信，走过平湖烟雨，岁月山河，尝遍百味的人，会更加让生命生动而干净。时间永远是个旁观者，所有的过程和结果，都需要我们自己去寻找更广阔的空间。尘埃之花亦绝美，世间万物无卑微。那一段低吟浅唱的时光，含羞低头，娇涩了谁的温柔？那一段镜花水月的美丽，纵是须臾烟火也灿烂了青春年华。人生得意须尽欢，就算昙花一现，至少曾经绽放妖娆。那一抹泡沫般浮光掠影的记忆，若是千千万万，亦书写人生的一页页唯美流年。

二〇一四年十二月一日写于家中雅茗居

京韵

这次京城之旅时间虽短，却安排极满，出席查理答谢婚宴，看周鹏飞画展，参加吉龙集团进京五周年庆典，应邀访问恒达公司，到三玄文化学习，赴盛天行健印业参观，可谓京韵十足。特别是应邀专程赴石景山，到金台文院祖传中医大师、文化学者蔡传庆先生宅邸拜访，中国传媒大学动画与数字艺术学院学术委员会主席路盛章教授和夫人周平教授也前来聚会，新华社高级记者查春明夫妇全程陪伴。有趣的是路夫人周萍、查夫人周岩、张夫人周辉三姐妹都是书画艺术家，女主人蔡院长夫人林萍不仅是中医中药大家，更擅茶道、茶事。在蔡府、在金台文院浓浓的文化氛围中，深得中华文化养生之妙。蔡院长曾经是首长的保健医生，对中医养生有独到见解，养生理念在传统和前卫之中。金台文院可谓文化界名流汇聚之地，在这里度过一个难忘的晚上，其乐融融中如切如磋受益匪浅。

此次北京之行可谓文化之旅、养生之旅。除了参加几场朋友聚会，最大的感受就是朋友们的健康理念的变化。特别是在企业经营管理者岗位上工作的“老板”们，更加注重科学养生。我的学弟，刚从美国哈佛短期学习归来的吉龙集团董事长张卫东先生，二十天减了五公斤体重，他的经验是减少主食增加运动。更有“三弦智我”董事长高永利先生，同学都称他“高书记”，挑战二十几天不进食，恢复进食一个多月了，不仅体重减了十几公斤，人的精神面貌全面提升。有科学家研究成果表明，一个人感到饿意后，只要一个小时内不进食，之后身体就会出现一种叫“长寿基因”的物质。这种物质具有强大的修复功能，对身体益处颇多。在后续的跟踪实验中，适当饿肚子的那组人，比餐餐饱食的人，平均寿命和健康指数都要高出很多。“高书记”很有体会，他说，根据很多国家的研究，在人类的长寿因素中，不可少的一个要素，就是适当饿肚子。饿，是一种养生法。现代医学已研究证明，经过三至五天完全断食，只喝适当的水，癌细胞会迅速死亡。增生、息肉都迅速

萎缩消失。很多疾病，都和过度饱食有关。就拿感冒来说，有时候，吃多了，积了食，再受点风寒，很容易引起感冒。而感冒后，如果清一清肠胃，适度饿肚子，反倒容易痊愈。相反，若是一味想着补充营养，多吃点东西，好增加抵抗力，结果反倒会加重感冒。大多数人都有脾胃虚弱的问题。脾虚胃寒，也都是饮食无度引起的。脾胃长期处于过劳的状态，得不到适当地休息，功能自然日益消退。久而久之，就成了脾胃虚寒的状态。糖尿病、高血压、心脏病、肾脏病、肝脏病、瘫痪、老年痴呆等疾病，都与饮食无节制有密切关系。《黄帝内经》中就有记载，如要健康长寿，必须做到“食饮有节”，在全书中详细地说明，五味过度损五脏，烟酒其性猛烈，易耗散维持生命的元气。现代医学研究证明，过度的烟酒，可导致全身很多器官受损，引起一百八十多种常见疑难病。若要从根本上解决问题，还是得管好嘴巴，饿饿肚子。类似的情况，还有很多。道家的养生之法中，经常提到的一点，就是“辟谷”。不食五谷，对芸芸众生来说，太过虚无缥缈，也不可行。但由此可见的是，少吃一点，吃到七分饱就可以了，确实是健康身体的前提之一。适当饿肚子，可以让身体的器官得到休息。病从口入，很多时候，疾病的发生不是因为吃得不够，反倒是因为吃得太多。在不少古人的医书中，都将暴饮暴食、大鱼大肉称之为“烂肠之食”。顾名思义，吃多了对身体健康的危害，不亚于砒霜之毒。这就是人常说的，吃五谷生百病，祸从口入。每个人都想自己健康长寿，这就需要遵循古训，做到“食饮有节”，五味清淡可养五脏，幸福就从口入了。

我要离开北京时，卫东打来电话十分关心地叮嘱我，富养精神，穷养身体，这是现代人养生的不二法门。他还说，多看些有营养的书，如《黄帝内经》、佛学、道学、儒学等，这些都有益于我们修身养性。让精神世界更加丰富，少吃点大鱼大肉特别是少吃含碳水化合物的主食，适当饿肚子，做一些适合自己的养生功法，才能保持全身经络通，气血活，组织器官功能旺盛，有一个健康的好身体。从而，实现长寿的目标。

二〇一四年十一月三日写于北京画家村

黄茶

节日和游人一起凑热闹，或天上飞或地上跑，中国地方大，一天一个省，访亲拜友，游山玩水，只是图个热闹。所到之处热闹大了，各处景点熙熙攘攘的人群挤爆棚。太热闹了也承受不了，何不找个清静之地小息，而喝茶还真是一件清静的事。茶是一种茶缘，在不同的地点品饮，守候着不同的缘分。

结缘，无论是结人缘，结茶缘。在岳阳楼景区与黄茶结缘有一段佳话。上次来岳阳楼是今年七月的一天，那是个夕阳西下的时刻，整个景区游客渐渐散去，唯我们一行独享美景的清静。导游徐小姐将我们引入茶室，侍茶的湘妹子当然要用著名的黄茶做茶道了。早就知道湖南岳阳的君山银针是著名的黄茶，不过近年来，市场上君山银针出品的大部分已经不是正宗的黄茶，而是黄茶绿做，变成绿银针啦。能在黄茶产地品正宗的银针可谓品茗人的高端享受。侍茶湘妹子口才很好，她告诉我们，黄茶的特点黄叶黄汤，香气清悦，滋味醇厚。这款君山银针是著名黄茶之一。君山茶，始于唐代，清代纳入贡茶。君山，为湖南岳阳县洞庭湖中岛屿。清代，君山茶分为“尖茶”“茸茶”两种。“尖茶”如茶剑，白毛茸然，纳为贡茶，素称“贡尖”。君山银针茶香气清高，味醇甘爽，汤黄澄高，芽壮多毫，条真匀齐，着淡黄色茸毫。我们一边品茗，一边赏艺，那情景至今已经过去几个月了，还仿佛就在昨天。

说结茶缘，最是喜欢茶的缘故。这次路过岳阳故地重游，人海车海，在岳阳楼入口处又巧遇徐导游。多亏有人安排以贵宾优待，才省去了一些排队时间。结茶缘也好，结人缘也罢，还是结佛缘，结法缘，都体现在一个“善”字上。小徐导游很会说话，她说每天都接待游客，却记住了先生，不仅因面善，更是艺术家的范儿让她记牢了。哈哈，玩家，将艺术人生写在了面上。管它呢！窈窕淑女夸张一点的美妙之言，有点儿水分也是可以接受的。

今天是九九重阳节，恰巧和国庆节相遇，在古代，民间在重阳有登高的风俗，故重阳节又叫“登高节”。相传此风俗始于东汉。唐代文人所写的登高诗很多，大多是写重阳节的习俗。登高所到之处，没有划一的规定，一般是登高山、登高塔，今天在岳阳楼当然要登楼了。登斯楼也，《岳阳楼记》美妙的文字不由自主地“溜达”出来：予观夫巴陵胜状，在洞庭一湖。衔远山，吞长江，浩浩汤汤，横无际涯；朝晖夕阴，气象万千。此则岳阳楼之大观也……我们这一队人都喜欢《岳阳楼记》，都会背上几句，又有导游小徐讲述，意味更是美哉！悠闲中又到那处茶室，还是那个做茶侍的湘妹子，还是那款君山银针黄茶，可谓巧矣，可谓有缘呀！几个人在茶台前围坐，泡一杯黄茶，在淡淡的茶香中，品清清浅浅的苦涩，想浓浓淡淡的心事。湘妹子轻轻晃动手中的茶杯，看淡黄色的茶或针或片，忽上忽下，簇拥着，沉沉浮浮，变换着不同的位置，试图寻找一个属于自己的最佳平衡点。然后她将茶水分享到一个个茶盅里，分享给每一个人。端起茶盅，呷一小口茶，任清清浅浅的苦涩在舌间荡漾开来，充溢齿喉。之后，深吸一口气，余香满唇。那是一种怎样的享受，只有品茗者才能静享。

从岳阳到长沙只有一百多公里路，虽然车流不断却不拥堵。车在路上跑，坐在车上写下了这篇文字，太阳又渐渐地下山了，天慢慢地暗了下来，我们的车也开到了长沙。长沙有朋友在等待，魏岚、魏红姐妹，还有从江南来的惠芳，那一刻，我无限的幸福感油然而生，有朋友真好！

二〇一四年十月二日写于岳阳至长沙高速公路上

香江杂想

秋风吹黄了夏日的绿，带走的是黄叶，久违的香江我来看你；秋去秋来，四季更替，生命的轮回，渴望心灵的相通；追忆每次来港，永远抹不去的记忆是百年殖民地到港人自治。哎……这多事的秋啊！繁荣和昌盛连在一起是万事亨通，繁华和动乱连在一起是杂乱无章了。有些故事，除了回忆，谁也不会挽留；有些无奈，除了沉默，谁也不会多说；有些东西，除了自己，谁也不会听懂。那些不快的事在颠沛流离之后，总要过去。不知道这落叶荒芜了谁的只言片语，这秋风又扫落了谁的思念情绪。

这个秋天要和谁走过艰难崎岖，谁在这个季节留下如此深刻的回忆。云水禅心花开如梦，走遍天下，流年在时光的树上或开出淡雅的花朵，岁月的时光或在心中留下刻骨的痕迹，都曾浅浅相遇静静收藏。在法国的巴黎、在意大利的佛罗伦萨、在祖国宝岛台湾的台北、在韩国的首尔、在德国的法兰克福、在美国的华盛顿，游走在世界上总会遇到民众游行，生命像流水，那些不快的事总要过去，也只有在颠沛流离之后，能重新印证时间在内心留下的痕迹。

生活中，我们每个人都或多或少得到过别人的帮助，经常发现这样一种现象，两人彼此关系一直很好，有时就为一件琐碎的小事，或者是一次没按自己的意愿办事就会结怨，从此两人见面就如同陌路。也许我们每个人，都会犯同样的毛病，就是别人对我们有十次好，有一次不好，前面的十次好就被我们全部抹杀。由此想到这几天在香港的所见所闻，身受社会动乱之害的是普通老百姓。香港回归祖国这十几年，香港居民受到祖国大家庭多少恩惠，但不用给国家纳一分钱的税，特首出自港人，体现港人治港；香港殖民地的一百多年，港督从来都是英国王室加封，港人一直在以极大地“忍耐”和“包容”接受统治。一九九七年香港回归，港人治港是香港的社会进步，政见不一，如何表达诉求很值得商榷。

从香港回到深圳，和绿叶老师在静雅茶阁聚餐，精致的素食和淳朴的普洱茶增加了宴会的祥和氛围。绿叶老师说，研习太极这么多年，心境已经形成极大地包容。生活中别人扶了你一把，也许你很快就忘记；别人踩了你一脚，也许你会永记心中。我们记住了别人的缺点和错误，记住了别人慢待我们的地方，于是，便耿耿耿于怀，越看这个人越满身缺点，越看这个人越不可理喻。而别人恰恰是一面镜子，我们对它凝眉瞪眼，镜子反射回来的也是瞪眼凝眉，于是，我们都互相看不顺眼了。原本小的缺点在我们眼中无限放大了，我们看这个人简直是眼中钉、肉中刺，必先拔出而后快。当别人对你不敬的时候，你总是记住别人的好处，哪怕别人点点滴滴对你的好处，你都默默记在心中。慢慢地，你心中的怒气就烟消云散了，心胸也自然开阔了。量小失友，度大聚朋。有了宽阔的胸襟、宽宏的度量，才能赢得朋友间的信任，增进团结，密切友谊。大师就是大师，绿叶老师说得好哇：记住别人的好，可以培养自己谦虚的品质。人无完人，对人宽容就是对己宽容；善待别人，其实就是善待自己！专挑别人缺点、不能容人的人，必然自我感觉良好，看不到自己身上的缺点，从而丧失改进提高的机会；记住别人“滴水之恩”的人，则往往能见贤思齐，虚心学习他人身上的优点，因此自己身上的“好处”也会越来越多，人际吸引力就会越来越强，无形中就拥有了更多的精神财富。

二〇一四年十月六日写于深圳

幸福可以很简单

那天阿芝对我说："如果你来广西，我一定带你去梧州。因为这里远离尘世的纷扰，有的只是田园味道的清香和淡雅。"我终于来了，是参加阿芝儿子的婚礼。全家出动，开个房车，从东北一直向南、向西，到广西的梧州，要往返八千里哟。我来这座小城，参加一个平民的婚礼，引起的轰动在阿芝的生活圈子里是有的。专程从广东佛山赶回来的阿芝的志强阿哥、阿芝的兄嫂专门作陪。阿芝的老妈妈，拉住我的手，说了很多话，我尤其听清楚了两个字"谢谢"。婚礼是极简单的，一个饭店的女服务员做司仪，她讲了几句"白话"，请阿芝的一个姐姐，市人大常委会的领导做主婚人，我为这对新人作对子，用新郎嘉兴和新娘丽芬名字占句子首尾，上联：嘉言懿行迎佳丽，下联：兴旺发达弥芳芬。为嘉兴、丽芬百年好合而作，被邀在婚礼现场展示。婚宴很丰盛并且体贴，何谓体贴，只为一碗稀粥而已。我无数次地吃过酒席，而这次八千里乘车赶来吃到的配有稀粥的一席，无疑是最温暖最体贴的。酒足饭饱以后，带着满心的欢喜，先行和主人告辞，为的是让主人省些心而已。

来梧州，看梧州，或是骑楼城，或是木棉花，或是白云山脚豆浆馆，或是▮茶铺……这里并不是那么繁华，也没有很多好玩的景点，但有她独特的味道。她慢节奏的生活，公共汽车不会常因抢道而急煞，商场店铺总是接近中午才陆续开门，各条巷子里分散的小店……闲时约上三两个好友吃吃喝喝逛逛，这就是梧州。走南闯北看世界，一线大都市的确很繁华，但是我会毫不犹豫地赞扬一座小城，她就是梧州。

因为婚宴第二天早上我就要离开梧州，阿芝早上七点不到就来到我下榻的宾馆丽港酒店，喜欢睡懒觉的我被酒店服务台叫醒。阿芝没空手来，搬来一箱子梧州的土特产，是她八十岁的老母亲亲自准备的。阿芝起大早赶来，是为了挽留我们。她说梧州很小，但是吃喝玩乐足够我们玩上一整天，早上爬爬山，或是喝豆浆，或是喝早茶，中午逛逛街，累了饿了就到大街小巷里找东西吃，晚上在夜幕下走走骑楼或是漫步在防洪堤上，累了再去喝个夜茶。阿芝的安排是很精心的，因为下一站已经有朋友安排，就只能在宾馆说说话了。阿芝在我住的客房窗前，指着不远处梧州大厦给我看，她的家就住在大厦后边的白云山下。这是一块风水宝地，后有靠，依白云山；前有照，西江和漓江的两江相汇处。听着阿芝神采飞扬地介绍，仿佛在细细品味恬淡的老梧州味道。不时听到她不经意间“溜达”出只言半语我不熟悉的粤语。她推开窗深呼吸一下，空气中仿佛漂浮着浓浓的梧州情怀。是啊，爱上一座城市就好像看上一个人，这里是孕育阿芝的地方，有她的青春，有她的家人，有她的思念。现在虽然她和儿子、媳妇选择定居在香港和深圳，却执意回家乡来办婚宴，我深深地理解她的用心。

还是要说告别，我们选择了街旁的小饭店共同用餐，是当地老百姓天天光顾的地方，一家面馆，有牛肉的、小排的、什锦的，有面，还有米粉，每人都选择自己喜欢的口味，美美地用上一餐，这是本土特色的美食，我们分享着，很满足、很幸福。

乘上房车，告别有些依依不舍。在扬起手那一刹那，突然我体会到：幸福可以很简单。

二〇一四年十月八日写于梧州至北海高速公路途中

滙源當
當
平遥縣當铺博物館

芒街

中国大陆海岸线最东北端有一个叫东港的地方，隔着鸭绿江与朝鲜相望，面朝黄海。大陆海岸线最西南端，东南濒临北部湾，西面与越南接壤有个地方叫东兴。她是广西乃至中国通往越南以及东南亚最便捷的通道，也是中国与东盟唯一海陆相连的口岸城市。得天独厚的地理优势、多姿多彩的自然景观和人文景观，一直吸引着游客，是我非常向往的一个地方。近十几年多次来广西，总是有一个原因让我与她擦肩而过。这次我来了，是只有一个理由专门来到，并且是组团造访。

东兴市总面积约为五百四十平方公里，是中国少数民族中京族唯一的一个聚居地。据说东兴地区早在清朝光绪年间，生活在这里的边民便开始与越南的边民展开了互市贸易。到了二十世纪的三四十年代，东兴地区已经成为中国与东南亚诸国，乃至美、英、法等欧美国家之间的重要通商口岸，由于这里商贾云集，且市场十分繁荣，故而曾有着“小香港”的称谓。

到东兴来最吸引人的是越南的芒街了，她原是广宁省下辖的一个镇，属海宁县，越南政府曾将芒街划为口岸经济区，享受特殊政策。二〇〇八年十月升格为市，但仍归广宁省管辖。从我国广西的东兴口岸出境，跨过北仑河大桥就到芒街了。

阿杰是这次芒街之行的导游，他是在两岸都娶妻的京族人。我们乘一只非常原始的小船过只有几十米宽的北仑河，踏上这片土地。摩托车是芒街的主要交通工具，车夫排成军阵似的在等待我们光顾。芒街与我国的东兴隔河相望，地理位置独特，是进入越南的门槛，因此也是中国游客必游之地。进入芒街不远处就是芒街的集贸市场，这是一个六角形建筑，我们没有去，而是沿街深度游。我们走街串巷，在一所小学校门前驻足，校园里挂着胡志明画像，阿杰说，学校名字叫梅德园，是纪念一位中国女外交官而建的。阿杰说，阿梅早年与胡志明有一段恋情，当时南北越尚未统一，阿梅说南北越南不统一她不下嫁。后来她回到广东梅州。这是一个传说，也是一段佳话。为了纪念被誉为越南国母的阿梅，在越南建了很多所梅德园学校。扫街似的深度游，可以看到很多意想不到的事，就说芒街的政府吧，其规模比中国的乡镇政府都不如。可是老百姓的民居就有相当规模了。越南一夫多妻，大老婆叫“大米饭”，二房叫“面条”，三房叫“米粉”，四房叫“方便面”。这多层住宅经常是每房妻子一层楼，钱多的也有一房妻室一个小楼的。这些事都是阿杰讲的民风民俗，听个热闹也好。

初次到芒街的游客，总是想购买点什么，这个芒街真的没什么可以买的东西，阿杰说街市上的电器多是从中国淘汰的过时产品，更有趣的是一个玩具店居然卖的是中国二十世纪八十年代的产品，如同“古董”。好在路边有个卖鸟笼子的小店，“小少爷”选了一个精致的圆形鸟笼，只是里面少了一只小鸟，“小少爷”爱不释手，一路上自己拎着逛街。在街上走，汽车很少，

摩托车多些，样子很漂亮，大多数是日本货。阿杰说，日本援助越南是配额的，就是要买日本的汽车、摩托车。哈哈，小日本就是心眼多啊。扫街走路在大太阳底下没有树荫，走到一间“阮泓咖啡吧”，是一个从香港回来的越南人开的，老板会讲粤语。咖啡地道并且便宜，一杯咖啡只有人民币六元钱。浓浓的咖啡，呷一小口，就满口的醇香，没有苦味，只一小盅就醉了。东兴和芒街分别在一条小河的两岸，当地原住民大多数是京族，所以，两岸民俗民风很相似。中午时分，在一家地道的越南菜馆用餐，在路边的棚子下，围圆桌而坐，无酒不成席，几个不善酒力的人，叫了一瓶啤酒小品而已。菜品味道不错，是在两广常吃的，清淡为主，更有味道的是还伴有演唱，哟，是卖影像的小贩之行为。

除了购物，通常还到茶古海滩走一走。东兴人称茶古海滩为“万柱海滩”，是根据当地华侨、华人对海滩的称呼而来的。茶古海滩位于茶古半岛上，沙滩平缓，长数公里，沙细而白，是理想的海滨浴场。在茶古海滩上还建有一座天主教堂，也是游客经常涉足的地方。因为原计划的旅游景点没包含在内，和阿杰商量再出个车费就可以安排了。

二〇一四年十月十日写于越南芒街

雨中滇池

久违的昆明我们来了。要问我从哪里来？不是从东北，也不是从上海，是弯弓射大雕，是乘汽车围绕中国绕个大圈，到南宁后，才一箭飞到昆明。

到昆明来的游人有哪个不是奔滇池来的，我们的目的地当然也首选滇池了。新疆天山的天池，东北长白山的天池是火山爆发形成的，可谓是高山出平湖。滇池是受第三纪喜马拉雅山地壳运动的影响而形成的高原石灰岩断层陷落湖，海拔 1886 米，滇池周围有大小数十个山峰，山环水抱，天光云影，构成一幅美丽的天然画卷。

我们乘缆车上到西山山顶，站在龙门上，居高临下，滇池尽收眼底。有“高原明珠”之称的滇池，其迷人之处更在于她一日之内，随着天际日色、云彩的变化而变幻无穷。今天是阴雨天气，略有些■，好在有所准备，带好了春装，便顺利地适应了一日由越南芒街的夏转而到昆明滇池的春了。都说这里四季如春，因此，称昆明为春城。“天气常如二三月，花枝不断四时春”，这是明代诗人杨井庵赞美昆明滇池区域自然风光的诗句，早已脍炙人口。《景泰云南圈经》中说：“山川明秀，民物阜昌，冬不祁寒，夏不剧暑。奇花异卉，四序不歇。”以此来形容昆明，似乎更能全面而确切地说明其风物之美。但是这一切，都只不过是说明昆明的自然之美，却还不能反映出作为历史文化名城和优秀旅游城市的昆明的风貌。

昆明之所以著称于世，乃在于她具有自然、人文、历史等诸多因素的综合之美。我们可以把昆明比作一座天然林圃，因为她拥有许多自然的恩赐，例如高原明珠滇池的浩瀚烟波；西山睡美人的绰约丰姿；拔地擎天，万状离奇的石林奇观；玲珑叠翠，石笋嶙峋的九乡溶洞……到处是自然美景，天造地设，鬼斧神工，自然造化之神奇，令人叹为观止。我们也可以把她比作一幅瑰丽的历史画卷，因为人们可以从石林景观，看到亿万年前地壳的演变，从石象山出土文物，看到古滇的社会遗迹。

思绪回到历史的隧道，从善阐拓东的旧址，联想到南诏王朝的文治武功，从全段鸣钟的音响，联想到吴三桂的悲欢离合。盛衰兴亡，史迹昭昭，这历史画卷，自然会引发人们的无限幽思，难怪有人登上大观楼，发出“千秋怀抱三杯酒，万里云山一水楼”之叹，古人“故千年往事，注到心头”的感慨，也赢得人们的心灵共鸣。

然而，自然界毕竟是无识之物，历史亦已成为过去，它们之所以至今还具有无穷的魅力，还在于那深刻的人文意识和厚重的文化内涵。山川之灵秀，历史之悠久，铸就了丰富的滇池区域文化。太华寺、舞竹寺的佛教文化遗存，黑龙潭、大观楼的历史人文意蕴；孙髯长联，使滇池誉满天下；阿诗玛的动人传说，使石林更具迷人色彩，自然之美给人文以灵性，人文之盛给自然以生机。

到滇池身临其境，则可以体悟到天人合一的境界，感受到人与大自然的和谐。这也正是昆明的魅力之所在。在玉皇阁驻足，这里曾经有很多名流都在此品过茗。我们当仁不让地入座，一来可以休息一下，二来可以喝杯茶取取暖。“阿庆嫂”泡上一杯生长于西山的野生茶，曰“高山茶”，又泡一杯当地野生玫瑰特制而成的“女儿茶”。这个侍茶女年纪三十往外，很会说话，我们赞誉她是“阿庆嫂”，她不但不拒绝，更自夸说昆明市长陪客人造访时，也这样夸奖过她。销售就是服务啊，阿庆嫂做过几泡茶事，我们便掏腰包，两品茶各取一盒。这里还有一种铃铛，花二十元钱在铃铛挂牌上写上游客的心愿，挂在玉皇阁棚顶上，于是我顺手画了一幅小画，准备拿走做个纪念，阿庆嫂说拿走要交五十元钱。哈哈，好一个阿庆嫂啊！

昆明自然美景众多，人文景观丰富，旅游者到此，自会觉得目不暇接，美不胜收；身临其境者，可以从中汲取文化的浸润，加深审美的享受；读过这篇小文，想必闻其名者，也会为之神往，必欲来亲眼看见而后快。此次滇池览胜，只是时间仓促，太过走马观花。不过，留下一些念想也好，再约朋友到此一游。

二〇一四年十月十二日写于滇池民俗村

可爱的南宁

“半城绿树半城楼”的南宁，绿荫如盖、繁花似锦，是个宜居之城。多姿多彩的民族文化风情和丰富多彩的民俗活动，又使得南宁成为一座活力之城。

来广西当然要到南宁，这一行走走停停绕大圈子跑，跑到广西，满街跑的车大多数挂“桂”牌照，心里很容易想到桂系军阀的往事。桂系是以李宗仁、白崇禧为首，由广西军人组成的一个军事政治团体，是国民党内除了黄埔系以外最大的一支军政力量。回忆中国近代史，是桂系的蔡锷将军首先促成北伐，让徘徊不前的中国革命终于从起点出发；他们出兵抗日，打赢了中外闻名的台儿庄大捷；他们与蒋介石内斗，被蒋介石视作党内最大的劲敌。新中国成立前夜，白崇禧假借和谈逼蒋下野，桂系李宗仁终于成为中华民国在大陆的最后一朝“天子”，也是这一年，桂系在内战中被打散。

这次从越南回来就马不停蹄地来到南宁，已是华灯初上的夜晚，南宁不愧是广西壮族自治区首府，一派现代化大都市气派，满城灯火通明。她位于广西西南部，与越南只有一百八十多公里之遥，我们跑了两个小时就到了。今天的南宁可真是个魅力之都，刚刚世界乒乓球锦标赛在此举办，又是中国——东盟博览会的举办地，是一个面向全球开放，先享中国—东盟自贸区商机的地方。

南宁是一座历史悠久的边陲古城，具有深厚的文化积淀，古称邕州，别称绿城、凤凰城、五象城，分别因市内有凤凰岭、五象岭而得名。我多次来到南宁，很喜欢这个可爱的城市。在没来南宁以前，只记得在小学课本上有一篇作文《可爱的南宁》，那个在幼小的心灵上打下深深烙印的南宁，一直影响着我的思绪。南宁是一个旅游资源十分丰富的城市。早在宋代，当时的文人墨客就评出了古“邕州八景”，分别是：望仙怀古、青山松涛、象岭烟岚、罗峰晓霞、马退远眺、弘仁晚钟、邕江春泛、花洲夜月。这里山、河、湖、溪与绿树鲜花交相辉映，南亚热带自然风光与现代园林城市的风貌融为一体，这就是南宁。

我喜欢中国古代文化，南宁历史悠久，古代属于百越之地。东晋大兴元年（公元三一八年）从郁林郡分出晋兴郡，郡治设在晋兴县城，就是今天的南宁。唐朝贞观六年（公元六三二年），唐太宗定名为邕州，南宁简称“邕”由此而来。元朝泰定元年（公元一三二四年）中央政府为取南疆安宁而定名为“南宁”，由此得名。

这次自驾车出游，往后还必须去云南“公干”，房车起大早就先行奔云南昆明去也，“小少爷”（外孙）随我中午将乘飞机去昆明，以缓解旅途劳顿。哈哈，只有忍痛割爱在南宁一走而过了。可是，在我的心里却永远也抹不去的情怀——可爱的南宁。

二〇一四年十月十一日写于南宁新良港大酒店

罗布泊

那次听说我的同学成平兄弟们开车穿越罗布泊，我很羡慕。虽然是很久的事了，却一直向往着。来新疆几次了，这次下决心参加一次“罗布泊穿越”。这些年经常听新疆的朋友说一些关于罗布泊鲜为人知的事情，是口口相传的故事，比如把罗布泊称为“死亡之海”。正是一些神秘的传说，才让人们更加向往。农历八月十五的前一天，刚好可以挤出一天时间，于是，我们决定向罗布泊出发，被称为黄总的国强兄弟亲自驾车并且当向导。十几年前，我的好朋友备军和国强他们开始进军罗布泊，那时是没有路的，如今已经修好了公路。沿着这条公路跑，过了一个叫大平台的地方，眼前出现了雅丹地貌。来新疆前我做过功课，知道了“雅丹”这一词起源于罗布泊。一百年前，斯文·赫定在罗布泊考察时，向一名向导询问此处叫什么名字时，向导说该处为“亚尔丹”，在维语中翻译成：崎岖不平的山丘。后来，斯文·赫定在记载罗布泊的地貌时，定名为“雅丹地貌”。这一名词便被国际学术界认可，成为专用名词。从哈密出发跑了四百公里，眼前出现了一片工业区，黄总告诉我们这就是他们的作业区。这里也是罗布泊镇的驻地，非常有趣的行政区，我们找了半天，居然没找到“镇”。这是一个没有一条街巷的镇，哈哈，走南闯北，全世界怕也找不到这样的镇啊。他的“居民”我猜可能只有常年在这里工作的工人和管理者。

罗布泊镇是新疆若羌县下设的一级地方政府，就坐落在被称为死亡之海的罗布泊腹地，由于是备军和国强的朋友来了，镇长亲自出面接待。他告诉我们，给罗布泊“生命禁区”的称号，是因为在这里超过百分之九十九的地方依然是无人区，离奇的死亡故事一直在这里上演。他如数家珍：一九四九年，一架从重庆飞往迪化（今乌鲁木齐）的飞机在鄯善县上空突然失踪。直到一九五八年，才在罗布泊东部被发现，机上人员全部死亡。一九九〇年，哈密有七人乘车去罗布泊找水晶矿时失踪。一九九五年夏，三名农场职工乘一辆吉普车去罗布泊探宝失踪，后来人们发现了其中二人的尸体，令人不可思议的是，汽车完好，车上还有水、汽油。所有的故事当中，著名科学家彭加木的离奇失踪显得最为传奇。一九八〇年六月十七日，彭加木带队在罗布泊进行科学考察时，在库木库都克失踪，此后国家出动大批人员进行多次拉网式搜寻，但不见任何踪影，直到现在仍未找到他的遗体。这是全国最干旱的地方。首先是夏日的奇热。夏季罗布泊的地表温度高达七十至八十摄氏度。下午三四点时，帐篷里温度很高，蜡烛会自动弯下，巧克力糖融化成水。下午考察队员也不待在帐篷里，都躲在车底下避暑。还有一个警犬三条腿走路的故事，一九八〇年六月，为了找失踪的彭加木，搜救队请求派出几条警犬支援。后来，人们发现了一个奇怪的现象，在滚烫的地面上，警犬竟然用三条脚走路，剩下一条脚轮换着休息。

备军的企业是若羌县的纳税大户，在罗布泊镇是有影响力的，朋友到此访问，一定要看看千亩盐田的壮观。但是，这次来到罗布泊最让我震撼的，是在这片工业区发生的创业故事。当国强带我们来到一个叫“地窝子”的地方时，所有的人一下子都惊呆了。那是在盐土地上先挖一条十几米长、不足两米宽的沟，在沟的两面分别挖三四米见方的坑，再在坑的上面盖上板子，加上防水的塑料布或油毡纸，上面再盖上土，就是被称为“地窝子”的房子了。真是难以想象，在这样的地方，居然居住着现代社会的人类。国强见我们如此惊诧，告诉我们，罗布泊被称为生命禁区，更困难的是当地极度干旱。罗布泊几乎终年不降水，一年降水量仅为十毫米，但一年的蒸发量却高达三千毫米到四千毫米，空气相比湿度为零，这个在全国也是绝无仅有的。那时候，最困难的是生活用水，最长的时间四十多天都洗不上一次澡，每天洗脸只能用一点点水。夏天炎热，而冬天晚上睡觉醒来，眉毛、胡子上都是白霜。生活的艰难没有压倒这些坚强的汉子，直到今天，还有工友在这样的环境里生存。国强告诉我们，今天我们用四个小时就跑了四百多公里，十年前要用二十多个小时在没有路的路上跑，有时工地上的工友要进城，没有交通车，就只好趴在送生活用水的大罐车上，艰难地熬上二十多个小时。人类社会进入了二十一世纪，这些创业者们却无奈地选择用人类文明前的方式生活，一方面是罗布泊的环境所致，另一方面写照了当代中国创业者们的钢铁意志。我由衷地敬佩他们！因为晚上还要返回哈密，只好提前结束这次罗布泊“穿越”打道回府。直到今天要离开新疆，“地窝子”仍一直在我的脑海里徘徊。

二〇一四年九月九日写于哈密机场 VIP 休息室

候鸟

九月江南如夏，其实就是夏天。不过夜里的一场酣畅淋漓的大雨，不仅洗净了天空，更是赶跑了炎热。而此时在东北，枝头开始渐渐泛起嫣红，飘落在草地上的落叶也开始染上秋黄，秋已经悄悄地开始耍她的情绪了。淡淡的清愁是她，暖暖的炽烈是她，那轻轻滑落的轨迹，不小心就被凝成了一幅画卷，常常令人生着怜惜。在江南，没有也不会有这样的凋零，诗人却总是寻找一种旷达和诗意。以我如候鸟的生活规律，北国初见浅秋时，便创造个机会来到江南入住上海了。上海是一个处处充满诗意的地方，秋老虎的逞强，更让这片热土满怀诗意。我抓紧忙活完了事情该度假几日，要生活了才发现，毛巾、浴巾太过破旧，不够卫生了，如厕的手纸、刷牙的牙膏、饮用的水……哈哈，老爷“贫困”到了“无用”之地步。这个甩手生活的人，也得忙活“过日子”，于是来到亚新商圈的“屈臣氏”采购，至此，自己突然发现这么大的人了，居然不太会买东西，平时也来超市呀，都是混在家人堆里。不过很快在导购小女生的引导下都弄明白了，其实真的没什么，一会儿都备齐了。哎！生活有诗意呀，是我心里的满足，多像唱响了一部交响曲。

生命不是用来寻找答案，也不是用来解决问题的，是用来快乐地过生活的。每个人都想拥有一个完美的生活，只靠想不行，必须去主动创造。星期日的中午原计划有几个饭局，都告吹了，临近中午躺在床上一等睡眠，错过了午饭时间。想起晚上还有约会，急忙赶到一个东北饭店，见我一个人，老板爱答不理的，我坐了片刻，起身重新找个地方用餐，可惜呀，我这个“大食客”，在这个饭店吃了十几年的老主顾，却被新转手的年轻老板随便丢掉了。来到“老盛昌”，自己要了一份“盖浇饭”，十几年不吃这“美餐”了，吃起来，回想十几年前刚刚到上海创业之时，每天中午都是一份“盖浇饭”，格外亲切，非常满足。回忆是如此美好！

上海滩是新大成新兴之地，故事很多。早上在安远路拍了一组很阴暗面的片子，我的一个学生发短信说老师体贴民情了。我心里一热，“表扬”得很艺术，我欣然接受了。刚好约会点在日月光，于是下午便在日月光旁边的“田子坊”消耗了。在这个极度表现出上海人精致的老上海里弄里，布下了上万户商家，面积不过几万平方米，只不过乱得到处都是人，这里的特点是不仅仅有外地的游客，本地的同志们也加入到游客的行列中，非常热闹。拥挤中走到一个里弄的尽头，走进一间十几平方米的咖啡店，店里摆了十几把座椅，都被占用了，只好出来，再找个空闲的地方坐会儿。好在我随身带了一杯茶，可以坚持走出田子坊，终于在对面的猫屎咖啡找到一个座位。老朋友在老地方慢慢地品味休闲时光。话题讲到一个在读大学的男孩，放假在家经常给妈妈烧菜做饭，有时候还给家长端来洗脚水，我们都羡慕这个妈妈是幸福的，这是一种享受。如今“九〇后”的孩子，别说给妈妈做事，沟通都很难能和自己的家长在一个“频道”，我的几个朋友时常为此烦恼。在这个时代，家长也要顺应潮流。我以为，烦恼是生活，快乐也是生活，那为何不快乐地生活？月亮即使有缺，也依然皎洁；人生即使有憾，也依然美丽。智慧的人随时能从周围取得快乐，没智慧的人总希望别人给他快乐。我看是思想出了毛病，要得到快乐的生命，就先要有快乐的思想。生活中的不如意，都是心里追求过高的目标和标杆，却因为往往事与愿违，快乐不起来，幸福不到来，美好的事情往往是擦肩而过。人的一生不可能总是一帆风顺的，总会碰到一些烦恼和不如人意的事情。这些事情如果用感觉去应对它，往往感知不是真的美好；但用禅心去体会它，或许就是真的美好。佛家讲缘，有些东西是你的就是你的，但有些东西不是你的，你再烦恼也没有用。所以还是抛却这些对身心毫无用处的烦恼，快乐起来，才是做生活的智者。

候鸟是一种生活境界，更是要有栖息之处啊。那天晚上和一个久居上海的美女老乡共进晚餐，我们讲到慢生活，话很投机，就说旅游吧，她喜欢休假式的慢慢地体验生命的乐趣，就很好。前不久海波从新疆飞抵江南，和几个闺蜜游江南古镇水乡，那一次我也飞抵凑热闹，尽一小份地主之谊，几个玩得悠闲雅致的女人，让我好敬佩她们的休闲深度游。过几天又要飞抵新疆公干，余下几日时光，何不去西子湖畔休闲度假呢！

二〇一四年九月一日

雨中西湖

西湖是我的最爱，每个季节来看西湖总是不一样，和每个不同的伙伴来游西湖总是不一样。不一样的季节，总是不一样的心情。是的，披着朝霞，沐浴骄阳，淋着细雨，漫步苏堤、白堤，感受当然也是不一样的。

今天可巧是杭州第一天入梅，我们淋着小雨在白堤上，还好在路边的小亭子买了四把雨伞，“四条汉子”也抗不住细雨淋啊！我的朋友盛美珍正在苏堤等我们去相会。夏天难得的这样■爽，在湿漉漉的空气里，雨水仿佛缺少了干燥下的面貌，和湿润的空气弥漫着温馨的柔软，不时吹过的小风，飘逸着花香、草香、树香、果香。我们来到“曲院风荷”，曲院风荷，是以夏日观荷为主题，居西湖十景第二位。“曲院”原是南宋朝廷开设的酿酒作坊，每逢夏日，和风徐来，荷香与酒香四处飘逸，令人不饮亦醉。曲院风荷最引人注目的仍是夏日赏荷。公园内大小荷花池中栽培了红莲、白莲、重台莲、洒金莲、并蒂莲等名种荷花，莲叶田田，菡萏妖娆。水面上架设了造型各异的小桥，人从桥上过，如在荷中行。而此时，只有曲波桥，有荷花、荷叶，酒香却被一组酿酒的群塑像取而代之了。

在这一片湖光山色迷人的景色里，盛美珍请我们来到“开心茶馆”，据说这里原本是会所，随着社会风气的转变，“三公”消费的会所回归平常百姓了。这里真是一个美得让人陶醉的地方。修筑在湖水中的亭子，临水的荷叶田田，荷花儿有绽放的，有含苞的，水岸边不知名的草木飘来馨香，耳畔细雨轻轻地拍打着荷叶乓乓的，吹落在树叶上沙沙的，忽而静了下来，是雨水也“累”了！

圆圆的一桌子杭州本帮菜，清蒸鳜鱼，誉为有贵客光临；爆炒土鸡、葱爆肥牛、红烧里脊，几道大菜火爆浓烈，表述着主人的热情；竹笋丝瓜，小青菜，表述着主题的清淡淑雅；我申请点的，菜大馄饨、肉丝炒年糕，让盛美珍很感意外，倒是勾起了我的江南情怀。美美的美餐，就着美景，又是美珍安排，

美不胜收啊！

再美的宴席也得散，下午还要去宜兴，晚上还要去无锡，只得忍下留恋了。雨中漫步白堤、苏堤，脚下的步鞋湿透了，在路边随意找双鞋子，那双湿漉漉的鞋子，小秘书没舍得丢，正合我意，是传统，是本色，是一种心情：喜新不厌旧！于是我们上车和盛美珍告别，我们重新走在往来的大道上，耳畔回响着："我是杭州的盛美珍，苷肽大学十年，耶！""我们在杭州，我们在西湖，苷肽大学十年，耶！"

二〇一四年六月十七日写于杭州至宜兴的高速公路上

抛锚杂想

想不到一次最美妙的出行——从岳阳楼到黄鹤楼，却因为“导航”导出的路线临时修路不成路了而抛锚。子夜了，同行的同志们和驾驶员一起下车，想法子把抛锚的“大奔”房车“救”出来，还安排我先“打的”赶往安排好的宾馆。我当然不能舍下“弟兄们”扬长而去，于是就躲在车里作这篇文章。

这次汽车抛锚，如同我们人生中很多事情一样，不要悔，路是自己选择的，走过的，错过的，都是自己情愿的。很多事，不是我想，就能做到的。当然，抱怨导航更是没用的。喜怒哀乐，牵着年轮的手，永无停止地前行，是健康，是平稳，把这几种原生态最本质的东西，拧成了一股绳，拴住了心脏当作纸鸢放飞，一跃升空，就会看见天空的蓝，看见大地的绿。

古代先哲教会我们感悟人生，“道可道，非常道”。太阳不会因你的失意，明天不再升起；月亮也不会因你的抱怨，今晚不再降落。蒙住自己的眼睛，不等于世界就漆黑一团；蒙住别人的眼睛，不等于光明就属于自己。看着我的这几个弟兄，不知在哪里弄来了铁锹，在泥泞的工地里忙活。我不由肃然起敬，多好的兄弟们呀，深更半夜遇到这种事，却毫无怨言，都全力以赴地主动参与营救，每个人都一脚泥，一身汗——我又感慨：只有不快的斧，没有劈不开的柴；只有想不到的人，没有做不到的事。想干总会有办法，不想干总会有理由。写到这里，不知道忙活了多久的几个人，居然真的把大奔房车“救”活了。

来到下榻的宾馆，得接着把这夜的作文写完呀。此时，子夜的时针已经过了零点，有了睡意，思绪还在脑海里萦绕：是呀，生活是开水，无论冷热，找到适应的就好。摔跤了，不要哭，再爬起来，站直一笑，拍拍尘灰，继续奔跑。人的一生，必须学会正视人生的每一个挫折，适应人生的每一回起伏，正视人生的每一场失败，利用人生的每一个坎坷。就算遇到子夜大奔抛锚这样的事，也要努力给自己一个最美好的心情，比如，利用这个时间写一篇此

时的感受，平衡住自己的气息，调整好自己的心态。其实，在现实的生活和工作中，有不急于成功之事这样的心态，就算摔了再大的跤，也一样能成就明天的更好。

不是吗，只要拿捏适合的“度”。生活是口味，无论酸甜苦辣，只要适合口感，就是最好；生活是旋律，无论快慢，只要适合乐感，就是最好；生活是季节，无论春夏秋冬，只要适合心情，就是最好的。生活，是实实在在的一种生存。不甘寂寞也好，甘于寂寞也罢，生活，只要适合自己，就是幸福呀。

二〇一四年写于岳阳至武汉的路上

五月二十六日完稿于五月花大酒店

莆田茶话

到福建不是第一次，到莆田绝对是第一次。春明的好友宋军主任亲自接机，亲自驾车，亲自设宴，亲自安排下榻酒店，亲自做茶道……哎，这一系列的“亲自”编绘成两个字：热烈！流年滚滚，尘世喧嚣。佛说：“万物于镜中空相，终诸相无相。”当我们在这一生中，经历了世间春夏秋冬的节令更替，经历了风霜雨雪的侵袭后，要开始学会安之若素，随遇而安，学会像一盏茶那般，尝得起先苦后甜的人生况味。春明这次安排闽南行，是了却一个心愿，我俩有几次相约，在过去的一年里总是擦肩而过。《景仰》出版半年了，春明是为这本书写序的作者，一直没看到出版后的书，这次可以如愿了！拿到书翻到他写的序的那页，我读他听。春明是将军级的摄影大师，文如其人，扎实、流畅、淳朴、自然。我的一本小书有春明作序是无上荣光的。

在宾馆，宋主任亲自做茶道，我们细品，茶是温和的，内敛的，不动声色的。因为无言才是美，内敛才是美，品茶不语才是美。一盏茶，不必像唐诗那般浓烈，也不必像宋词那样盛丽，只需如魏晋隐逸之风那般，清淡寂静便可。一盏刚沏好的茶，于茶客而言，缘分极为短暂。茶的浓淡、暖[illegible]、喜怒哀乐，全是由茶客所给予。茶刚沏好，要趁良辰吉时，好好品尝、珍惜。我们一盏一盏地紧喝。我们每个人都会奢望着偷得浮生半日闲的光阴，能与三两好友雅集品茶，月夜品茶，抑或在宾馆客厅灯下品茶，讨论品茶的心得是很惬意的。一直到子夜，大家告辞我自独饮。关于品茶，《红楼梦》中妙玉笑说：“一杯为品，二杯即是解渴的蠢物，三杯便是饮牛饮骡了。”茶是禅，禅即是半杯茶。但禅茶这回事不要说多，说得太多，会变得俗气。都说茶要独品，酒要共饮。我想想也是，一个人心无旁骛地品茶，更能参破心中的执念。适当地孤独是自我清理、省觉的力量，比在繁喧的闹市栖隐更有帮助。所以，不要害怕黑夜中的孤独，一个人的独坐更能省视自我，能听见内心最想表达的声音，这种孤独是具有力量的，能拥有别人没有的内省。莆田茶话至此也该收笔，天明有活动安排。

二〇一四年二月八日写于莆田海原大酒店

在意和不在意

“三八”节搞活动，先吃饭后开会，有位朋友吃了饭有事要走，很不好意思地给我打招呼。我说没关系，过节就是要请大家吃顿饭。从饭店回到公司会议室，一下子坐满了人，无意中想起了这件事，心想这满屋子的人走两个真不容易发现，这个朋友“讲究”。

美国学者马克·鲍尔莱因在《最愚蠢的一代》中有这样一句话：“一个人成熟的标志之一就是，明白每天发生在自己身上的99%的事情，对于别人而言没有任何意义。”我们这些普通人实在没有必要在意别人的评判议论，因为根本没有人注意你。所谓“人言可畏”，那也主要是对那些名人而言，而平头百姓，根本没有值得外界品头论足的新闻价值。

即便是红极一时的明星，想引人注意也不是一件容易事。所以，常见那些明星出演的影视剧即将上映之前，就故意闹点真真假假的绯闻，或发生情变，或夜店买醉，或与导演闹翻，或另结新欢，或朋友生隙，花样百出，目的只有一个，就是想引人注意，以换取收视率。明白这个道理，我们就轻松很多。既然没人注意，我们堂堂正正做人，就不会再留意那么多风言风语，不会给自己增添那么多精神负担，就会坦然自若干自己想干的事，直抒胸臆说自己想说的话。

下面是一个教师讲给我的两个故事，对我感触很深。

在小河旁边的水坑里有一些小鱼，水越来越少了，鱼随时都有死去的可能，一个小男孩小心翼翼地将一条条小鱼捡起扔到河里。这时一个声音说：“别扔了，这么多的鱼你扔得过来吗，谁会在乎呢？”小男孩满脸稚气边扔边说：“这条小鱼在乎，这条也在乎，还有这条，还有……”她对我说，一个教育工作者更应该以这种思想去在乎每一个学生，在乎每一句话。

她还讲了另一个故事：一次测试，一个学习很一般的学生居然考了九十分，名列第二。她心里犯嘀咕，太不可思议了，肯定有问题，但没有证据。

很不情愿地表扬了。在以后的学习中，没想到这个学生居然非常卖力，并且学习成绩不断上升。后来，这个学生找到老师主动提起此事说：“老师，谢谢你给我一次机会。那次考试确实有水分,当时我就暗暗下定决心,一定努力，对得起老师的表扬。”老师听了以后又吃惊又后怕，幸亏当时没有贸然说过激的话，否则对于这个学生来说将是一个怎样的后果：没了勇气，没了信心，她说不敢往下想。一次表扬、一次批评对老师来说无所谓，可是对于一个学生来说意义就不同了。老师的表扬学生确实很在乎，因此，别吝啬我们肯定的话语，这样会给他们更多的信心和发展空间。

晚上坐在书桌前想着那个吃晚饭有事告辞的朋友的话，想到我那个做老师的朋友讲的她和她的学生的故事，我一下子对号入座，在大成这个世界里，我的同事们也是把我当作老师啊，他们太在乎我的评价，太在乎我的关心，太在乎他们在我心中的分量啊！“三八”的活动还有一天，还会有我的同事们聚集在大成，我爱护他们！更在乎这次活动的组织者，我的战友，我的学生们！

子夜写于上海梅山雅茗居

一个天才加汗水的舞台

与中国传媒大学陆盛章教授交流是一种极高的精神享受。他说“天才是1% 的灵感加上 99% 的汗水”，对美国发明家爱迪生这句名言，许多人耳熟能详。但很少人知道，这只是一句话的前半部分，而后半部分已经被人忽略了。他接着说，爱迪生那句完整的话是这样的：“天才是 1% 的灵感加上 99% 的汗水，那 1% 的灵感是最重要的，甚至比那 99% 的汗水都重要。”这后半部分话却在我们的生活中长期被忽略，被丢弃了。

2014 年 11 月 22—23 日“健康中国”高峰论坛在美丽的太湖之滨无锡举办，二百多位来自全国二十几个省市的嘉宾济济一堂，高谈阔论，如切如磋，开创中国细胞营养学应用学科先河，群星荟萃建树颇丰。这些非凡成就的精英都是身怀绝技之人，并且在坚持践行大爱大成。他们用辛勤的汗水演绎着苷肽的故事，他是“天才”，他们有“灵感”，是这个时代的骄子，他们是用 99% 的汗水，加上 1% 的灵感全面诠释了爱迪生的这句名言。

历史上无数的经典故事告诉我们，成功的科学家往往天分极强、悟性极高，这也是决定他们成功的关键。不付出艰辛的劳动，即使灵感闪现再多，也不可能成功。灵感来自汗水，灵感是汗水的结晶。这是不争的事实，也是不争的论断。然而，二者虽相辅相成，却是两个不同类比的层面。

爱迪生名言的后半句告诉我们：应当承认天才，承认天分，承认灵感。只有承认，才能扬长避短、取长补短，才能发挥优势激励创造。对自己、对别人天分的认识和发现，是件很不容易的事。有的人可能有某种天分，却因缺乏机遇或错过时机，难以显露；有的可能因妄自菲薄或过于懒惰，不去或不善挖掘，而让天分埋没。每个人应当对自己的天分有一个恰当地估价。一旦发现某方面有天分，则应努力挖掘天分赋予的价值，使天分放出异彩。如果觉得缺乏天分，则甘愿做不需要高天分的事，相信熟能生巧，勤能补拙。在苷肽大学我的学生中，我认定王晖具有优秀教师的天分，并且有含金量比较高的学养，于是选定做“首席科学家”华莼珍教授的接班人人选之一。十年一剑，今年作为高峰论坛的主旨报告人，受到同仁爱戴和敬仰。

我体会，每个人应当善待别人，尤其是管理者。对天分高者热心培植、全力扶持，不要红眼病；对天分低者耐心帮助、循循善诱，不要瞧不起。对精心打造和栽培的人，必须善于捕捉，机会可遇不可求，既要善于把握不要错过，又要创造不要怨恨。我们说天才不等于全才，先天不能代替后天，灵感不能代替思考。包括爱迪生在内的古今中外的所有天才人物，概莫能外。

“天赋，它不是静止不变的，它要么萎缩，要么发达。这取决于你是否经常用它，非常刻苦、非常勤奋地用它。”我写字几十年，写作几十年，是天分，更是几十年反复地刺激这种天分的不断新生，如细胞分裂一样。爱迪生名言的后半句的确是一个说得出道不尽的命题呀。今天重温爱迪生这一整句名言，我们应该特别强调：应当有天才、天分充分展示的舞台，有那极具创造性的“最重要的”的灵感空间。这，无疑是和谐社会的一个极其重要的标志。

二〇一四年十一月二十五日写于江苏南通

国人天下观

从上海飞抵新疆，是大成商业战略的大地图，所谓“天下观”。记得钱穆老师的一番话“认识你的时代，带领你的时代”。一个人怎么样做人，怎么样做学问，怎么做事业，应该有一个共同的基本条件，就是一定先要认识我们的时代。我们生在今天这个时代，就应该在今天的时代中来做人、做学问、做事业。有相当多的一些人不能认识时代，只能追随时代，跟着这个时代跑。追随时代，跟着时代往前跑的，是一般的群众。依照中国人的话来讲，即一种流俗。每一个时代应该有她一个理想，由一批理想所需要的人物，研究理想所需要的学术，干出理想所需要的事业，领导社会，社会才能有进步。否则不认识这个时代，不能朝向这个理想的标准来向前，此即流俗。流俗又如何能来领导此社会？所以每一个时代，不愁没有追随此时代的流俗，而时代所需要的，则是能领导此时代的人物、学术与事业。

中国古代的人文故事传说中，出现了很多好汉，充满了英雄气概，历史人物更多地体现出一种“国事情怀”。我们听三国演义的故事，那些英雄们就不太关注日常生活、家庭关系、伦理道德。比如曹操有几位夫人，家是哪里的，关羽的媳妇叫什么，有没有姐妹……当然这是作家罗贯中没有交代，因为他关心的是天下大事、社稷苍生。这个关心与中华民族的生存发展、与民众的爱憎褒贬血肉相连。这次来新疆访问，就是这样的大局观，因为我们选择了环境保护这个时代的主题，人类可持续发展，为保护人类生存空间，我们为“水”而来。刚好赶上全疆水资源利用现场会在哈密召开。政府虽然很忙，地区主管水项目的领导还是亲自接待我们，共议“大事”，大成环保产业希望在新疆有所作为。

《大学》开篇曰：大学之道，在明明德，在亲民，在止于至善。为了实现这样的人生目标，要做到八条目，所谓“修、齐、治、平”，最高境界就是平天下。在传统文化中，体现了中华民族追求国家统一、向往安定太平的

天下观。在空中四个半小时，从飞机上走下来，一帮朋友在接机。是呀，中国幅员辽阔，要是在国外，几千公里之外不知道要飞越多少个国家了。闲聊中话题讲到入疆感受，在世界上的几个文明古国当中，中国文明从未曾中断。为什么？这是因为中华民族很早就形成了向往统一、向往安定的民族心理。这种心理是如此强烈，成为中国最大的聚合力。几千年来，中华民族不止一次被分开，但是每一次分裂，中国人总是以坚忍的毅力、巨大的牺牲去实现新的统一。

海波是政治老师，我邀请她到苷肽大学讲学，她讲到讲政治、大局观，就拿史上的三国来说吧，罗贯中写天下大乱、群雄并起，曹、刘、孙脱颖而出。尽管作家对这三家的态度有区别，尊刘，对曹操有褒有贬，对孙权有所议。但小说充分肯定了三家的一个共同点，就是眼观天下、志在统一。鼎立以后，谁都没有满足，大家都要继续追求国家的全部统一。统一是中国人的共识，早就烙印在骨子里，流淌在血液中，千载而下，永无改变！到新疆来，为当地的老百姓谋福祉，就是为民族大团结做点事，为新疆稳定发展做点事。

二〇一四年九月六日写于新疆加格达

遇 见

遇见孙军是一次错过之后的精心安排。孙军是苷肽姐妹花爱爱和美子的弟弟，姐仨驱车两个小时从苏州的张家港到上海，我特意安排在华生大厦接见尊贵的客人，品茗侃谈，又在新南华举行宴会，原计划还有一对日本来的小夫妇。有趣的是错过和遇见是可以随时发生的。就用那支歌来诠释吧：遇见你是我缘。当然，我们每个人都拥有自己的天意，是上天赋予的遇见，但是很多时候很多人都没找到上天赋予自己的遇见在哪里。所以，有时候要“停下脚步”，思考一下，自己的发展方向是什么，然后去寻找自己生命中的遇见，打造属于自己的绝活。

最近，马伊琍接受采访时说的一段话又火了。她说，爱的表现只有一个：就想和你在一起……啊，是一种遇见。她接下来说，我给你倒了一杯热水，而你惦记着其他饮料，所以你将它放置一旁。可是饮料越喝越口渴。于是，你想起了那杯热水，你以为它还是温的，可端起来已经冰冷刺骨。水■了你埋怨不了任何人，别忘了，那杯水起初是温热暖心的，是你的不在意，让它变冷了！很简单的文字却淋漓尽致地展现出什么叫珍惜。遇见，伙伴也好，同事也好，朋友也罢，情侣也是，你珍惜我的同时，我亦会加倍对你好，最后还是那句话：且行且珍惜！

再想象一下，如果有这么一个机会，我们有幸遇见。你可以缠着我，不断地提任何棘手的问题；我可以现场帮助您，为你的事业的发展和遇到的挑战提供全方位指导和建设性的意见与方案，这是不是一个天大的惊喜！这真是一个好主意！

现在很流行一句话：找对平台，也是一种遇见。无论你是才华横溢，还是草根布衣，你只有把自己放对了地方，才会有正念、正见、正语、正行，因为，人是环境的产物。还有一句话：交对朋友，也是遇见。物以类聚，人与群分，你的一生中要么影响别人，要么被人影响，当你还处在社会底层的时候，被

人影响非常重要也十分必要，关键是你被谁影响，你是否经常被一些与你同层次的人弄得人云亦云，经常被人消极催眠呢？请记住，跟谁交朋友，将决定你的一生可能跟谁一样！还有一句话：跟对贵人，更是遇见。先有伯乐，才有千里马。人是可以被教育的，前提是，你的伯乐在哪里？他是谁？他能让你成为谁？如果遇见了，那个贵人就是教育你建立正确思维、正确价值观、正确人生理念的人，贵人是给你理顺思路的人，是给你明确方向的人，是修正你的人，是鼓励和帮助你的人，是把你扶上马送你一程的人，是陪你到胜利，为你呐喊欢呼的人！

所以，遇见了，选择了吗？因为，选择比努力更重要！人骑上自行车，两脚使劲踩一小时只能跑十公里左右；人开上汽车，一脚轻踏油门一小时能够跑一百公里左右；人坐上动车，闭上眼睛，一小时也能跑三百公里；人登上飞机，吃着美味，一小时居然跑一千公里！人还是那个人，遇见的平台不一样，遇见的载体不一样，结果就不一样了！我认定了苷肽，又一次在江南遇见了知音，姑苏（苏州古称姑苏）是吴文化的发祥地，历史悠久，长期是江南地区的政治、经济、文化中心。姑苏方言至今仍然保留着相当多的古音，吴侬软语的方言千年不改，这才是地道的人间烟火，是姑苏的神韵。姑苏是名副其实的“人间天堂”，今天这里活跃的健康美丽的使者，正在让细胞营养学深入姑苏城乡，让苷肽遇见姑苏而家喻户晓。这次的遇见很好！

一首《姑苏城》诗赞：

人间烟火姑苏城，
满池芙蕖弦琶铮；
栀子香艳平江路，
桐油伞下笑语盈。
芊芊女子最多情，
绣出红装君郎赠；
吴门才子天下墨，
岁月静好枕河生。

二〇一四年十二月十四日写于 Wagas 咖啡吧

友谊是什么

友谊是珍贵的礼物。为了这一份一份的友谊，我们每一个人，寻寻觅觅经营着自己的朋友圈。说“朋友是珍贵的礼物”，珍贵就珍贵在朋友是上苍送给我们的礼物。我们在社会中生活，离不开和人交往，久了，或志同道合者，或情投意合者，或息息相关者，或偶然相遇者，总之，都是有缘之人。

周六，申城仿佛还没有从阴雨天气里醒过来，雾气笼罩着。陆家嘴的金茂大厦、环球中心和在建设之中的上海大厦，屹立在群楼之中，高高在上地蒙着天大的白纱傲视着。我不敢苟同！身高和地位再高，也是离不开大地的，所谓“地势坤”。大地没有天之广大，依附于天，以厚德而载万物；更离不开罩着大地万物的天，所谓“天行健”，天体健行是天道使然，君子当以自强不息。驾车在路上，随行街拍，我是想告诉他，友谊是珍贵的礼物。

生活中，每一天我们拥有共同的上苍馈赠的礼物：阳光、雨露、空气。我们的祖先又创造了美食、美景，还教会了让我们对前辈尊敬，对父母孝顺，对子女慈爱，对兄弟姐妹悌，对朋友诚信。我们是很幸运的。

前不久，我的老师和我的学生与我同行，在二郎山游玩。老师是摄影大师，常常被美景美色“迷住”，于是我的学生便主动当“保镖”不离左右。老师七十四岁，不算高龄，当然不会服老，学生敬老扶老，无遗是一道靓丽的风景。我将这师徒收入镜头，传为佳话。我的朋友圈里多为尊老敬贤的人，为师传道如此，学生领悟如此。记得老师讲的话，懂得感恩，学会宽容。要拥有一颗善于发现的心，善于感悟的心，才能够体会自然的美好，才能感受到人与人之间的温暖和生活在有朋友的世界里的幸福。

其实，交朋友和应酬是有区别的。十几年前我曾经在一个销售中心当总经理，那时最怕的是晚上留下来陪客人吃饭。和朋友可以彻夜瞎说话，海阔天空地神侃，但在众人面前上台演讲好像也问题不大的我，一旦到了那样的场合，又不胜酒力，真的有点不知所措。在这种经常以喝酒态度来衡量一个人“诚意”的地方，大多是“酒肉朋友”而已，这叫应酬。顺便讲个故事吧，记得女儿五六岁那年，在街上遇见一个以前在同一个单位工作过的同志，聊了一会儿，分手时我说：“哪天有空聚一聚，一起吃个饭。”随后分手告别。女儿问我：“你和他吃饭啊？”我随意应答：“是啊。”没想到女儿一脸疑惑地说：“那你怎么没留电话呀？”这件事过去几十年了，至今还记得。我为此深度思考过，一方面，当着孩子说的话一定要兑现；另一方面，面对应酬，多一些技术层面的内涵也是应该有的。后来，我经常请人吃饭，心里也真的特别喜欢请人吃饭，却不完全是为了应酬，这也是我的朋友越来越多的一个缘由吧。也有特别的朋友，就是那么几个从小一起长大，不必应酬也打死不散的家伙，叫“死党”。几十年里请“死党”吃饭几乎都是我埋单。其实他们也总想抢着做一回东的，只是我真心的不想给他们机会。

在我的朋友中，还是特别羡慕、敬佩会交际、会应酬的人，这是一门学问，叫“公共关系”。交朋友时如果把公共关系学应用好，用在经营朋友圈上，是很有价值的，再加上真诚，就会效果更佳。前不久，在那桃花盛开的地方，来自天南海北的朋友汇聚在一起；在那黄土高坡的黄河左岸府谷，驱车几千里去看望学友兄弟；有京津学府的朋友到上海讲学，我专程回沪亲自安排；更有一些老朋友，常在家乡组织他们聚聚，这都是用心地经营朋友圈，没有目的，只为友谊。

二〇一三年五月十八日

明心见理

在这里 没有清澈的水
也没有醉人的绿
在这里 会有温暖的春风
更有浓郁的情谊
在这里 黄河之水西流去
幸福府谷河北居
在这里 有我的同窗学弟
前石畔村好书记

有人说，几乎每一段文明都离不开水的滋养和哺育。是的，我还要说，任何一个村寨都没有像前石畔村这样与水联系得如此紧密。我的北大同学孙乃虎是这儿的村书记，才有了这次拜访。我此次慕名来到地处陕北府谷县的前石畔村时，首先映入眼帘的是一幅赏心悦目的景象，前石畔“村”依黄河而居，一座不是很时尚的“备战桥”与隔岸而居的山西为邻。前石畔村民委员会、前石畔村党总支委员会两块牌子并挂在同五星级宾馆为一体的门楼前。“这是村吗？”久候门前的乃虎说“便是”。带着这一头雾水，我们拜访了前石畔村。

孙乃虎是个“官二代”，其父是前石畔村做了五十年村支书的老书记。老书记的年代，乃虎的老父亲，带着祖祖辈辈逐水而居的乡亲，爱水、惜水、恋水、护水，他们的生活与这少有的一股向西流去的黄河共生，蒙水所赐，孕育了源远流长的稻谷文明。老书记五十年的奠基为“官二代”的孙书记立下了村规：建设富饶的家乡，与村民共分享。农转为商，多态经营，于是前石畔村不仅是一个村，又是一个集团——前石畔企业集团。

四月，北方乍暖还寒，黄河左岸的府谷还没有鸟语花香，可是当我们走进村史馆，扑面而来的是一种鲜活而柔媚，一腔炽热而清爽，一股生动而绚丽，一番大美而传扬。平凡的前石畔人，没有什么惊奇之举，有的是一个有眼光的带头人，领出了一队带有“鲜活、炽热、生动、大美”特征的一班人，闯出了“陕北第一村”的荣耀，以百亿资产的身价，搏击商海与村民共享。同行的《解放军报》资深记者、我的老师孙振宇，还有新疆哈密党校教授梁海波老师，记者向华，美女杨艳玲，大成环保科技总经理冯德芳等一班人，都非常感慨。孙老师说，共产主义理想在这里实现了！

离开陕北的府谷前石畔村，一晃两个多月了，却一直有一个声音在和我对话。前石畔村集团正是现代企业公司化的一个经济结构，村民是享有股权的一分子。当然，只论其结构，于我们的思考是有益的，也是值得研究农村的机构去调研的，我们更是从精神生活层面去思考。中国社会的农村问题、农业问题、农民问题作为“三农”的话题太宽广，而这样的群体在现代化的进程中，如何共同走向富裕，其带头人及其领导团队的思维模式是决定因素。

在和乃虎书记的交往中，我体会到，他的心里装着的就是村民的事。从父辈手中接下村书记的担子，成为一个什么样的带头人呢？记得他讲，在乡亲们中间永远保持“和”的境界，才能长治久安。我们的话题谈到过《中庸》，他有独到见解：从这个书名看，“中”者，不上不下、不左不右、不前不后，刚刚合适的位置为“中”。那么“庸”呢？不骄躁、不消沉、无有崎岖、无有艰险、宽松自如、平夷淡漠的境地为“庸”。“致中和，天地位焉，万物育焉。”《中庸》的这句话的意思是说：宇宙之间，大千世界（天地）森罗万象、芸芸众生，都得到和的环境，天清地宁而定位，万物依此而生育。这就是儒家崇尚的“和”。孙乃虎说前石畔村地理位置优越，在黄河北岸，是府谷县城之地，村领导团队奉行“克明峻德”“道盛德至善”，以“上善若水”为治村之策，他讲得好！

我记起一副对联，是明末清初的一位叫王时敏的画家所撰，他是江苏太仓人，他所撰的这一联后来广为流传，被视为政治家的格言，联云：“德从宽处积，福向俭中求。”在我国古代，对“积德”十分重视，认为“积德”不仅“累善”,还可以“裕后”。王时敏所言之“宽处”,是指“宽厚”“宽容”“宽通”等。若此,自会如孔子所云“德不孤”。“求福”为众人,但应知“福不虚至”,“求人不如求己”，求已当“向俭中求”。《训俗遗规》云：“勤与俭，治生之道也。不勤，则寡入；不俭，则妄费。”还是“俭开福源，奢起贫兆。”

前石畔村被誉为陕西第一村，是个有百亿商值的企业集团，我心中为他们祈福，如此联：“德”“福”宗旨明确，“积”“求”动作明确，“宽”“俭”方法明确，明心见理，确如此言。

二〇一三年六月十八日

偶得

人的一生，说到底，活的就是一个心情，天气的变化，不同的风景，人情的冷暖，都会影响我们的心情。想通了：天，无非阴晴；地，无非高低；人，无非聚散。沧海桑田，安稳自然，便是安好。

雨中记忆

“断片”“失联”的小游戏中，不自觉地踏上了小河沿的柳树林……小雨不请自来，真不忍心撑上雨伞，拒它于千里之外。

其实真没带上伞，没想到这清风伴着小雨如此放肆地欺负人：一会儿跑到我的头发上，一会儿又跳到我的脸上，一会儿又顽皮地钻到我的脖子里……哇，没招了！

看看路边的不知名的小花，此时也忘记了什么是害羞，竟在我的目光下绽开了笑脸；调皮的小水珠忘情地在它上面嬉戏，一不小心，滑到了地上，不见了踪影。小河边的柳树此时很理解我的心思，变得特别地温柔，一律垂下自己秀美的长发，一动不动，好似在专等小雨的亲吻，让我眼馋。小草此时也让我心生嫉妒，它们列队似的伸直了身子，迎接小雨的临幸……触景生情我泛起了久远的思绪……

在绵长的夏日记忆中，小时候有多少次在放学、在下班时淋过雨，在街头、在球场淋过雨，就是带好了雨具，无奈有时雨水太大，还是会被淋到，裤脚湿透……

在绵长的夏日记忆中，有多少次躲雨，在夜晚的屋檐下，仰望寂静灰蒙的天空，观察地面泛起的水泡，发现那意外的情趣……等雨稍微小些，一下冲出去，在炎热的夏日里和雨水来段亲密接触……

在绵长的夏日记忆中，我喜欢雨水冲刷着世界，在明净的空间，享受着大自然的赏赐，淋在雨中，索性享受清■，放空内心，不论是不是只有一个人在等待……

在绵长的夏日记忆中，我喜欢在夏日里淋雨，雨水清■，暗蕴激情。下雨时，能听见小河汩汩上涨的水声，能听见青石黑瓦跃动的节拍，能听见花草林木清澈的歌声……

在绵长的夏日记忆中，我喜欢在雨量中小、未闻雷声时，奔跑在天地间，用舌尖去品尝雨水的味道，用脚步去演奏轻快的心情。雨滴和我一样调皮，与我共舞，淋湿反而是一种酣畅……

突然，思绪停止了，哦，原来太阳不知何时已挂在天际。

二〇一五年八月四日

白驹过隙

黄梅天连绵的下着黄梅雨，虽然天气有些闷，我却喜欢下雨时淋在雨里的感觉，走在雨中撑上一把伞，喜欢听雨珠儿落在伞上的声音，喜欢看那一抹雨后的新绿，喜欢闻雨后空气里清新的味道……漫步于清风细雨之中，享受被雨水打湿发梢轻抚肌肤的感觉……江南春雨丝如绵，一帘幽梦傍晚来。

我虽然常年生活在北方，对细雨蒙蒙的境界却有一种与生俱来的好感。喜欢走在细雨纷飞的小路上，没有什么缘由，也可以有一个理由，每天走一万步。于是，就找个跟屁虫为伍吧，因为没有目的地，沿路缓缓而行。

嗅着雨中青草的清香味儿，和着倍感清新的空气，思绪变得空旷而静谧，什么都不去想，静静地听雨珠儿落在草丛上的声音，那种节奏感很强的清脆的沙沙声，很有穿透力的声音。索性拿掉撑在手中的雨伞，让雨珠儿随着这沙沙声落在头顶，滑落脸颊……仿佛整个人都被雨水彻头彻尾洗礼过了，时间也仿佛在这一刻停滞了，周围的世界已然不复存在了……

哟！梦清馆！是苏州河的史诗。哟！一号码头客栈！是一处难觅的港湾。哟！妮轩咖啡馆！是又一处新生的休闲之地。哟！浅水湾！不正是那个铸梦的地方吗！我，一下子驻足，在此铸成雕塑。灵魂自由自在地徜徉在微微细雨之中……

人生天地之间，若白驹之过隙，忽然而已。庄子说，在天地间，人的生命就像白色骏马在细小的缝隙前一跃而过。但是要是不明白生命的真正意义，再长寿也是枉然。

苏轼讲："曾经有三个老人相遇，问他们的年龄。一人说：'我记不清我的年龄了，但记得少年时和盘古是好朋友。'一人说：'海水变成桑田时，我就放下一个筹码，现在我的筹码已经堆满十间屋子了。'一人说：'我吃蟠桃时，把桃核扔在昆仑山下，现在桃核已经和昆仑山一样高了。'以我来看，这三人和蜉蝣朝菌，都只能活几个时辰，也没有什么区别。"

时间一点一点地流逝，不知不觉中稍纵即逝，江南的黄梅季又不约而至了。时光荏苒须当惜，风雨阴晴勤值历。是的，时光不知不觉地过去，我们应当珍惜。人生苦短，转眼就是百年，大成伟业，在我的手上经营了十五年，我开拓第二个十五年周期又走在路上。路漫漫其修远兮，吾将上下而求索！念着屈大夫的至理箴言，做“中国企业”！让大成伟业之民族豪气立于世界民族之林。天气总是风雨阴晴地变化着，我们要学会适应，“只要思想不滑坡，办法总比困难多”。我们应当勤奋才对得起岁月流年。

二〇一五年七月一日

知心朋友

很多年以前，我应一本妇女杂志之约做了一个谈话栏目的专栏“作家”。那个栏目叫《知心》，一些读者很喜欢，经常有一些读者来信，后来专栏编辑就每一个时间段组织一次沙龙，读者和作者就面对面地坐到一起了……于是我成了很多曾经是陌生人的知心朋友，时至今日，有的朋友还一直有联系，并且成了我网络空间的读者。写到知心朋友，我想起了“红颜知己”和“蓝颜知己”这两个词。

“蒹葭苍苍，白露为霜。所谓伊人，在水一方。”诗句出自《诗经》，相思之所谓者，望之而不可即，见之而不可求；虽辛劳而求之，终不可得也。于是幽幽情思，漾漾于文字之间。吾尝闻弦歌，弦止而余音在耳；今读《蒹葭》，文止而余情不散。足见，古之写相思，未有过之《蒹葭》者。在水一方，一次可遇而不可求的机缘，因为距离，故将一切美丽收于一身。

然而这首诗最有价值、最有意义、最令人产生共鸣的东西，不是抒情主人公的追求和失落，而是他所创造的“在水一方”可望难，这一具有普遍意义的艺术意境。好诗都能创造意境。意境是一种格局、一种结构，它具有包容一切具备相似格局、类同结构的异质事物的性能。在水一方的结构是：追寻者——河水——伊人。由于诗中的“伊人”没有具体所指，而河水的意义又在于阻隔，所以凡世间一切因受阻而难以达到的种种追求，都可以在这里发生同构共振和同情共鸣。

在此，我们不妨把《蒹葭》的诗意理解为一种象征，把在水一方看作表达社会人生中一切可望难即情境的一个艺术范型。这里的伊人，可以是贤才、友人、情人，可以是功业、理想、前途，甚至可以是福地、圣境、仙界；这里的河水，可以是高山、深堑，可以是宗法、礼教，也可以是现实人生中可能遇到的其他任何障碍。只要有追求、有阻隔、有失落，就都是它的再现和表现天地。如此说来，古人把《蒹葭》解为劝人遵循周礼、招贤、怀人，今人把它视作爱情诗，乃至有人把它看作上古之人的水神祭祖仪式，恐怕都有一定道理，似不宜固执其一而否决其他，因为它们都包蕴在在水一方的象征意义之中。

自然，当我们处在与在水一方类似的境遇时，应当欣赏的是它的锐意追求，而不是它的悲观失望。

就如红颜知己、蓝颜知己这两个词，能做红颜知己的必定是女人中的精品，而能拥有红颜知己的也必定是男子中的智者。红颜这个词，也许大家并不陌生，就是用爱的最大限度来懂你、疼你、聆听你而不依附于你。就是一个与你在精神上独立、灵魂上平等，并能够达成深刻共鸣的女性朋友。而不单单是让你一味倾诉烦恼的情绪垃圾桶，或者在外面的世界受了伤害才望归的巢穴。对于“蓝颜”这个新生的词语，或许还是感到很陌生，也许不是新生的，只是不常用，或许是孤陋寡闻，少见多怪。网上搜了下才知道它的含义：蓝颜相对于红颜派生而来，通常是指女人对男性知己的称呼。一种游离于亲情、爱情、友情之外，比朋友近一点，比恋人远一点，比情人纯一点的男性知己。

在生活中，本来就只有两个性别，男人和女人。在社会中因为世事纷扰，人有时候真的需要有一个人，在烦恼时，诉说心曲；在开心时，分享乐趣；在失意时，鼓励振作……

每个人的内心都有一个属于自己的角落。那里可能是儿时没有实现的梦想，也可能是生活中无时不在的困扰，如果有一个人能真正地走进你的内心，解读你的失意，明白你的困惑，更懂得你的渴望，如果有这样一个人，那他就可以称作你的蓝颜知己或红颜知己，也就是知心朋友！

因为男女性别的差异，所以对待生活中的好多问题出发点不同，侧重面也不同。一个问题从不同的角度分析，所得的结论自然不同。女人的看法与男人有本质的区别。生活中需要有要好的女朋友，但也更需要有一个真正坦诚的男朋友。这个男朋友，他会真正地关心你，会在你失意时，给你振作的勇气；在你得意时，提醒你要正视自己；在你遇到生活的难题、工作的压力时，他会认真地帮你分析，帮助你走出生活的低谷。他对你应是无欲无求的。你们的交往如哥们一样自然、坦荡，不夹杂任何暧昧的气息。

人生遇到这样的男朋友，真的太不容易。男人与女人，在生活认知上有太多的差异。日久生情的故事无处不在，但男女的交往，只要把握好尺度，我相信会有真正的友谊的。

二〇一五年六月二十七日

读书和走路

每天我主要做两件事，要么读书，要么走路，身体和灵魂，总是有一个在路上。读书与不读书的人，走路与不走路的人，隔一天看，没有任何区别；隔一个月看，差异甚微；隔一年看，差距明显，也似乎没有实质区别；隔五年看的时候，就是身体和精神状态上的巨大差别；等到十年之后再看，也许就是两种不同的人生。所以，人生就像走路，不得慢一步！

哲人说："书读多了，容颜自然改变，很多时候，自己可能以为许多看过的书籍都成为过眼云烟，不复记忆，其实它们仍是潜在气质里、在谈吐上、在胸襟的无涯，当然也可能显露在生活和文字中。"读书读得多了，脑子里积累的东西也就多了，写起文章来，自然得心应手，如神来之笔。我现在做网络作家，每天写几千字，每天阅读过万字，算算账，写得也不算多，读得也不算多；每天走一万步两万步，每天走三两次，每次半小时到一小时，活动量也不算大。

"读书破万卷，下笔如有神"——是唐代大诗人杜甫的名句。后人对这两句诗做过不同的解释，对于"读书破万卷"中的"破"字有三说，反映了对"破"字的不同理解。概括起来就是：突破、磨破、识破。所谓"突破"，即多读而"胸罗万卷"，就是说要博览群书。所谓"磨破"，即熟读而致"书破"。孔子晚年读《周易》，竟使编联竹简的牛皮绳多次磨断，所谓"韦编三绝"。所谓"识破"，即精读而透彻理解书中之理。精读，要抓住重点，宁精勿杂；要深入钻研，务求精通。"书富如海，百货皆有，人之精力，不能兼收尽取"，所以读书要善于选择，取其精华，不可滥读。说到读书破万卷，一定要弄明白古代的书，一卷少则几千字，多则上万字，万卷书不过一亿字。相当于现在三十二开本五百页的书三百本的文字量。对于真正喜欢读书的人来说，这个阅读量是远远不够多的。因此，杜诗中的"万"字应取其非常多之意，即"多读胸中有本"。

走路也一样，走过的路从来都不会欺骗我们，健康的身体、乐观的精神、旺盛的精力，谁都可以感受到。所以，要么读书，要么走路，身体和灵魂，必须有一个在路上。

懒惰是个很奇怪的东西，它使我们以为那是安逸，是休息。实际上它所给我们的是无聊，是倦怠，是消沉；它剥夺我们对前途的希望，割断我们和社会的交往，而使我们心胸日渐狭窄，会丧失很多的朋友。时光也是很奇特，它给了我们阅历、经验、福气，同时也给了我们衰老、皱纹和消沉；它剥夺我们对青春的渴望，拉深了我们和照片之间的鸿沟。

因此，健康管理请不要等！我们倡导营养干预补充细胞营养素核苷酸，并且强调均衡营养；同样重视代谢，加强运动，走路就是最简单易行的养生方法。走路重在坚持不懈，速度和距离只是表面，更重要的是锻炼人的意志力、自制力、承受力、自信心，表达一种坚韧不拔的人生态度。走路和读书一样，是我们一生的朋友，也是我们一辈子的财富！

二〇一五年五月三十一日

君子之风

人的修养永远是精神的灵魂。永利就是一个有修养的人，是一个你乐于交往的人。与这样的人交往，不论是谈古论今，或是只谈谈家常琐事，都会是人生快事，在这样的交往中，你会发现很充实。他说佛学把每一个人分为前世、今生和来世共三世经历。前世是因，今世是果，因果循环报应。那么，良好的修养也许就是在播种良好的结果吧。

在朋友圈喜欢交正直的人，倡导讲究君子之风。有君子风度和修养的人，是生活上可以深交的人，生意上可以放心的人，语言方面和做事方面都会很正派。讲究君子之风，就是倡导现实中形成这种风气，无论什么事、什么人、什么时候、什么地点，为人处事都形成这种风气。我们的社会是多么需要更多的人追求这种做人的品质哟。

这次我和开奇、永利在东北小聚，十几个小时在一起闲侃，始终没有离开君子话题。在开奇心中，君子是做什么事情都诚实守信。他说，只有知名度还远远不够，有了美誉度才是值得骄傲的。是啊，作为企业家，开奇还是省人大代表，是个非常积极主动参加社会活动的人，是一个美誉度很高的人。

永利在体制内工作几十年，职业的关系，我们同学中都叫他高书记。我俩曾经同为“党工”，心里相通之处会多些。他的朋友和部下也有与我熟悉的，那几年在京畿活动比较多，接触中即便看似寻常的谦虚、礼让、隐忍、宽谅，甚至只是一种善解人意，从中也可看到高书记培养出来的人才，又何尝不是崇尚“君子之风”呢！

以君子之风，高屋建瓴地去看待问题，才会厚重，像一本好书，让人荡气回肠，不轻不浮，无论从何种角度去看，都不会感觉索然无味，一旦读起来让人爱不释手，受益匪浅。这就是高书记永利的风格！

君子之风，是一种忍让，不轻易拿自己的涵养挑战浅薄；是一种淡泊，任之浮云过，我心自有明月在。这是佟开奇佟总的风格！

天行健，君子以自强不息。君子是自立自强的，就是讲给予、做贡献。朋友相交多付出才能深交长久，而要求别人为自己做什么，历来为古人所不齿。这是我的交友之道。己所不欲，勿施于人。真正勇敢的人是能够不断审视和面对自己的人。

孔子讲：吾日三省吾身。我现在虽然很多时候赋闲，还是利用一些时间作文，以倡导行君子之风。老子说“上善若水”，水利万物而不争。可见君子之道还是为善的，我愿意为之。

二〇一五年五月十二日

是你带我入艺术门槛

“五一”放假，晚餐安排在“枪火”烤串，是“小少爷”最得意的了。饭后到南京路上走走，刚好望见中山广场的毛主席塑像，不由得想起一个人来。四十多年前认识他时我还是一个十几岁的少年，他长我十一岁，是我的艺术偶像。他后来出任鲁美雕塑系主任，我的孙家彬老师，被人们称为沈阳鲁迅美术学院雕塑系神话。前两天，孙家彬教授因病逝世，享年七十四岁，许多人为之惋惜，我无比悲恸。

南京大屠杀纪念馆“和平”雕塑，沈阳中山广场毛主席塑像，是他设计的。北京毛主席纪念堂里的汉白玉主席坐像，他也是四位设计者之一。回忆和孙老师相识，正是因为在沈阳中山广场塑造毛主席塑像。那是二十世纪六十年代末，孙家彬从鲁美毕业那年，正赶上全国建毛主席像的热潮，鲁美老师和学生们也创作设计了一大批毛主席像图稿。几经评选，孙家彬的设计稿在一百多件小稿中脱颖而出，被评为最优。后来，他成了集体创作完成的几尊大型毛主席塑像的工作主力。一九六七年，孙家彬参加了集体创作沈阳中山广场大型雕塑群的工作，并被委以单独创作毛泽东主席塑像小稿的重任，在最后合作完成十米多高的毛主席塑像时，又被委以塑造主席像头部形象的重任，这座雕像被公认为全国最好的主席塑像之一。

中华民族近代史，有孙中山、毛泽东两位伟人，为了纪念两位伟人的丰功伟绩，许多地方以孙中山、毛泽东的名字命名了纪念场所，沈阳市做的十分独特，中山广场中心就坐落着一尊毛泽东雕像，孙中山、毛泽东在这里“相聚”，堪称完美结合的建筑艺术佳作。我少年时代，非常幸运地参加了这项伟大工程的宣传工作，也因此结识了老师孙家彬。那时候我酷爱美术，是孙老师送给我第一块雕塑泥巴……孙老师给我引进了艺术的门槛，虽然我没有做职业艺术工作者。那时的孙老师是热血青年，他的艺术理论和对艺术的追求深深地感染着一个少年，影响着孜孜以求的我，让我知道了“艺术”，虽

然仿若在听“天书”。在日后若干年的艺术追求中，那时的入门影响了我一生。人类劳动是为了创造物质财富和精神财富，一切艺术都要有一个创造主体和一个创造对象，因此，它既要有人的条件，又要有物的条件。人的条件包括艺术家的自然禀赋、认识经验和文化教养，物的条件包括社会类型、时代精神、民族特色和社会实况，这些都是需要不断加工改造的对象。所以艺术既离不开人，也离不开物，它和美感一样，也是主客观的统一体。

说孙老师引我入艺术的门槛，不仅是因为他让我知道了艺术是什么，更是因为他让我明白了艺术是人类以感情和想象作为特性的把握世界的一种特殊方式，是通过审美创造活动再现现实和表现情感理想。无论是表演艺术、造型艺术、语言艺术、综合艺术，其实生活本身就是艺术。艺术对日常生活的影响，无所不在。生活造就了无数艺术家，艺术家的创造，也丰富美化了人类的生活。我的艺术人生之路，要感谢我的母亲，她给了我艺术灵感；感谢我的启蒙老师马兴武先生，他培养我的艺术兴趣；感谢孙家彬老师，他引领我迈入了艺术门槛。

回忆我的艺术人生之路，假如生活是一片晴朗蓝天，艺术犹如蓝天上的云霞。它们时而洁白如雪，时而五彩缤纷，时而轻盈如柔曼的丝絮，时而辉煌如燃烧的烈火。如果没有它们，空荡荡的天空会显得多么寂寥。假如人生是一条曲折的路，艺术就是路边的花树和绿草。大自然的花草会凋谢，艺术的花草却永远新鲜美丽。无论你喜欢浓艳或者淡雅，大红大紫如牡丹勺药，素洁清幽如腊梅莲荷，甚至是野草丛中一束雪青的矢车菊，你尽可以随手采摘，或观其色，或闻其香，或赏其形。一花在手，旅途的寂寞就会烟消云散。在黑暗的时刻，艺术会在你的心头燃起晶莹而灿烂的火苗，火光里，你憧憬和梦幻中的一切奇丽美妙的景象都可能出现，就在你为之由衷惊叹时，艺术悄悄地把你引出了灰色的迷途。在寂静的时刻，艺术会化作无数闪闪发光的音符，在你的周围翩翩起舞；在喧嚣的时刻，艺术会化作一缕清风，洗涤你心头的浮躁和烦恼。艺术是一个忠实而又多情美丽的朋友，假如你曾经迷恋过她，追求过她，热爱过她，她就永远不会离开你。当你的朋友们都拂袖而去，她仍会一如既往地留在你的身边，在寂寞中为你歌唱，在孤独时伴你远行。我要用清澈透明的心灵去理解艺术，升华艺术的内涵，走好自己的艺术人生之路。

二〇一五年五月二日

善恶的话题

小时候妈妈“修好”的故事是我一辈子也忘不掉的。故事是这样的，妈妈年轻时是一个富家的太太，家住相睦里一个宅院里，胡同口有一个身有残疾的要饭男人，妈妈每天都求邻里大娘给那个残疾人送饭，妈妈说不图有报，只是“修好”。是妈妈修好的故事，在我幼小的心灵里深深地扎下“善”根。这一辈子几十年走过来，处事待人行善，不主动与人结恶成为我一生的追求。有时候会很吃亏，我就重复爸爸的一句忠告“吃亏是福”。我主张以善报善，也主张以善报恶，有时候不仅仅是吃亏，还会很受伤害，我依然不改初衷，一直善下去。

前几天几个老同学，同时又是老同事来张府做客，闲侃时说到年轻时“转干”的事，我曾经被恶意“整人”的“领导”“迫害”过。这位老同学记忆真好，当时的事情记得那么清晰。当然也讲到那个整人的“干部”，他的结局并不好，仕途中不知踩着多少人的肩膀，伤害了多少无辜，也没“爬上去”。如今退休在家了，老婆也早早地离他而去。有人说是恶有恶报吧！

我倒是一直很感激那个曾经利用职权“整人”的“小人领导”，正是那一次遭遇，让我有了刻骨铭心的记忆，而奋发读书、努力工作，高山仰止，景行行之，一生修为，终成善果。后来在工作岗位变动，调到那个“小人领导”的上级机关工作，有多次机会可以以恶报恶，顺理成章地报复那个“整人”的“小人”，我还是坚守着君子做人的基本准则：以善报恶。我的内心真的好感谢那一次伤害我的那个“小人”，因为磨炼了我的心志；感谢他恶意地鞭打，因为消除了我的业障；感谢那一次绊倒，因为强化了我的能力；感谢那次无耻地斥责，因为助长了我的定慧。因此，我们要学会感谢所有使我们坚定、有所成就的人，包括那些有意作恶的“小人”和无意作了恶的正常人。下面和大家分享一个话题：一直善良下去你就赢了。

说的是从前有对夫妻，他们遇到了死神。死神说：“你们两个只能活一个，

你们猜拳吧，输的就得死。”最后，丈夫输了……妻子抱着死去的丈夫说：“说好一起出石头的，为什么我出了剪刀，你却出了布。”

这就是现实，这就是人心。这就是一部分人的自私，一部分人的傻。

现实的世界，现实的人类，算计别人最后也就算计了自己。

当有些人傻乎乎地想输时，其实他已经赢了！

所以，一直善良下去……你就赢了！

做人还是厚道好！

二〇一五年四月三日

人生若只如当初

邂逅一首好词，如同在春之暮野；邂逅一个人，眼波流转，微笑蔓延，黯然心动。人生若只如初见，多好。与玮有约，总是被匆忙而搁置。这次临行前总算是安排上了，我亲自选择在南京西路“云”相见。玮，总能和美好、珍奇、贵重、珍爱这些好词联系在一起，玮，大号高玮，人如其名。

早春临近傍晚，云餐厅二楼临近南京路铜仁路窗口的55号，静静地候着我邀请的客人的到来。撩开窗帘，外面灰蒙蒙的，如柔纱笼罩着。窗外淅淅沥沥地下着雨，细细的雨丝好像轻纱，又好像精灵在空中穿行。坐在窗前，看丝丝雨线，一滴两滴，有韵律地敲打着窗棂，有谁知道，它却敲打着我的心，宛如泛起心中落在地上的雨花，荡起层层的涟漪，这种感觉多么美妙，你听，淅淅沥沥的，犹如悠扬的琴声不倦地敲打着大地，奏出悦耳的曲子，如此动听。多想打开窗户，吸吮雨的芳香。

总喜欢这样描写，春雨贵如油。城市的空气中弥漫着清新的气息，在如丝如雾的细雨中；春雨淅淅，举目望去，南京路两旁的树木枝叶和花朵，随微风轻轻地摇曳出久违的风姿，彰显着生命又一春的活力。好雨知春，杜工部留下一首千古绝句，赞道："好雨知时节，当春乃发生。随风潜入夜，润物细无声。"春雨就是这么潇潇洒洒，在不经意的一个夜晚，让诗人感受到了期待已久的春天的脚步，在孤寂的深夜，用心灵听雨、悟雨，用满腔的对生命张力的感叹，写下了千古流传的诗篇。正陶醉在美妙的世界里，服务生轻轻地在我耳边说："先生，您的客人到了。"

茫茫人海中，会有许多的遇见，有的注定就会忘记，有的一个转身就匆匆别离，有的遇见注定会在心中留有一隅。有人说春天是一部童话，如此大的上海遇见一个东北老乡也容易，不容易的是在我们曾经见过面的地方却不相识，却偏偏在十年二十年的后来相遇。虽然这么多年只见过一两次，却在我的文学窗口几乎天天遇见，感谢你对我的欣赏与鼓励，更要感谢上天的恩赐，让我认识你，无论生命里有多少的遇见，遇见你是我最美丽的意外。

入了座，虽然只是第二次这么悠闲地坐在一起，谈峰很健。天南地北，海阔天空，不知不觉已经是亥时。朋友还是旧的好。时间对于友谊的磨蚀，好比水流过石子，反把它洗琢得光洁了。因为友谊不是尖利的需要，所以在好朋友间，极少发生那厌倦的、餍足的情绪，像我们吃完最后一道菜，放下筷子，靠着椅背，准备叫侍者上茶时的感觉。

是谁说的雨一会儿就会停下来，偏偏的这雨会下个没完没了。朦胧的春雨，朦胧了春的序曲。春雨中传递的古老、永恒的古典之美；春雨带来的质朴、纯真的自然之美；春雨造就出原生态的原始之美，像一幅传承有序的春雨春耕图，散发着浓浓的空灵神韵，烟雨淡染了一切，唐诗宋词的风骨就永恒地留在这飘逸的画面中。时空穿越千年，诗人们为后人留下了春雨中的诗篇，在此刻又一次开始轻声吟唱……

二〇一五年三月二十七日

我们和春天有个约会

早晨拨通了绿叶的电话，“绿叶老师好！”一声问候，那边传来了她爽朗的笑声，犹如一股春风，送来一片绿意。她告诉我，在南粤海边人们都穿起了短裤，很温暖的，等待你来深圳啊。温情的邀请一下子勾起了我的向往。身处北国的沈城，依然冰封雪盖，依然山寒水冷，虽然时令已是早春。想起姜夔有一首词中写道“燕燕飞来，问春何在，唯有池塘自碧”，我如那燕子寻找着二月春的气息，可是二月到了春未到，豁然开朗，原来二月春没有定式没有形状，只要从心底淡淡溢出一种春意盎然的气息，心中有池塘自碧，再寒冷的天气都会充满春意！季节的接替从来都不会有一个明显的分割线，早春的时候，柳芽儿尚未破枝，小草还在泥土中沉睡，一切朝气的景象都还朦胧着，没有斑斓的景色安慰我们的视觉，只是“春天”这个词，便已让人觉得心里暖和了不少。虽然寒风还在不时地吹着，但已没了冬天时的凛冽，春天来了，我们看到了明媚，看到了暖意，看到了天空纯净的蓝，看到了彩色晚霞的身影。

徜徉在万泉公园的万泉湖边，初春的风拂在未褪去的冬衣上，还有着些许的薄[illegible]。许是天气尚冷的缘故，湖边的游人寥寥可数，垂柳的枝上还未有一丝绿意，湖里水面上的冰厚厚的，湖水在冰层下静静地“躺着”，大概水里的鱼儿还在睡着吧，我惦记着鱼儿，想象着它那憋屈的面容，我在心里和它对话，清清的春风会慢慢地融化冰层，我们要耐心地等待哟。鱼儿仿佛听懂了，我脚步时而缓缓时而轻快，沟通了心灵，心情一下子敞开了。怀揣在心里的宝贝，百般地爱着，心中了无杂念了，仿佛平日里的烦恼都飞到了天外。猛然间意识到，我们的感觉迟钝了些，裹着沉重的冬衣，我们的心情还被禁锢在冬天的肃杀里，如那冰层下的鱼儿被薄冰禁锢了一样。是的，投入大自然的怀抱，才会感受到一种温暖的东西四处弥漫，让远处的海比近处的湖清晰得更让人心动。看到小树和枯黄的草轻轻晃动，那是清风在慢行。我

知道那些晃动的清风的下面，将会有一些翠绿翻开泥土，一点点地蔓延开来，我知道，那些翠绿最终将会淹没这无边的枯黄。

一个季节的到来或离去，单凭眼睛去看，单凭耳朵去听，都会显得迟钝。它需要我们用心去感悟，它最初的脚步，常常踩着你的感觉。我相信自然与心灵总是感应着、呼唤着、共鸣着的。当初秋的绿枝头落下第一片叶时，树干会隐隐震动，枝头的颜色也会随之慢慢黯淡下来，古人说一叶知秋，夏天的魂魄就在那一刻飘逝了。冬去春来，当脚步蹒跚的冬老人气喘吁吁地把长跑的接力棒交接给春姑娘时，冬天便已在不知不觉间离我们而去了。这些，你看不到、听不见，全凭的是感觉。春天，总能给人希望的感觉。我们期待着杂花生树、飞鸟穿林、燕子在檐下呢喃，期待着满目的葱绿和那万绿丛中灿烂的花红，但这些景色现在还看不到。早春二月，没有锦绣的景色满足我们视觉享受，但却开启了我们感悟人生的大门，生活的乐趣蕴含在我们的心里，蕴含在我们周围的点滴中。没有理由不去拥抱，去拥抱属于我们的春天。

二〇一五年二月二十四日写于家中大画室

景仰亭

赏花的心情

俗话说“腊七腊八冻掉下巴”，可见寒冬腊月东北户外太冷了，我把活动空间改在大画房，坚持上跑步机运动一万步，再铺上宣纸泼泼墨，读会儿书看看报，品会儿茶，不时有人过来聊聊天，也有秘书送来文件。时而静时而热闹的一天不知不觉就过去了。

这是一个多功能的厅堂，除了一个四米大画台，还有雅茗居茶阁、红酒吧台，健身区有跑步机和各种健身器，还有台球区。一张乒乓球台，变换一下可以改为会议桌，又可以变换成十七八个人的大餐桌，是张府家宴举办地之一。更有趣的是，夏天在小花园养鱼池的鱼，都放养在厅堂的三个大鱼缸里，花园里的花也都转移到户内摆在厅堂的角落里。难得在冬天绝大多数户外的花都不见踪迹，在这个温暖的大画房里，有绿意盎然的绿色植物，时常会勾起我些许赏花的回忆。

花是非常奇怪的，每年天变暖和时，家里小花园庭前总是栽种一些茉莉、玉兰和夜来香，花开时，到了晚上香气四散，飘动在房屋四周，可是这些香花都是白色的。反而那些极美丽的花卉，像兰花、玫瑰之属，就没有什么香味了。仔细观察更发现这种截然不同的风格，凡香气极盛的花，茉莉花、玉兰花、夜来香、含笑花、水姜花、月桃花、百合花、栀子花、七里香，都是白色，即使有颜色也是非常素淡，而且它们开放的时候常成群结队的，热闹纷繁。那些颜色艳丽的花，则都是孤芳自赏，每一枝只开出一朵，也吝惜着香气一般，很少有香味的。

“香花无色，色花不香”这真是一个惊人的发现。“素朴的花喜欢成群结队，美艳的花喜欢幽然独处”也是惊人的发现。依照植物学家的说法，白花为了吸引蜂蝶传播花粉，因此放散浓厚的芳香；美丽的花则不必如此，只要以它的颜色就能招蜂引蝶了。我们不管植物学家的说法，单单“香花无色，色花不香”就可以给我们许多联想，并带来人生的启示。

在人生里，每一个人都有其独特非凡的素质，有的香盛，有的色浓，很少很少能兼具美丽而芳香的，因此我们不必欣羡别人某些天生的素质，而要发现自我独特的风格。当然，我们的人生多少都有缺憾，这缺憾的哲学其实简单：连最名贵的兰花，恐怕都为自己不能芳香而落泪哩！这是对待自己的方法，也是面对自己缺憾还能自在的方法。

作家莫言获诺奖后，所到之处讲了一连串的故事。对许多人说来，故事只是故事，哈哈一笑就算完事了。但莫言，似乎是想用这些故事，说出他想说却不能说的什么来。他想说的，到底是什么呢？

莫言的这个故事，是他在获诺奖时的长篇感言。他说：我生来相貌丑陋，村子里很多人当面嘲笑我，学校里有几个性格霸道的同学，甚至为此打我……他的叙述，是很让人吃惊的。要知道，这是个看脸的世界，人长得漂亮，多少就会沾点印象分，长得普通，被人忽视，存在感就极差。但就因为长得丑就要挨打，这种事，我这辈子是没听说的。他这个故事，到底是要说明什么呢？

我猜想莫言讲这个故事是想告诉我们，他生长的这个社会环境，是有问题的，负能量有点超标。莫言只因为长得丑，就遭到同学的嘲弄与殴打，而在这个过程中，全然看不到有人管啊，打人是没教养的表现，而社会，特别是学校都做了什么？以别人长得丑为由打人，真是不可理喻。可怜的小莫言，找不到个说理的地儿，只能对母亲哭诉。其实这正是我们社会的道德缺陷，因为，即使现在，攻击别人的相貌也是普遍存在的，诸如“长得丑不是你的错，但出来吓人就不对了”这类恶毒的“妙语”，层出不穷。甚至有的影视作品都拿残疾人士来肆意嘲弄，但很少有人出来说句话。

由此我想到，面对外在世界的时候，我们不要被艳丽的颜色所迷惑，而要进入事物的实相，有许多东西表面是非常平凡的，它的颜色也素朴，但只要我们让心平静下来，就能品味出这内部最幽深的芳香。莫言如是，还有很多事物都一样。当然，艳丽之美有时也值得赞叹，只是它适于远观，不适于沉潜。

我们年轻的时候，很少能欣赏素朴的事物，却喜欢耀目的风华，但到了中年则愈来愈喜欢那些真实平凡的素质，比如选用一张桌子，年轻人多会注意到它的颜色与造型之美，中年人就比较注意它是紫檀木或是乌心石的材质，至于外形与色彩就在其次了。

最近这些日子里，我时常有一种新的感怀，就是和一个人面对面说了许多话，仿佛一句话也没有说；可是和另一个人面对面坐着，什么话也没有说，就仿佛说了很多。更有时和很“势力”的人坐在一起，透视似的看到勉强的笑面暗藏着丑恶。人到了某一个年纪、某一个阶段，就能穿破语言、表情、动作，直接以心来相印了。就是说用朴素面对着朴素。

如此看来，赏花心态不一样，赏花需求不统一，赏花的境界不一致，花也就有贵贱之分和等级之别了。有句话说：笑看花开，静赏花落。岁月如花，这是人生的一种极致。每次睁眼的时候，好想看到漂亮的花儿在眼前朵朵绽放，是那样的静逸，是那么的让人身心舒畅。看到花开的刹那，犹如那份温暖，即便是寒冬，也能将冰雪融化；那份爱，即便在荒漠，也能润出鲜花朵朵来。没什么，只要一个好心情给自己。也许是踏过了冰雪，也许是染过了风霜，人间烟火处，更喜欢让每个寻常的日子过得平淡有致，让每一个晨阳暮夕从悠静的岁月里从容而过，重要的是在花开季节，时时都拥有赏花的心情。唯愿余世静好，流年淡淡。

二〇一五年一月二十六日写于A座大画房

路 上

眼下的季节很像一种心情，让我很难理解，冬天还没走远，春天就急着探出半张脸来，张望着一半是冬一半是春天的世界。天气也不知是咋想的，一会儿像冬天，一会儿又像春天，忽冷忽热、起起落落，好像总是纠缠不清似的，左右徘徊、犹豫不决，你越是心急如焚，它越是不紧不慢，只好在曲折和艰难的日子里耐心地盼望着、期待着、等候着。从略冷的江南回到东北还是感觉天头有些冷，不过白天有太阳的地方冰雪开化了，踩在脚下脏脏兮兮的；冷空气直接吹到肺管子，不知不觉地咳嗽起来了。回沈阳来是下属子公司等待我召开股东大会，跑出去半个月，躲过了和尚躲不过庙，面对是必须的，不能再这样继续下去了，当止。

昨天还在绿色为主调的姑苏，美子和国祥专程送我到苏南硕放机场，今天已在冷飕飕的家乡沈阳了，仿佛心里还有送行的余温暖着。我推开家门走在路上，黄昏的夕阳像每天一样，总是在漫步的路上来凑热闹，先是用柔和的、酽浓的晚霞染红半边天，接着把泛起的绯红撩拨出万缕霞光，璀璨夺目，色彩斑斓，令人赏心悦目，风光无限。周围一切事物都在各自的位置按部就班地排列着，全力以赴地检验着、宣传着，证明着自己存在的理由和价值。并且以一如既往、坚定不移的精神和姿态，坚守着自己的一天一地、一草一木。我的心更加坚定了，肯低头，就永远不会撞门；肯让步，就永远不会退步。求缺的人，才有满足感；惜福的人，才有幸福感。生活的滋味，酸甜苦辣咸；人生的色彩，赤橙黄绿青蓝紫。打垮自己的，不是别人，一定是你自己。不要把一次的失败看成人生的终审，世上没有一帆风顺的事，只有坚强不倒的信心与毅力。逃是懦弱的，避是消极的，以退为进绝非无能。成功的道路得靠自己闯，心在哪里，路就在哪里！一路上的心思是一种自我的鞭策。

走在熟悉的老街上，这条三百年的老街历尽沧桑，留下太多的故事。当晚霞都追着落日而去时，时光渐渐地模糊起来，直到撞上下一个黎明，天地

再次清晰、明朗、友好，但那已经是明天的事了。是的，都说黎明前的黑暗是最黑的。突然感到此时的自己很辛苦，我告诉自己：容易走的都是下坡路。坚持住，因为我们正在走上坡路，走过去，你就一定会有进步。如果一直在埋怨命运不眷顾，就必须开导自己：命，是失败者的借口；运，是成功者的谦辞。命运从来都是掌握在自己的手中，埋怨只是一种懦弱的表现，努力才是人生的态度。凡事不要想得太复杂，手握得太紧，东西会碎，手会疼。累不是一种无能，而是一种担当。自己和自己的对话是我一直的思维方式，所谓高处不胜寒，这样的顶层设计结构决定我这样极其特殊的思考方式吧。

一路走着，马路上的路灯开始慌慌张张地排着队亮了起来，忙碌了一天的日子正在疲惫不堪地奔向黯淡的夜，行人都在忙着返回各自的家，没完没了的车流拥挤在下班的路上，匆匆忙忙地窜来窜去，好像那些车比主人都着急回家似的。我也顺着人流往家走，想着一会儿的面对，心绪平和下来，毕竟是三年的全力投入，就算是几百万的钱投入无底的洞，真的看不到有可能，就痛下决心才是唯一选择。夜色渐渐浓重，刚才的世界还是一副漫不经心、满不在乎的样子，蓦然间，我却发现那些天空中美好的、丰富的，多得没人注意、没人需要的彩霞和风景连同今天的日子已经不再有了，它们在你不经意间悄悄溜走了，走得令人惊魂不安而又恋恋不舍，以至于无法释怀。似乎我们的日子就是这样慢条斯理地逐一到来，又莫名其妙地逐一消失，而我们却在稍纵即逝的时光里经历和忍受着那些逐渐消失所带来的忐忑不安。

二〇一五年一月二十三日写于魁星楼丝造颜

不拘一格降人才

又一次站在人生的十字路口，面对滚滚人流，看世态炎[illegible]，这样逼着自己不得不收起曾经的辉煌，开始深刻地思考未来的路。这是苏州之行，面对“大苏州”领军人物孙氏姊妹我要讲的话。在现在的社会，只有真正的人才才能称得上真正锋利闪亮的尖刀。想成为人才应该是每个人的理想，但是浑浑噩噩地度日子是做不到这点的，只有做一份适合自己的人生规划，正确、准确评价个人的特点和强项才能定准职业方向，重新认识自己的价值，并且通过不断地学习使之递增，为自己提供前进的动力，并在职业生涯中发挥个人优势。所以，“苷肽市场 2015 大苏州”必须拟定一份市场拓展规划，希望她对自己系统的职业生涯规划也能有领航的作用，为大成商业第二个十五年周期大苏州计划指明一条路。在各种考验面前准备好了吗?

一次，去美国旅游，在西雅图买了一件珍贵的马造型的雕塑，“马”本是用大纸箱装的，大纸箱的间隙里塞满了废纸屑。我考虑到大纸箱携带不方便，就扔掉了大纸箱和里面的废纸屑，直接把“马”放进手提箱里。从美国飞回中国打开手提箱一看，那件珍贵的艺术品已经破碎了。这时，我才后悔扔掉了那些看似没用的废纸屑。

世上没有什么真正没用的东西，哪怕是那些废纸屑，只要把它们用到适合的位置上，也能发挥重要的作用。所以，自己再珍贵，也不要去看轻别人，看轻那些“废纸屑”，因为任何事物都不是孤立存在的，就像艺术品，哪怕再珍贵，也离不开废纸屑的呵护和托衬。

听一个朋友说，一次一家人家失火，大火烧毁了他家所有的东西，包括一只珍贵的瓷瓶。主人怎么也想不通，大火怎么会烧毁那只瓷瓶呢？因为瓷瓶本身就是火炼出来的，经受过火的考验。旁边的一位老人是这样看待这个问题的，他说，瓷瓶不是被烧毁的，而是被烧毁的东西掉下来砸碎的。瓷瓶虽然经受过火的考验，但它没有经受过被砸的考验啊。

老人的话，让我想到，人生也充满了各种各样的考验，不只是面对炎热的考验，还要接受冰雪的考验；不只是面对贫穷的考验，还要接受富贵的考验；不只是面对失败的考验，还要接受成功的考验……在各种各样的考验面前，你准备好了吗？你还会那么认为，经受了一次考验，就可以承受人生的所有考验吗？

所谓：不废一物，不轻一人，不着一事，不昧一心。要建立一个队伍怎样招兵买马？我想到了龚自珍《己亥杂诗》：我劝天公重抖擞，不拘一格降人才。意为：我奉劝天帝能重新振作精神，不要拘守一定规格降下更多的人才。由此我想到，“大苏州”开发计划，怎么样不拘一格地选人才呢？

二〇一五年一月二十日写于苏州张家港

你是我见到的最美丽的女人

“还你二十岁不是梦想！”是我十八年前倡导的一个理念。近二十年的践行可以印证：让女人美丽的东西一定与物质有关，但更一定与其自身的素质有关。真正美丽的女人，都是那些情怀柔软、善解人意、知书达理、不抱怨、不霸道、不势利的女人。人们常说：女人如花，凡花都是有品质的。美丽是一种品质，花如此，人亦如此。

朋友们都说与我一起同行的女人长不大，有的甚至逆生长，她们留驻在青春中。有的几十岁了，偏偏不见老，步入老年的门槛，却一直留驻在中年里。秘诀在哪里？她们年轻是因为她们健康。今天在上海宝山的吴淞地区，玲玲姐姐请我做客，在座的几个她的兄弟姐妹都是那样的年轻，让我羡慕，让我欢喜。那句“还你二十岁不是梦想”在这里得到了诠释，不，不仅在这里，在上海、在江南、在中国很多地方，和细胞营养学结缘，与苷肽结缘的人，都在诠释不老的传奇。

如果我说，外表漂亮与不漂亮不是主要问题，能让人认可吗？我认为，关键是你要让自己活得漂亮，活得丰富，活得健康，活得快乐，活得精彩。多姿多彩的人生，才是生命中最绚丽的彩虹。做一个懂得欣赏美丽的女人，而不是嫉妒别人美丽的女人。做个知性与感性结合的美丽女人，做个美丽的女人，保留自己那颗善良的心。生活中有太多的不如意，这个世界，残酷太多，不见血的厮杀也不少，但这并不表示我们有理由放弃善良，女人的善良是这个世界上澄清的湖水，是人类温情的源泉，是最美丽的风景。

不要让美丽与你擦肩而过。女人得到了智慧，就得到了美丽。做个美丽的女人，做个有气质的女人。时间不是美丽的敌人，而是美丽的经纪人，她让美丽在不同的时刻呈现出不同的状态。时间轻轻扫去我们脸上的红颜，但同时她也给了我们一种永恒的“化妆品”，叫作气质。不要丢掉你的气质，她才是你最动人之处。气质，不仅仅靠人生的阅历、学历、身份、地位而来，还要读书，书中自有颜如玉。做个爱读书、读好书的女人。爱读书的女人最美丽，爱读书的女人美得别致。她不是鲜花，不是美酒，她只是一杯散发幽幽香气的淡淡清茶，即使不施脂粉，也显得神采奕奕、风度翩翩、潇洒且风姿绰约！书使女人懂得包装外表固然重要，而更重要的是心灵的滋润。和书籍生活在一起，永远不会叹息。罗曼·罗兰劝导女人：多读些书吧，知识是唯一的美容佳品。

做个美丽的女人，做个善待自己的女人。在自己心情不好的时候暂时停下脚步，让灵魂跟上来；在自己最失意的时候，不要堕落也不要放纵，依然优雅地善待自己。如果你不快乐，那你就不会美丽，美丽的女人笑容满面，她们绝对不会怨天尤人、愁容满面，因为那样做只会暴露自己的无能。即使自己不那么快乐，也依然端庄地微笑，因为我们都需要阳光般的美丽。女人的美丽，是可以美丽一生的。不是你的容颜与身体阻碍了你的美丽，而是你的智慧和气质在延续你的美丽。

美丽的鲜花总会使人联想到纯洁的爱。花语是每一种花被赋予的灵魂。那是人们的愿望和祝福。花语虽无声，但其中的含义和情感表达甚于言语。一束花送给你亲爱的人，送花的人留有余香，收到花的人获得一个好的心情。心情不是人生全部，却能左右人生全部。心情好，什么都好；心情不好，一切都乱。我们常常不是输给了别人，而是坏心情贬低了我们的形象，降低了我们的能力，扰乱了我们的思维，从而输给了自己。控制好心情，生活才会处处祥和。好心态塑造好心情，好心情塑造最出色的美丽女人。

最后用一道考题结束这篇小文：一家世界著名的大酒店招聘经理，前来应聘的人非常多，老板想考考他们："有一天当你走进客人的房间，发现一位女客正在裸浴，你应该怎么办？"众人都举手抢着回答，有的说："对不起，小姐，我不是故意的。"有的说："小姐，我什么都没有看见。"老板听后不停地摇头。这个时候一个帅气的小伙子说了一句话，当场被录用了。亲爱的朋友，你知道他说了什么吗？

他说："先生您忘记关门了！有事情请找我。"

二〇一五年一月十七日写于上海梅山雅茗居

敬礼！司令爸爸

早上，张府上下一下子热闹起来，《沈阳晚报》十二月十二日《视觉新闻》版用一个版面图文并茂地刊登了题为“爸爸司令”的消息。文中的三个主人公我们家人认识。小少爷天天赶快拨通了没在家里的姥姥的电话，告诉姥姥，沐沐“上报了”。我们家和尹司令一家有故事：那是在夏天的一个早晨，大成庄园来了一些不寻常的客人，他们是辽宁省老干部大学的学员，我太太的同学。其中有一个小女孩甜蜜地喊已过花甲之年的一对老夫妻“爸爸妈妈”，他们是从部队退下来的军人，如今已经是老干部大学摄影“发烧友”，最难能可贵的是他们可以有一个孙子辈的女孩喊他们爸爸妈妈。来到庄园做客的小女孩很快成为我的外孙——小主人天天的好朋友，他们在院子里骑自行车追逐，在牧场里喂鸡、喂鸭，还有大鹅和兔子。这个小女孩和我太太是最好的朋友，称她为周阿姨，每次老干部大学搞活动，小女孩都缠着周阿姨，很让人羡慕。

说起尹司令，是原第二炮兵某部司令员，他们夫妇都是军人，并且小时候都生长在军人家庭，现在离开工作了几十年的军队，回到社会生活中休养。他们选择了做一件事：助养残疾孤儿。助养行动是司令夫妇退休之后献爱心的起点，从此每到周末，他们家里就会多上一到三个“子女”。

司令夫妇有他们自己的女儿女婿还有小外孙，可是他们家里挂着的都是七个孩子游历国内景点和参加各种社会活动的照片，却没有一张自己女儿和刚出生八个月的外孙子的照片。女儿批评妈妈不是合格的姥姥。姥姥刘抗美说：“小外孙六亲齐全不缺爱，而这些孩子不同。有妈的孩子能得到的，我都会让他们得到！”

十年助养七位孤儿，有的离去后再无音信，但每到圣诞节，尹司令夫妇都要给每个孩子寄礼物。二〇一四年十二月十二日，由他们助养三年的残疾孤儿沈俊沐已经启程，跟随收养她的美国父母从沈阳桃仙机场登机离去，这

一别不知何年何月才能再见。对俊沐视同己出的尹司令爱人刘抗美也许还要躺倒一个月时间。这已经是他们经历的第七次别离了。就在走前的上一个周末，他们最后一次从沈阳市儿童福利院把俊沐接回来，满足了俊沐最后两个愿望：去乐购超市买零食、去温泉游泳。知道俊沐今后的家所在地气温比沈阳还冷，刘抗美为俊沐准备了一件羽绒服、一件毛大衣，还有新书包、智能玩具，还有给美国父母的礼物。天天听说俊沐小朋友要到美国去了，让妈妈为他备了礼物，一个拉杆箱，还有一个“易读宝”和“点读笔”。而尹司令更是加班加点地整理出给俊沐拍的上万张照片和成长日记，给俊沐带到美国去。

如今，爱的传递已经从中国到美国。据悉，司令夫妇助养的沈华亮被美国夫妇收养后，在养父母的支持下继续热心于公益事业。为此，华亮所在的美国加州政府为表彰她，将二〇一三年十月二十六日命名为“杰西卡·华亮日”。

二〇一四年十二月二十二日写于家中小书房

“两个篮子”和“乡村哲学”

我知道陈忠实，是二十世纪九十年代，因为看了他创作的长篇小说《白鹿原》。这是一本集家庭史、民族史于一体，以厚重的历史感、丰富的文化意蕴和复杂的人物形象生动描绘的脍炙人口的书，让我一口气读完。后来我知道陈忠实是中国作协副主席、陕西省作协主席。范曾先生高度赞誉：“陈忠实先生所著《白鹿原》，一代奇书也。方之欧西，虽巴尔扎克、斯坦达尔，未肯轻让。”

据说，陈忠实成名之前，生活在农村，别人在干农活时，他在写作，妻子骂他：“没啥用，挣不了钱。”为了写一本“死后用来垫棺做枕的书”，陈忠实豁出去了，他和妻子约定，先写书，如不成，便去养鸡。《白鹿原》写完不久，他收到人民文学出版社编辑的来信，激动得倒在椅子上，半天说不出话来。妻子以为他病了，吓得满屋子乱转。片刻，他坐起来，大声说了四个字：不养鸡了！

陈忠实是幸运的，因为他最终成功了，中国文坛也是幸运的，少了一个养鸡的，多了一位伟大的作家。陈忠实成名之后，很多人来求教。一位农村的文学青年拿着书稿来找他，陈忠实看了之后，觉得很一般，但是出于礼貌，还是鼓励了几句，没想到这个年轻人两眼放光，激动地表示一定要继续追寻文学梦想，至死无憾。陈忠实当时就觉得不好，后来果不其然，青年一心只想着文学，生活无着，过得极为窘迫。陈忠实听说后，十分感慨，连连说自己害了他。其实，这不是陈忠实的错，而是那位年轻人错误地将人生的所有希望都放在了一个篮子里。

管理学上，有一个著名的理论是不要将鸡蛋放在一个篮子里，就是为了规避风险。陈忠实成名前不一定听说过这个理论，但是他有这个准备，那就是写书不成就去养鸡，至少可以养家糊口，不至于生活无着。“一颗红心，两手准备”，“不在一棵树上吊死”，说的都是这样一个道理。梦想虽美，但是所有梦想都必须建立在生存基础上。所谓开门七件事，柴米油盐酱醋茶，样样得要钱，生存是人生第一要务。“一要生存，二要温饱，三要发展”，这是 1925 年，鲁迅先生回复两名青年人生目标时所表述的观点。如今看来，依然有其现实意义。人生都有梦想，但是很多时候梦想之所以是梦想，是因为它离你还有一段距离，不是伸手就可以摘到的桃子。罗马不是一天就建成的，在追寻梦想之前，想一想，有没有生存的一技之长，有没有养家糊口的本事，若连这些都不具备，那么所有美丽的梦想都是虚幻的空中楼阁。

陈忠实是大师，他写作离不开陕西老家那个老屋，和老伴的家常菜，这种接地气就是他的乡土哲学吧。小时候常听妈妈讲，她那时生活的乡村，一有时间，妇人们就纳鞋底，一双比一双式样精美。她们在纳鞋底的同时，还不停地纳鞋垫，鞋垫上全是艳丽繁复的图案。她们全不顾鞋垫纳成就会被踩于脚下，美丽顿消。她们是被乡村伦理所驱动——因为在乡村里，好女人的标准是勤快，而懒女人被视为好逸恶劳。这种乡村伦理从何而来？是大地的昭示。

记得那是二十世纪七十年代，我回“关里”老家看望姨娘，村里已经有了粉碎机、面粉机。但是，我的到来，姨娘还是不舍昼夜地运转着她那台手动石磨。还把新玉米拿到村头那盘石碾上去碾。这种传统的碾米方式，耗时费力。但是，她们坚持不懈。石磨磨出的豆浆，因为缓慢所以黏稠。而“自留地”的玉米生长周期长，吸足了阳光，蕴足了营养，这就需要慢慢地碾压，以缓慢地释放出热量不使其皮，有层次地破解不使其散，这样碾出的米有黏性，熬粥粥香，做糕糕腴，均有地道的口味。这种舌尖上的感受，化成她们的生活逻辑，不轻易妥协于外力。

妈妈和姨妈已经过世几十年，妈妈讲的故事和陈忠实先生的故事一样影响着我。回望旧物、旧事、旧时，不禁感到，乡土上遍地是哲学，不仅长万物，也长道理。大地道德有自然的教化之功，让人唯真而动、唯善而行、唯美而崇。人们只要一亲近土地，人性的病症，就不治而愈。

二〇一四年十二月二十日写于家中雅茗居

我和毛主席“最近”的一件事

一九六九年我十七岁，在沈阳市第二十中学读书。为庆祝建国二十周年，位于沈阳市中心的中山广场又一次大规模改造。这是在一九六七年开始进行的大型改造中奠基和形成的，而那时最重要的项目就是竖立毛主席像和周围群雕。我被学校选为这个建筑工地宣传队的一名成员，于是，在那个时代我无比自豪地参与了与毛主席最近的一件事。我们几个十六七岁的少年来到建筑工地，看到的一切都是新鲜事。崔淑敏、冯丽秀、李宝成、靳德福还有我，前面两个女生做广播员，我们三个男生负责写大字快标语，写黑板报，我还负责写广播稿。那时候搞“文化大革命”，学校也不好好上课，也不叫班级，学校叫“红卫兵团”，年级叫“营”，几个班级在一起叫“连”，班级叫“排”。所以那时候的班长就叫排长，管淑清那时候是连长，她和崔淑敏要好，所以也成为我们宣传队的一员了。那个时代，每个家里都好几个孩子，崔淑敏是独生女，那时候扎两个小鞭子，一双乌黑的大眼睛挺好看的。小冯父母是新华社的记者，不是普通老百姓家的孩子，娇气气的。工地一个搞宣传的师傅，好像挺喜欢搭讪女孩，我们就把这件事告诉学校的工人宣传队的师傅，那时候学校没有校长，只有“工宣队”和“军宣队”。后来就换了一个叫王冬清的女生加入宣传队了。那个叫小李的男生很老实，不爱讲话。小靳在我们几个同学中年龄最大，个子最小，心眼最多，什么都不会主动做。我们那时候可是学校里有“特权”的人了，反正上课也不教文化知识，我们在工地“搞革命”，在做一件与毛主席“最近”的一件事，很开心也很自豪，所以也不懂得计较什么。特别是那时候生活太艰苦太困难了，我们在工地的食堂可以免费用餐，要知道那是多么奢侈的事呀。

据有关史料记载，一九六七年，沈阳部队、辽宁省军区等单位专门成立了“敬建毛主席塑像指挥部”，准备在中山广场竖立毛主席塑像和周围群雕。当时的沈阳军区司令员陈锡联，担任“敬建毛主席塑像指挥部”总指挥。指挥部负责人决定，由著名雕塑家、鲁迅美术学院雕塑系田金铎先生领衔创作。又调来了杨美应、高秀兰、张玉龙、庞高轩、陈绳正、张秉田、贺中令、孙家彬、高宝田、丁伟年等人，迅速组成了创作组。创作组最后发展到七十多人。

记得那时创作组人员集中在东塔机场。他们将尚未启用的新建军用机库作为工作场，创作的主题是“毛泽东思想胜利万岁”。我们到现场采访，那是我第一次近距离走近飞机。出于好奇，我们还从飞机的悬梯登上飞机，虽然飞机没有起飞，毕竟登上飞机了，还是很自豪，也成为那一时间可以在同学和亲朋好友面前炫耀的话题。记得采访时，那些大人物、大艺术家很尊重我们这些“小孩子”宣传队员，至今还恍惚记得，当时指挥部经常组织创作组创作人员学习和体验生活。之后，制订了制造毛主席塑像方案，所有道具都由沈阳部队提供，从最老的土枪到新式机关枪等等，应有尽有。

中山广场毛泽东主席雕塑，从一九六七年十一月开始创作，到一九七〇年竣工。我们经历了最关键的一九六九年，在青春的记忆中留下的烙印太深刻了。我至今还清楚地记得，无论创作人员，还是施工人员，都为之倾注了大量心血。雕塑材质采用了环氧树脂，即玻璃钢。在当年，环氧树脂在我国还很稀有。为了制造毛泽东主席塑像，当时还专门建立了一个玻璃钢厂，提供材料来源。考虑到塑像要经受住风吹雨淋、夏天暴晒、冬季冰冻考验，玻璃钢厂技术人员进行了无数次试验，力求玻璃钢达到最佳效果。他们将玻璃钢原材料拿到海南岛阳光下暴晒，测试玻璃钢的耐晒能力。经过技术人员反复试验，最终生产出符合雕塑要求的玻璃钢原材料，终使毛泽东主席塑像群雕，如期矗立在中山广场中央。毛主席像建成以后，省市和沈阳军区组织了一次“活学活用毛主席著作讲用会”，我们宣传队被选中为大会“讲用”。那是我第一次写一万字的稿子，带着对毛主席的无限热爱，感情非常丰富。正是这一次的写作经历，奠定了我一辈子与文字为伍的基础；正是这一次的成功，让我尝到了写作的乐趣，享受着掌声的鼓励。参加了这次活学活用毛主席著作讲用会，在这一年底我被学校选送到工厂工作了。我忘不了那个“工宣队”的师傅，他的名字叫王明华，那一年他三十九岁，我确信是他鼎力推荐，不仅让我光荣地做了“工人阶级”中的一员，更决定了我的成长轨迹，有了比较精彩的人生，我永远记得王明华师傅是我生命中的贵人之一。

1970 年代，沈阳中山广场毛泽东主席塑像落成后，手持冲锋枪的解放军战士，站在塑像前站岗守卫。人们纷纷涌到这里，瞻仰毛泽东主席塑像，观看群雕，回顾中国革命历史。由此，中山广场逐渐成为国内外来沈旅游、公务、商旅人员游览的一个重要选择，观看毛主席雕像群塑并合影留念。“毛主席挥手我前进”，毛泽东这一典型动作，定格了一个时代。因为有了这组雕像，给原本就是沈阳这座城市政治、文化活动中心的中山广场，又增添了新的内涵，她的历史厚重感更强。如今，这座百年广场的故事，依然在继续延伸着。我依然为那一个特定的时间参加了离毛主席“最近”的一件事而一直很自豪。

二〇一四年十二月三日写于 A 座书房

生命中有一种赖活

我们的家里如果有一个病人会怎么样？家里如果有一个长期住院的人会怎么样？生命若没有了好活的质量，赖活着的病人遭罪，陪护赖活人的好人身心会疲惫，应了那句话“久病床前无孝子”。就是有孝敬之心的好儿女，他们还有一份社会分工必须承担啊。我们所能做的，就是给赖活者以信念，让他知道有人疼他，爱他，听他。有一句俗语：好死不如赖活着。活得好好的，谁想死呢？不过，人生宛如日出日落，花开花谢，生与死，其实寻常，看淡一些，就那么回事。我们必须有好好活着的健康意识啊！

我们很小的时候常听到的那句“好死不如赖活着”的话，那时候人们的生活都很苦，吃不饱、穿不暖，过年才能吃一顿饺子。“赖”活是相对比较好而言的。现在生活好了，赖活则活得不好，主要是身体病灶所致。好好活，幸福地活，快乐地活，活得精彩，活出品位，活得有质量，活有多种，赖是活里的“下里巴人”。也想好好活，但身不由己，力不从心，体不争气。

赖活，谈不上美，甚至很“丑”，很痛，很煎熬。那天几个朋友在一起聊天，说到赖活的话题，朋友说，他父亲现在就属于赖活之人。老人家疾病缠身，时常昏迷。清醒时他也曾向孩子们要过安眠药，老父亲是医生，知道怎样“体面”地与生命诀别。他说他们心里流泪，亦知道赖活者不想活，亦想为赖活者减轻痛苦，可儿女们都没有递给他脱离赖活的药瓶的勇。是啊，赖活是深陷苦海，欲罢不能。我们站在遥远的岸，拼命地呼喊，却无法靠近然后扔给他一根救命稻草——我们也无法立时隐遁，弃他于波涛汹涌的苦海中自生自灭。我们更不能划一叶小舟，靠近他，然后狠狠给他一橹。我们都想帮他，却无济于事。对赖活的亲人，我们都不能让他告别赖活，走向新生。我们都鼓励他好好活着，“好好活”是世上最鼓舞人心，最实在最管用的安慰。

世上的饭、世上的人、世上的情、世上的恨，唯有活着，才有感知。这是所有活者心头的希冀。至于朝阳升起、霞光万道、小鸟啁啾、万物复苏，更是活着之目光所及，目光所企。人之小善，莫过于让自己好好活；人之大善，莫过于让别人好好活。先要自己活好，才能助人活好。自己朝不保夕，何以嘘寒问暖？我们能做的就是给赖活者以信念，让他知道有人疼他，爱他，听他，他可享天伦之乐、口腹之欲、精神之悦，一切在赖活之前所不能拥有的，没有拥有的，失去的，都会被尽可能地寻到，找来，给他。真有那么一日，当赖活者要离开这个世界时，我想，他一定是笑着走的，没有怨言，也不生气，更无遗憾。

其实，我们能做的更有意义的工作很多。最近“健康中国”高峰论坛即将在无锡举办，细胞营养学应用学科研究会在全国各省市的分会也在做健康管理的科普工作。现在人们日常生活中很少注意健康。忙碌的工作、频繁的应酬、社会的压力等等，给现代人带来很大的危害。中国有很多人处于亚健康状态，但是他们没时间去医院做检查，大多是没出现能感觉到的毛病，就当没发生一样。这时就需要在闲暇的时候抽一点点时间听一些健康教育知识的讲座！不会占用很长时间，但可以学到很多知识，至少对自己的日常饮食起居有很大帮助，可以更好地照顾自己的身体！对于老年人，更是好处多多。人到老年身体免疫力下降，各组织机能都在老化。这时他们更需要专家们的耐心讲解，提高晚年生活质量，能够少打针、少吃药。也会让老人的生活充实一些！大家在一起互相交流谈论，能促进老年人的身心健康，避免岁数越大越孤单！这样对身边的人也是有好处的。一些小的健康常识、小技巧，当你知道以后肯定会告诉你的至亲好朋友。这样一传十十传百，大家都有了一些病毒抵抗知识，对人们有很大的帮助！所以，健康中国是一个大舞台，细胞营养学应用学科研究会有无限的发挥空间，各地区应有学科分会，有非常丰富的内容普及推广，健康美丽的使者有极其广阔的舞台。说到底，我们所能做的，最关键的是增强人们的健康意识，让更多的人掌握健康管理的科学方法，让人们活得很有质量很精彩。

二〇一四年十一月十三日写于 A 座大书房

打麻将那点事

女儿说能入围参加我“围城”的候选人实在太难了，是我太挑剔和什么样的人在一起玩儿。对的，我打麻将的理念是玩，不是赌。其实，注意观察可以发现，打麻将的人，总是以一个人为核心，这个人对打麻将的乐趣有深刻地理解，这就是挑人的内涵。作为这个玩的核心，我喜欢打麻将，有时外出回来，一抽空，女儿或秘书就和团队的成员预约玩儿的时间。实际上有时候一个月都玩不上一次，张罗麻将局只是为了讨我开心吧。做了这个麻将团队的核心，就是服务，必须身先士卒，担当打麻将的准备工作，甚至为参与打麻将而提供更多的方便，让厨房准备酒席，让服务员端茶倒水，备上水果，哎，一流服务。久了，我当然就变成了打麻将团队坚强的领导，并且有秘书帮助打理，能不一呼全应吗?

为了打麻将，很多人可以不吃饭、不喝水、不睡觉。我不主张这样的玩法，这不是享受麻将游戏的乐趣，是糟蹋日子。有一个搞笑的话题，说一位身患绝症老太太临终最大的希望居然是“能痛快地打几天麻将”。这才是一种境界！

不以聚赌为目的的打麻将的团队就是团结，为了打麻将，团队成员之间会相互帮忙，绝对不会把相互输的钱的数目告诉对方的亲戚。如果你观察会发现，一颗麻将掉到地上，绝对不会出现一个人不去捡的情况，而是看见四个人都埋下头寻找的情景。另一个现象是，迟到现象在打麻将团队中是很难出现的，约定的时间都会遵守。

打麻将就是游戏，我不主张利用放弃做其他事情的时间来打麻将，如果有约预先做好安排才是。只有这样，才能不动摇麻将团队的构架。

打麻将就是玩儿，要是为利益而来就更变味道了。打麻将这游戏好就好在能让思维活跃起来，从工作岗位退下来不至于得老年痴呆。在打麻将的过程中，麻友之间毫不保留地讲出打麻将的技术要领，分享自己某一次打麻将的经典案例，谈出技巧。特别有趣的是，每次打了麻将，团队的成员总能对过程记忆犹新，总是在总结过去的得失。打麻将真是一个乐于分享的平台啊。

二〇一四年十月十七日写于 A 座书房

未央

经历了生命长长的一季，由青翠的绿色变成静美的红色，或留恋的泛黄，用一种特别的方式彰显着生命的顽强，寄托着人们无限的遐想。倚在秋的未央，行走在大江南北，尽情享受着生命的追求。东北的十月末是暮秋到初冬的转换，有阴雨会一夜如冬，有骄阳会温情似火。清晨拉开窗帘，秋阳的温暖洒了一房子，无视寒冷空气的入侵，为撩人的秋色站脚助威。下楼，早餐的饭堂改在了大客厅的临窗旁，就着阳光用餐是又一番滋味的享受，仿佛忘记了此时已经是秋的未央。

前晚还在似夏的上海南京路漫步，昨夜就在如冬的沈阳古城逛街了。在秋色中，似乎就是一场遇见。风将人间的烟火转换到一个凄美的境界，秋阳很明，很媚，却已经不是那种浓烈如酒的炙炎，就如同那如莲的素颜，淡淡的却是清馨的，对于秋总是有一种特殊的感情。些许伤感，些许忧郁，却也让自己流连其中。多少次，想将它用自己喜欢的方式去独享，倒叙流年，却没有更好的言语将其写照。于是总喜欢一个人或者结个伴，走在那夕阳晚照的小道上，看那黄了的银杏树叶片片飘零，伸出双手妄想去留住那一瞬的温柔。眉间的忧郁悄然结成了种子，落在那一幕素色中，等待花开。烟波里再也寻觅不到往昔的多情，寂静山河可与我共醉，掏空的心，焚尽，渐与天■。

回家来也没有躺在床上，还差一万步没走呢。秋渐深，夜微■，还是那样一如既往地喜欢，喜欢在风起的夜晚在古城街边走走。看着车辆穿行，看着行人漫步，喧嚣左右，好像是刹那间，连自己都不知道心里在想些什么。这样一种空白，是何等的珍贵。每一个善良的细节都让我眼睛湿润，这顺城的街上，打着远程的电话，聊着漫无边际的话题。我坚信着自己的信仰，美与可爱，有心皆懂。在残月凄美的婉约中，永存那一份惊心动魄地美丽，在这匆匆的岁月里，寻一份安好。

二〇一四年十月二十八日写于 A 座书房

查春明 中国骄傲

我的春明兄弟，著名军事摄影家、新华社高级记者，创作的大型摄影画册《西沙 西沙》，近日由中国摄影出版社出版发行。前天我邀请永利、海波、韩涛、卫东、智勇等几个好朋友聚会在北京，请春明给这几个好朋友签名并赠送了这本精美的作品。弟兄们如获珍宝，爱不释手，欣喜珍藏。

查春明从 1995 年开始多次搭乘海军航空兵多种机型的飞机在南海上空航拍，南到曾母暗沙、南沙群岛，北至西沙群岛，覆盖了几十万平方公里的海域，拍摄照片数万张。《西沙 西沙》从中精选出部分西沙群岛的照片，编辑成册，全方位、立体化展示了西沙群岛的壮美全貌。

出版这本画册，是春明所有朋友的期盼，也是他多年的心愿，也是我极大地关注。在十几年和春明的交往中，他谦虚包容，热情博爱，敬业守则等很多美德，一直感染着我和我的家人。春明身在要职，身居高位，却慈祥可鞠，平易近人。今年春节，张、查两家，相约在福建共度元宵佳节，张府太太“晕飞机”，只好从东北调房车跑三千公里接应。于是便有了张府“小少爷”和查姥爷的房车情。艺术家查姥爷和“小少爷”学说东北话“哎呀！妈呀！”真好似如同在咫尺之间观看精彩的二人转演出，时间虽然已经过了很久，那画面仿佛就在眼前。

春明是活动在领导人身边的“达官显贵”，打开他的履历，精彩得让人肃然起敬。而他在朋友中间却如此平易近人，怕是没有人会相信的。我和春明相交十几年的体会，他的人生目标并非高官厚禄，而是用心体会每一份工作，把每一份工作都当成丰富人生经历的契机。在多次的随海军舰队出访中，他勤于观察和分析中西文化特别是军人文化的差异，写下了上百万字的海事出访手记。他这种善于从不同人身上学习各种知识和技能，丰富自己的知识和经验，并且又乐于和他人分享人生，感受真心交流的品行感染着朋友们，并且给朋友们带来如此多的快乐。

这次从北京回来两天了，《西沙 西沙》的美妙一直美化着我的心情，这不仅是一个艺术家的一部摄影作品，更是一个儿子献给母亲的情怀。正如春明所说，“谨以此书献给祖国母亲和美丽的海洋，献给热爱海洋、保护海洋的人们，献给守卫祖国海洋国土的海疆卫士”。我要大声说：查春明——中国的骄傲！

二〇一四年九月十四日写于小花园之茶缘

处事之道

金秋九月，旅行到河南，一下子想起宋庆历年间被贬到邓州的范仲淹和他的诵秋诗句：一年好景君须记，最是橙黄橘绿时。中原是中华文化发祥地，人杰地灵，从河北到河南乃至山东，中华孝道世代相传。还记得很多年前，一次出差在河南，在好友家留宿。发现她有一个细心却唠叨的婆婆，她却与其相处甚好。那天，我们在大排档吃了夜宵，肚皮溜圆地回家。好友拿出两盒鲜奶，递给我一盒。刚要喝，她的婆婆忽然喊道："赶紧吃点东西，不能空腹喝牛奶！"我觉得她真是不可理喻，我们明明刚从外面吃东西回来呀！好友似乎看出了我的心思，悄悄做了个制止的手势，拿出一片面包，给我撕了一点，自己又撕下一点。老太太看我们将半口面包塞进嘴里，喜滋滋地忙别的事去了。"我们刚吃了那么多东西，根本不是空腹。你为什么不和她说呢？”我不满。好友拍拍我，笑着说：“如果她能在这件小事上获得成就感，我们又何必告诉她真相呢？真相对她不重要，对我们也没意义，不过是半口面包的事。”那时我们同学都夸她和婆婆相处得好，原来孝顺有这么大的学问。同时我更大的收获却是第一次听到“真相不重要”这个命题。

多年来，我受到的教育都是要坚持真理，如果你觉得对方错了，一定要指出来，帮助他改正，严是爱，松是害。前不久，与几位朋友一起闲聊，说起公司流水线上的一件小事。两位员工用同样的方式打包产品，老板每次经过都要说，哇，这看上去不够结实哦。一个总是一声不吭地加一条绳子，另一个则会长篇大论地向老板证明自己的包装多么科学多么结实，向老板讲解，觉得前者是个虚伪的马屁精，真正为公司着想的是自己。可是不久，第一个升职了，另一个依然在流水线上。

半口面包与一条绳子本身并不重要，长辈、领导或朋友，纠结于不重要的半口面包或一条绳子，是出于对尊重的渴求。他不关心你的肚子是否饱，包装是否结实，他关心的是当自己的话落地时，能否看到想要的效果。如果你一味坚持那并不重要的真相，于他而言，就是一种失败。对于我们来说，究竟是省下那半口面包或一条绳子重要，还是让一个人感受到尊重重要？显然是后者。放弃不重要的真相，并不是让人做墙头草，而是坚持该坚持的，放弃不该坚持的。真相重要与否，不在于你的感受，而在于这件事是否会对结果产生本质的影响，是否会改变一个人、一件事，是否关乎道德与底线。如果一个人，常常凭着直觉去辩解与忤逆，日积月累，你会成为一个真实却毫无教养的人。在无关紧要的真相上，无谓消耗，使人际关系越来越糟，那其实不是追求真理，而是另外一种意义上的浪费生命。

二〇一四年九月三十日写于开封中州国际

青春万岁

两个随行的大男孩都是第一次来大连，到旅顺不能不去白云山了。正好在白云山上巧遇大连舰艇学院的学员，都是二十多岁的小伙子，实在可爱。他们当中有几个是在大连学习的留学生，都讲着一口流利的汉语。身着白色海军制服的来自巴基斯坦的年轻军官，踊跃地秀汉语，他说，他是巴基斯坦的留学生，很喜欢大连。身穿略浅迷彩军装的小伙子不甘落后，告诉我他的祖国是土库曼斯坦，在谈话中得知我知道他是来自中亚的内陆国家时，激动地说他喜欢大海，并且喜欢中国。两个黑黑的皮肤、高高的个头的年轻学员是孟加拉国人，调皮地拉着我合影。相比之下，中国本土学员更整齐划一地安静地坐在一起，我拿起他们的红旗欲打开时，一个好似军官的小同志走过来阻止拍照，于是，我改变了原来的想法，把旗帜卷在旗杆上，获得了年轻军人的许可才留下了一张合影。

人们都说部队是一所大学校，在我的朋友圈子里，有相当一部分是军人或曾经是军人，哪怕只当过几年兵，都有不同的素质，那就是训练。那些军官无论是现役还是转业到地方，都会有呱呱叫响的业绩。那是为什么呢？就是因为到部队第一件事就是要学会吃苦，训练场上的摸爬滚打，体能极限的挑战，让你知道什么是真正的累和苦。军队是有严格级别区分的，下级要绝对地服从上级的命令和指示，无论对错，都要坚决执行，服从意识让男人拥有更强的执行任务能力。

一个军人必须敬业。干好本职工作，只有干好本职工作的人，才能让你胜任其他工作，敬业的男人是有事业心的男人。前不久，著名军事摄影家、新华社高级记者、我的兄弟春明出版发行的《西沙 西沙》大型画册，就是他用二十年时间，无数次地赴南海海疆，精心积累的辉煌成果。昨天在旅顺军港我收到春明在“钢铁长城——首届‘强军梦’大型军事摄影展”上获大奖的消息，查春明摄影作品荣获一个金奖、一个铜奖和十一个优秀奖。我时常会骄傲，为我有军中的好兄弟骄傲。春明经常说，在军队这所大学校必然学会负责任，是对自己的言行负责任，对自己的将来负责任，对信任你的人负责任，对自己的工作负责任，说大了是要对国家和人民负责任。是的，我的老师、《解放军报》资深记者孙振宇大校经常讲，部队是大学校，因此军人必须学会努力。永远都不指望天上掉馅饼，靠自己努力换回成功，努力成为一种习惯，是春明们成功的必然，因为，将军曾经都是努力的士兵。春明说，部队是打仗的工具，勇敢是一个军人必备的素质，勇于冲锋陷阵，敢打必胜，勇敢地接受现实从不逃避，勇敢地面对挑战，每一次出海，每一次随海军出访，都必须做好一切准备：国家利益高于一切。他的名言是：军人必须学会宽容，什么都看得开，不会斤斤计较，理解别人，所有不快和忧愁一笑了之，军人要拿得起放得下。必须学会自律管得住自己，不该干的绝不能干，即使没人看见和知道，对自己的要求不能放松，对自己严格的要求是优秀军人所特有的。珍惜眼前一切的同时要开拓更美好的一切，珍惜自己的荣誉和信誉，珍惜一切真挚的感情，珍惜这身军装。军人的天职是拼搏，必须懂得为了自己的理想拼命，为了别人信任的目光拼命，为了证明自己而拼命。并且从容地面对利益和荣誉，从容地面对困难和危险，从容地面对千军万马发号施令。春明从来不依赖别人打理好自己的生活，自己洗衣服、熨衣服，不让自己的军装有褶皱、皮鞋有灰尘，不要让自己胡子拉碴，头发一定要干净整洁，每次出海，内务一定要标准，直线与方块一丝不能差。他说，现代战争是高新技术的整合，因此，军人必须学会求知，知识永远都是最有力量的武器，每日每刻都要学习，丰富自己的内涵，提高自己的素质，英雄总会有用武之地的。这是我在春明这些军人身上见到的，并且永远激励着我，成为我学习的榜样。

军人的使命是保家卫国，因此必须学会孝道。在军队，战士会慢慢明白父母的付出和大爱，以后会用实际行动来回报父母、孝敬父母。包玉民也是我军中的好兄弟，虽然转业到地方工作多年了，依然保持着军人的作风。他的岳父是他曾经的长官，老人家的晚年有玉民一直以来的关心，不仅是岳父，玉民对其他老首长的“首长情结”让我感动。在大连的干休所，他给老首长们送去苷肽，关爱老首长们的健康。他说，必须学会从每个细节开展工作，从每个细节体察实质，从每个细节关心他人，注重细节，细心处事，细节做好惠及整体。包玉民的词典里：永远不能懒惰，懒惰会换来你身上的几斤肥肉，而勤劳会让你获得百分之五十的成功和一生受用的宝贵习惯，军队的优良传统不能丢。

在我的用人观里，选择退伍、转业军人，是因为军人在训练中懂得合作，合作才会双赢，当你一个人不行的时候要学会合作，军队中的合作尤其多，

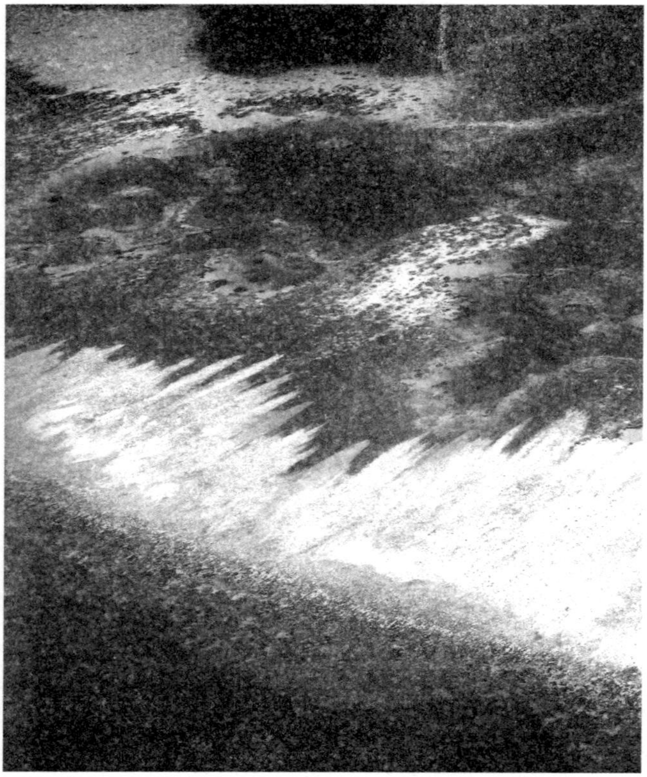

这就是所谓的团队精神。沈阳空军部队的转业干部刘贤吉曾经被我聘来出任“副总”，几次关键时刻都表现出果敢的精神风貌。今年春节我在福建，临时急调房车赴闽，接到命令，他亲自出马，立刻带车一口气跑三千公里，完成任务。这是军人的素质，要想获得真挚的感情和上级的赏识，必须学会体贴，学会站在对方的角度考虑对方的切身利益，人都是以感觉来评判事物的。奉献是军人的特质。男人作为军队的主体，要学会奉献，不要计较回报，可能在物质社会中很少有人这么做了，但军队中不能没有奉献，奉献是一个男人社会价值大小的体现。贤吉他们正是从身边的事做起，没有不切实际的幻想，部队务实的作风，体现在优秀军人的身上。当然，同时牢记言多必失，要在沉默中爆发，学会在沉默中积蓄力量，在沉默中冷静观察，在沉默中迎头赶上，军队非常重视舆论，出言需谨慎。军人的风度质朴不浮华，威严不死板，幽默不庸俗。现在，贤吉又领命出任电梯销售公司总经理，相信自己是最棒的，没有任何困难能击垮自己。自信的前提是你有能力自信，无论在战场还是训练场，都要以最高的标准要求自己，因为你是最棒的。不抛弃，不放弃，执着让我们这些当兵的显得有些傻，但是执着让我们无比坚定。积极地过每一天，积极地接受任务和挑战，积极是一种生活状态，一种随时准备子弹上膛的战斗状态。

学会思考是成功者的精致，从不漫无目的地蛮干，思考需要多分析利弊，思考同样需要孤注一掷的勇气。我要为青春加油，我要振臂高呼：青春万岁！

二〇一四年九月十九日写于旅顺口返回沈阳途中高速公路上

终身不发火能做到吗

又是一次一年一度的健康体检，坐在心理测试题前，我一道题一道题地选择答案。测试结果出来了，说我追求完美，说了假话。几天过去了，那六十道选择题早已忘记差不多了。我仔细搜索，恍惚记得两个问题：一个是，你的工作团队工作进度很慢，你着急吗？一个是，遇见气人的事，你发火吗？这两个题我都回答 No！现在仔细想想，应该回答，Yes。这是一个情绪管理的问题，虽然我的主观意识是 No，实际上虽然不是每件事发生都是 No，有时激动时还是会爆发的。

如何管控住情绪呢？一是静，少说话，多倾听。因为爱说话的人，本就失去了一分宁静的美。而且，言多必失。有句话是，三思而后行，三思而后言。二是平，是平凡，是平淡，是平衡。有棱角的坏处，就是让别人咬起你来很容易下口。三是忍，面对不公，别气愤，别宣泄。一来气愤伤身体，二来气愤不解决问题。“有肚量去容忍那些不能改变的事，有勇气去改变那些可能改变的事，有智能去区别上述两类事。”这是成功者要具备的三个素质。四是让，大是大非，不能退让，但小事情，尽量听别人的意见。能按别人的意见办的，就不坚持己见。退一步，海阔天空。而且如果是按别人的意见办的，错误也就有所分担。五是淡，一切都看淡些。对名利、对金钱、对感情。没有什么是离开了就不能活了的东西。得失也是辩证的，你在这方面损失了，你的心灵会得到释放，会有机会去尝试别的选择。越是看得淡，就越是心灵平静，就越能体会平凡的幸福。

临近国庆佳节，把同事们和家属请到庄园来，以张府家宴烤全羊款待大家，我的内心在享受着“分享”。站立在中秋的时光里，照见了自己的曾经，照见了自己用力隐藏过的忧伤，也照见了那些努力过但始终没有彻底做到的遗忘。大成庄园，见证了成长，是亲自用双脚在人生之旅上踏出一个个坚实的脚印，经历一个个情感丰富的真实的故事，那是生命中最动人的一个个瞬

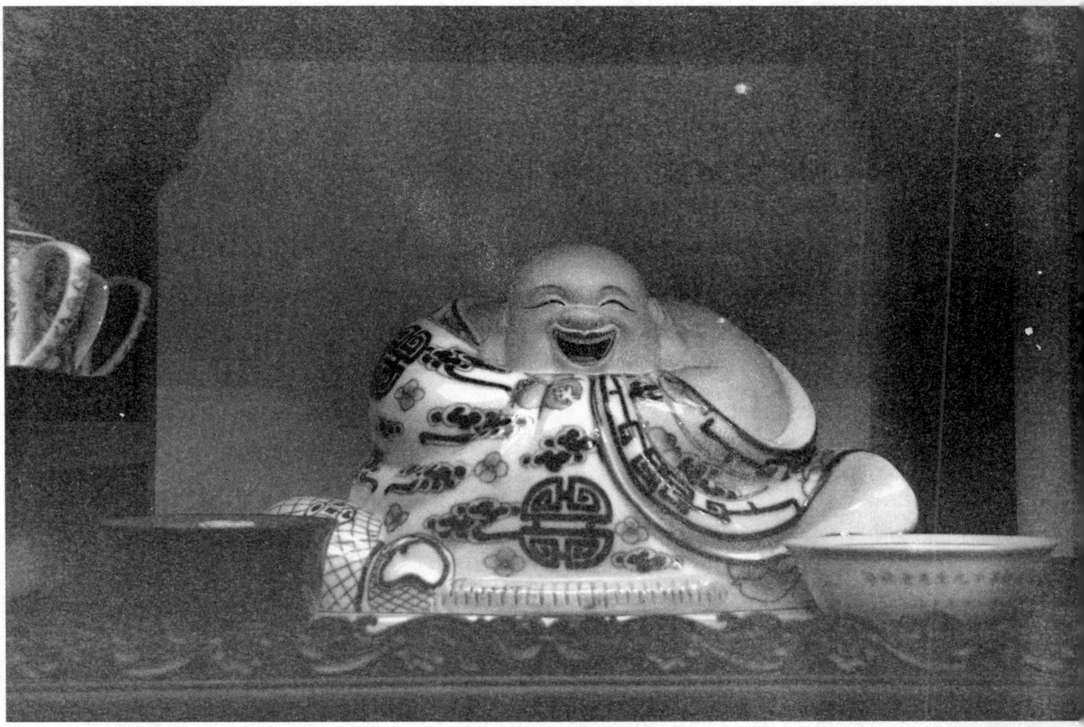

间。我的心境，从大爱大成到大成若缺，看淡红尘而逍遥自在。

是啊，每个季节，都会带给人们不同领悟的心情。一切绚烂过后，总要回归平淡。千万片的秋叶在枝头，如同一个爱得炽烈的女子，不管来生能否再遇见，且将思恋在这一季挥洒而尽，不教今生留下任何的遗憾。它们最终在秋风的挽留里，毅然旋舞而下，那是生命里最凄美的一曲绝唱。

二〇一四年九月二十七日写于大成庄园

玩 家

有新朋友问我是做什么的，我会说“玩家”；如果还问“玩什么”，我说，“品茗、美食，鉴赏、收藏，写字、画画，旅游、摄影，著书、立说，赋诗、写歌，打球、跳舞，围城、唱歌”，都是玩的事。其实，玩余时间，会安排一点工作，或在庄园一边度假一边工作，或在小花园一边写作一边休息，或者，安排在度假村休闲静养几日，总之，都是有情趣的事。情趣是休闲的灵魂，作为满足人类精神文化需求的家园，所谓“玩家”，就是休闲生活，就是充满诗意地有审美地生活。

情趣是休闲的灵魂。闲有闲情，闲有闲趣。休闲贵有情趣。有无趣味，乃评判休闲品位之高下的一大标准。同是饮酒，细斟慢酌是“趣”，花下独酌是“趣”，而狂呼滥饮、使酒骂座就无趣；同是游览，濯足清流是“趣”，登高赋诗是“趣”，而折花打骂、污染山水则无趣。趣味，是闲暇的灵魂。有情趣，休闲活动可以使我们在放松身心的同时，发现丰富多彩的生活的美，获得精神上的陶冶和享受。休闲追求的是高品位的情趣化生活，不是低级趣味的庸俗化生活。

记得一位已经脱下戎装的海军将军说过这样一句话：“人生要有三个准备，一个是健康准备；第二是朋友准备；第三是兴趣准备。”讲得好！这位将军退下来以后，研习书法，主动担当退休老干部的党支部书记，组织老同志重新学习，过有质量、有品位、有情趣的老年生活。

人们应该摒弃休闲即懒惰、酗酒、落后等陈旧的观念和行为，要从人的感性解放与精神需求的高度，认识闲暇的文化内涵和美学意义。在具有审美意义的休闲活动中，人们的情绪可以得到净化和愉悦，可以提高自身鉴别美丑、善恶的能力。

人类文明表明了一条最朴素的道理，那就是在追求物质的充足之后，开始追求精神的充盈，在充分的闲暇时光中享受由科学、文化、艺术、社交等

一切有价值的活动所带来的自由的愉悦和创造的快乐。一位美国哲学家说：我来到森林，因为我想悠闲地生活，直面现实生活的本质，并发掘生活意义之所在。我不想当死亡降临的时候，才发现我从未享受过生活的乐趣。我要充分享受人生，吮吸生活的全部滋养。

现如今，杭州、成都等一些经济发达地区已开始把休闲作为城市发展的目标，着力把休闲文化和休闲产业作为带动整个经济和社会全面发展的城市“精品”。老百姓的生活方式也正在发生深刻地变化，开始朝着休闲多元化的方向发展，形成以休闲文化为鲜明特色的社会行为方式。

即将踏上征程，或到江南休闲，或到西部采风，或到北国的果园采摘，当然，玩到闲处挤点时间，安排些工作就是没退休的生活。

二〇一四年八月二十七日写于会客厅

数伏杂谈

甲午年之夏又开始数伏了，却不咋热，是因为有雷阵雨相伴吧。人生天地间，忽如远行客。生命不过是寂静林间草叶上的一滴露，更或是初晨缓慢升起的阳光下，被鸟儿们的羽翅扑棱棱激起的细碎尘埃，飘浮在空中，故而，无须急，且让它在这郁郁的寂静里慢慢地来慢慢地去。

去年初伏开始写“数伏闲话”，连篇累牍写了四十天，闭目想想写的什么呢，竟然一篇也想不起来了，有什么呢，怕是离不开生活的细碎。早晨张府管家陈良兄弟说，头伏饺子二伏面，数伏第一天，中午包茴香馅玉米混合面饺子如何，我欣然应允。人啊，还是凡俗一些的好，烟火一些的好，庸常一些的好。生命是直抵，没有迂回或返程，而未来可有时日亦无法确定，何不心存善良与感激地享受这短暂的生之甜蜜，又何苦时时不快，时时悲戚或怨恨呢?

昨夜一直难以入睡，是因马来西亚航空公司一架波音 777 客机昨晚在靠近俄罗斯边境的乌克兰顿涅茨克地区坠毁。一直听、看央视新闻连线纽约、莫斯科、基辅、吉隆坡等地的记者采访的消息，直到今晨才得到确切的信息:机上约二百八十名乘客及十五名机组人员全部遇难，其中八十名儿童，美国公民二十三人，至少四名法国人、七十一名荷兰乘客和九名英国乘客。也有媒体称死亡人数超过三百人。在已知国籍的遇难乘客中，目前无中国乘客。这架客机原定从荷兰阿姆斯特丹飞往马来西亚吉隆坡，在大约一万米的高空中从雷达屏幕上消失。航班消失前飞行正常。消息称，客机或系被导弹击落。哎！马航怎么了！这世界怎么了！

人一生的时光中，频繁而不间断地重复着，计较、贪欲、攀比、争风、斗气，如此在日夜晨昏里周而复始，短则一念之间，长则历时几年，十几年，几十年。这些随生不息的悸痛悲忧，皆来自人之内里幽暗隐秘的宇宙，思想太过复杂了。想想前不久，马航失联客机上的同胞和那一飞机的乘客，至今还杳无音信；再想想昨晚马航班机在乌克兰坠毁，近三百生灵不明不白地死去。不由想说，知足吧、妥协吧、放弃吧、忘记吧。心里多一些吃亏、原谅、慈悲、宽恕吧。

经常听到有人讲“随缘度日”四个字，觉着甚好。人啊，不要总逆水而上，要懂得顺水而下。如若涓涓流水般的性情，遇冷而冷，遇热则热，遇峰绕行，遇壑填埋，顺时应势地活着。生活，就是晨起暮落；日子，就是早出晚归。生，就是睡着醒来；死，就是呼吸断裂。人生太珍贵，不是吗！我的人生哲学，就仿若妇人烹煮，需切一点红切一点绿，需点几滴酸点几滴辣，需缓急间错，调试着火焰煨炒，需五味兼具相互掺和着过。有事忙一阵，闲时喝喝茶，打打牌，听听歌，跳跳舞，游游山，玩玩水，会会友，度度假，这是味道！生命如此美妙，一切随缘吧，好好活着。

二〇一四年七月十八日写于小花园景仰亭

读书是不一样的

我的大学，苔肽大学；我的庄园，大成庄园，这里，曾经放飞我的理想。我的战友，我的学生，曾经在这里加油，在这里充电，在这里成长，这里是成就领袖的摇篮，这里是一个圆梦的地方。

这个世界上有两种人，一种是强者，一种是弱者。强者给自己找不适，弱者给自己找舒适。毕竟没有一件事情是简单的，都需要付出很多努力，忍受很多痛苦。例如，我们选择精彩人生，于是就选择了奋斗；我们选择了成长，于是就选择了学习，这就是选择了做一个强者。例如，我们想要改变拖延的毛病，就必须要在任务出现的时候给自己设定时间期限，然后立即去做，直到任务完成。但是在做的过程中会有各种各样的干扰，我们必须要与之相斗争，其过程必然是痛苦的，这种不适会持续很久，直到有一天习以为常了，那么也就不再拖延了。这个过程，就是让不适变得舒适。

我以前一直觉得我们应该让自己舒适一些，但是后来我明白，一些不适有时并不是件坏事。例如，我同时也要求我的学生，每天至少阅读两小时，读书要做到眼到、口到、心到、手到。若要坚持几十年如一日读书，是一件极其不容易的事。如若养成了良好的读书习惯，“学而习”，有诵读、有思考、有文字的体会，还有现实生活中的践行，生命的价值和生活的质量就会不一样的。再例如，我们每天都会做一些身体锻炼，虽然这点不适会因懒惰而严重到讨厌的地步，但是人就是这样的，能逃避的困难我们总能找到借口。我开始告诉自己，既然锻炼这点痛苦和不适并不影响什么，我不如坚持下去，看看结果怎么样。于是，我制订了计划，让这点不适参与我的生活，形成一种习惯。每天我打一个小时的乒乓球，每天步行一小时到两小时，并且做出硬性规定。后来，我发现任何只要有一点不适的事情都是可以训练的，我们可以将一件不适的事情变成一种习惯，然后就会离不开它，觉得这点小痛苦其实是平淡无奇生活中的一种调味料，良好的习惯就是这样养成的。

我还发现，人生一直很像一个新生的婴儿，每天都在微妙地变化着。这种变化最终达到了一个境界，叫作“神于天，圣于地”。这六个字其实是中国人的人格理想：既有一片理想主义的天空，可以自由翱翔，而不妥协于现实世界上很多的规则与障碍；又有脚踏实地的能力，能够在这个大地上进行他行为的拓展。只有理想而没有土地的人，是梦想主义者不是理想主义者；只有土地而没有天空的人，是务实主义者不是现实主义者。这句话是一位著名学者说的。虽然不能说完全体会，但至少也回味很多次。他要求我们要干什么？脚踏实地！不管从哪一方面说，我们都要脚踏实地。只有这样，我们才能在工作中、学习中积极地表现自己。也只有这样，我们才能清楚地了解到自己的不足，从而积极地改正。

一个学者，选择终生学习的人，特别是每每要登上神圣的讲台，我总是诚惶诚恐，总要认真地备课，甚至课件都是自己组织编写，不敢有丁点的怠慢。我有一种新的感觉：学到的越多，不知道的就越多。为什么这样说呢？在以前的学习中，自己并没有注重某一方面的学习，只是知道老师教什么，自己就学什么，从来不管对与错，也从来不管为什么，只是盲目地走路、学习。这些年在北大、在清华，特别是在美国北弗吉尼亚理工大学等学府学习以后，感觉就变了很多，原因很简单：这里的学习不再是片面的，是一种以具体事情具体分析的方式进行的。只从这一点上说，这就要比以前的学习系统化，毕竟涉及专业知识。在这里学习得越多，感觉以前了解的东西越少，然后就会努力地或者是刻意地去找这方面的书籍，学习这方面的知识。可是越学，感觉自己知道得越少，这是为什么呢？因为我们有一颗想充实自己的心，有一颗想要学习的心，在学习中工作，把所学的用到工作中，所谓“学而习”吧。

二〇一四年七月十三日写于苷肽大学

饮茶之境界

没有人能准确解释出境界，或者说境界本来就难以解释。境界，是我们自己伸出手来，触摸心灵时找到的一种感觉，那种感觉来自于我们对自己心灵的一种要求；境界，是一种心态上的崇高，只可能归属于心灵之中。若说饮茶之境界，曰："苦涩清香茶中道，饮罢佳茗方知深。"拙联是笔者自撰，挂在书斋茶阁"雅茗居"之上。

现在这社会，"道"之一词，太泛滥了，晕死人。可偏偏有很多人喜欢。有人还觉得遗憾：我们早就有茶道了，可就是没有专门提出这词来为它命名，害得现在很多人都以为茶道是从日本传过来的。

往俗里说，改个名字更值钱，就像艺人改称明星、理发店改称美发厅、照相馆改称艺术影楼。往雅里说，那是各行各业对自身境界的完善。"境界"是个很找骂的词，可是在这里请原谅我，我找不出替代品，只能用它。

从喝茶到品茗，可谓雅，品茗赏艺，就是茶道了。回到"道"的起源，说是源自《道德经》，没几个人反对吧。老子曰："道可道，非常道。"道这个东西，如果能跟不明白的俗人说明白，那就不是正常的道了。这东西，说不明白。若不懂，只好躲一边慢慢悟去了。

"道可，道非，常道。"这种断句，据说是正一教口口相传传于某道人的。它有一个理由是，先秦的"道"字，没有作为"说，讲"的意思在别处出现过。以这一断句，由我歪解出来，那就是：把道理解成这样即"道可"，把道理解成那样即"道非"，都属正常即"常道"。晕不？晕死了。

老子的道，想必层次是比较高的，像我们当今社会，这种三句话不离钱的思维，永远也弄不明白。请允许我降低一个层次来说它，就是自身的完善。

说到自身的完善，最好的典故应该是孔子的话："吾十五而有志于学，三十而立，四十而不惑，五十而知天命，六十而耳顺，七十而从心所欲不逾矩。"最终的目标，是在七十岁，能够从心所欲，做事不必经大脑，用心直接控制

行动，调解四肢充血浓度，以防过激或不足，而做出来的事不会出错。当然，孔子有一个更大的目标，是平天下。

这一大目标共分四步走：修身、齐家、治国、平天下。以孔子这种圣人级别的能力，其中第一个目标修成，需要七十岁，假设后面三个目标所耗时间一样长，该圣人在二百八十岁那年，即可为我们带来永世的幸福。

哎！一追根，就说远了。咱们回来，说茶道。茶道是什么？就是在喝茶的时候，获得心灵的安静和艺术的享受。

饮水、喝茶有个水杯或茶盅就成。到品茗，必有茶具一套，合用就好，不用太贵；茶叶若干，喜欢就好，不用太贵；茶艺一点，能喝就成，不用太累。洗手，安坐，赏茶具，暖茶具，静默，直到喝第一口。洗茶，冲泡，敬茶或接茶，看茶汤，闻香，饮。

泡茶、敬茶、喝茶时手不要抖，别烫着。安坐，回味，闲聊。以几味清淡的茶点，配起茶香雾韵。数个时辰过去，精神洗得干干净净。起身，送客或告辞，回到我们无法脱离的滚滚红尘。

茶道，是一种境界，更是一种休闲。

二〇一四年七月十日写于盛京城里

游戏人生

一直在云游，一会儿在东北，一会儿又飞抵江南，一驰驾车奔浙江，一折返回上海，昨日还在嘉定，今晨跨越长江奔南通，今晚将重返浦东机场飞回沈阳是也。总说是游戏人生，云游算是一部分吧。

那天一个好朋友说，这些日子游戏做大了，有如一根鱼刺挂在嗓子眼，咽不下去又吐不出来，其痛苦可想而知。是的，我对他说，人一生的时光中，频繁而不间断地重复着的事，就是说服自己。说服自己知足、妥协、放弃、忘记，说服自己吃亏、原谅、慈悲、宽恕，说服自己不计较、不称重、不夸耀、不攀比。此过程于日夜晨昏里周而复始，短则一念之间，长则历时几年，十几年，几十年。而随生不息的许多悸痛悲忧，皆来自内里幽暗隐秘的宇宙，需依恃自我说服得到解决。

人之痛乐总是相携并进，宛若纸张的两面，当你在此面浓墨重彩，彼面定会印迹斑斑。而有些痛乐，隐隐清欢也罢，水深火热也好，都是他人无法分担与取代的，哪怕是你的深情挚爱。既是需要自我对待与处置的，又何须过分渲染，倒不如轻描淡写、心怀坦然，终有一日一切皆会成为过往。

我体会：生命的旅程每一个片段，都有时光悄然来记载。总有遇见，无路可逃，总有思念，泛滥成灾，总有惆怅，堆积了一程一程的山水。

若可，请把我留在那段时光里卑微的生命，无声珍藏了那曼妙的一瞬。

若是没有你，我又去哪里找寻这些稳妥的岁月？

那一瞬，无关风花，无关雪月，终是，安暖了尘世的无涯。此后，孤寂的时光里，指尖朵朵心花怒放。或落笔纸上，或转为电子文档；蹉跎岁月，安睡时光的羽毛上。有意或是不经意，那些年，那些事，总会浮上心头。

二〇一四年七月四日写于上海至南通高速公路上

有感“七分”

“从来茶倒七分满，留下三分是人情。”这句俗语可以有很多联想：国人在人际交往中有些礼数是不能不讲的。所谓“茶七酒八”，是指主人给客人倒茶斟酒时，茶杯、酒杯满到七八分的程度。主若以茶待客，则以倒七分为敬，不宜过满。一来倒七分满则茶水也不至于烫着客人或洒到桌子及衣物上。二来品茶需要一遍遍品，一壶茶要平均倒好几杯，所以不可能一杯倒得太多；并且品茶时，不仅喝茶汤，还要看汤色、闻茶香，茶水太满品鉴起来不方便。

俗话说，茶水倒得七分满，留得三分人情在。“君子之交淡如水”，是呀，只有一杯浅茶，在轻抿慢啜中方能悠悠地品出一番情谊来。茶杯倒七分茶水，茶水的面距离杯口有一定空间，茶水的清沁芳香就不容易失散。在饮茶前，能闻到浓郁的茶香。

生活中人们都希望满分，家长往往望子成龙，总是从小就得一百分，处处事事争第一。前不久我家“小少爷”（外孙）在幼儿园拍球比赛中得第二，回家很自豪，我们都为他鼓掌了。后来又在才艺表演中表演《小明星》，得了优秀奖，我们也一样为他鼓掌。我以为，优秀奖设得好，这体现的是重在参与。前不久“小少爷”参加一次公益活动，将六岁顽童的摄影作品捐赠给沈阳白塔小学。我对“小少爷”的摄影导师非常敬佩，他在引导幼稚小童走正确人生路。从人生的起步开始就树立低调门、退三分的好思维。七分，是对生活的一种分寸上的把握。行事把握分寸，说话留有余地，待人宽容之心，处世淡泊从容。在提醒孩子，为人做事一定要虚心谨慎，不骄不躁，不可锋芒毕露，要谦和含蓄，正所谓“满招损，谦受益”。退下的三分，就是留一点点情意，留一点点余闲，从小开始培养，小男孩可以晚上学一年，让童年留下好玩的记忆，不要让自己活得太累。要让他们知道，为人处事，“做人不要做绝，说话不要说尽。”要懂得为自己、为别人留有余地，明白“水满则溢，月盈则亏”的道理。人生如白驹过隙、草露风灯，七分是“大考”，告诉人

们不应该刻意地去计较，这样才是活得实在、活得真切、活得淳朴、活得坦然。如果有一天长大了，才肯给自己多一分宽松，在忙碌空当儿抬头看一看蓝天白云，也回头望一望青山绿水，生活会充满美好！

二〇一四年六月二十一日

以禅心品茶

在石家庄做茶客，有肖贵申老师、高永利校长做茶事人，供优秀茶品，泡出有思想的茶来。茶谓道，禅谓境。茶道近禅，其实不必刻意。禅道至茶道，修行崇尚的是一种艺术化的生活方式，在生活中修行，在修行中生活。从日常生活到煮水煎茶，品一杯香茗，参一种禅机。以茶味参禅，以禅心品茶。何等悠闲，何等享受。

禅是一杯茶，禅和生活打成一片，一杯热茶入口，我的一天才算开始了。如茶和水一般，茶味即水味，水味即茶味，茶水交融，密不可分。这种修行理念不仅默契佛陀的本怀和佛法真意，而且特别契合现代人的根基，是一个很好的修行法门。

连日奔波，跨越六省，到石家庄得以真真的静下心来品茗，茶冲洗了五脏六腑，禅净化了心性灵魂。做茶事的女孩可能是做了几年的茶事，难免有些飘飘然，高校长有极深刻的禅意，面对着略浅的做茶事女孩，高校长苦口婆心；在简约、淡泊的口味里，在清汤茶水中静心关照，表达出禅意，止心止欲，无色、声、香、味、触法；无眼、耳、鼻、舌、身、意，此心无住。

下午的茶事是江向东江总在他的茶楼招待的。江总是高校长的好友，我们相识因茶事，那是大约两年前的一个晚上，他受高校长之约，做东道主安排我们一行，那次谈兴也健。茶能够积淀馥郁的心事，禅则涵盖了所有的春夏秋冬。我们海阔天空，侃侃而谈直到子夜。

昨天以前石家庄一直四十摄氏度高温，高校长说我们带着小雨给石家庄送来了清▮。从踏上石家庄那时候起，在农庄、在茶楼、在酒店，是什么样有趣的交流啊！说最有趣还是品茗，一缕清风，一片雅兴，肖总那一品品上好的茶，在他精心地冲泡中，暖暖的禅意完完全全泡开了。在深棕色的浓香中举起杯子，高冲低斟，细啜慢品，茶汤又涩又苦，同时微甜的味道在舌上的每个味蕾上跳跃起来，满嘴清香，含有南北风雨的浮尘，有四季风霜的味道，

有风雨过后的平静与淡泊。

肖总可谓大师，他做的茶事，茶意即禅意也，因此舍掉禅之外，就没有茶意；不知道禅味的话，也就不知道茶味。茶在生理上使人宁静、和谐。在精神层面上，茶道提倡的清雅、超脱、俭德、精行，正合禅僧体悟佛性的法门。在其他物质极为贫乏的时候，煎煮一杯香茗，观察水沸茶滚，沫起香逸，思绪似乎走过千山万水，长长岁月，慢慢涤荡胸臆，最后归于心灵上的从容、安寂。

懂茶的人会说，禅有禅悟，茶有茶思。无论是从茶的角度谈禅，还是从禅的角度谈茶，禅与茶的契合，不仅仅停留于“体用”，两者的文化内涵相互浸润，更达到一种深长悠远的精神境界，人生从容的韵味尽在其中。人生如果乏茶是无法使人振作的，拒绝隔夜茶才不会把人的肉体与精神搅和浑浊，目光才会保持明澈和靓丽。沉浸在茶禅淡若清风的魅力和空间中，淘洗了面上的颜色，也洁净了心上的浮尘。唯有一份朴素安雅在心间荡漾。

二〇一四年六月二日写于石家庄国宾馆

学而习

又到长沙，是为了一个约会。一个医学博士，和她做教授的先生带着八岁的儿子赴宴，从江南，从东北，从东瀛汇聚在湘江之畔。席间小男生背诵《弟子规》，获得一片掌声。我提议，为小男生举杯，小男生一脸严肃地说："年方少，不饮酒。"好呀！是刚刚背诵《弟子规》中的句子，小孩子给大人上课了！这不正是学以致用吗。"学而时习之，不亦说乎"讲究以"习"字为趣。现在很多家长教孩子死背硬记《三字经》《弟子规》，有几个小孩能如这个小男生应用如此自如呀。古人教书、读书讲究"趣"是要径。圣贤之道重在一个习字，习是练习、实践，把我们所学的圣贤教诲，认认真真地在自己的日常工作、生活当中去练习、去实践、去运用，这样就能得到圣贤的受用，这个受用就是"不亦说乎"。如果只是学，没有去习，就是《弟子规》讲的"不力行，但学文，长浮华，成何人"，没有用，都是口头上、文字上的，不是实学。所以"学贵力行"，要真去干、真去用。我们的先贤讲了两个概念，儒学和学儒。儒学是什么？只是在口头、文字上去学这些道理，没去用，那不是实学，美其名曰儒学。一个儒学学者，能够讲"四书""五经""十三经"，讲得头头是道，能够拿博士学位，能够当教授，发表很多论文，这是一个儒学家。但是能否真正"不亦说乎"？还是天天有很多烦恼，很多痛苦？《大学》讲的好乐、忿懥、恐惧、忧患，能不能放下？真能放下这些烦恼，就真正得到喜悦，这才叫学儒。学儒是学什么？学孔老夫子、学孟老夫子，学得和圣人一样，这叫学儒。

读"四书"，学《论语》，目的就在于格物，就是《大学》里讲的格物。格是什么？格斗。物是物欲，自己的陋习、烦恼、欲望，这些障蔽了心性，使自己的明德本善透不出来，所以要跟它们格斗，要把它们压下去、控制住，让它们不能起现行，不能起作用。时间久了，成为自然了，格物的功夫就成就了，我们就"致知"了。致知是恢复自己的良知，良知是本有的，然后我

们就能诚意，就能正心，最后修身、齐家、治国、平天下。《论语》讲“克己复礼为仁”，克是克服。克服什么？自己的毛病、习气、烦恼。复礼的复是回归，礼是自性的性德、明德。仁、义、礼、智，这是性德，回归性德了。如何得到？从克己的功夫中得来，就是格物的功夫，这就是习的内容。所以学了一定要去做，真干、真放下，这叫学而习。

二〇一四年五月二十三日写于长沙通城大酒店

“君子不器”与“心灵净土”

今天是腊月二十六，离年如此之近，紧紧地抓着癸巳年的尾巴，拼命地和时间争着岁月。年根了，还拉上“大姐大”“拉练”似的跑市场，辛苦可想而知，虽然有些不忍，上了这条船只有在航行中了。世界有时很小，好像一转身，就不知道会遇上谁；世界有时又很大，一转身，又不知道谁会消失。走过的岁月，遇到的人，爱你的，你爱的，缘聚缘散穿梭不息，来来去去不停地遇见，又不停地分离，擦肩的客，牵手的情，构成了美满的诗情画意，都是缘分，也是福分。就这样一路走来，虽然欢欢喜喜，无名的火让嗓子讲不出话来，口腔里痛得喝口水都受不了。把苦埋在心底，顶起精神在坚持，更好在有“大姐大”——敬爱的刘主任，她叫刘素清，关键时刻“挺身而出”，有些天才！

让我想到台湾作家徐国能先生的文章《刀功》的描述。徐先生的文章谈到其父早年从军，而后入庖厨，深谙刀法奥妙。晚年感慨于自己的困于刀功止于切菜而未成大厨。刀功刀功，终究是“工”而已，更多的愿望都被刀功所埋没。因而不再提刀，唯事书法，称其刀法从字中来，还要回到字里去。徐先生回想后来的“父亲教我写字，却不督促我勤练；教我弈棋，却不鼓励我晋段；教我厨艺，却不准我拜师……让我在每件事上，都是一个初入门庭的半吊子，一个略知一二的旁观者”。最后写给他的一张字是“君子不器”。许是为免感伤的缘故，徐先生后来几乎不进厨房，而在书本中发现了“肥沃的滋味”。可以尝出哪些文章是经过熬炖，哪些诗是快炒而成。思索父亲的哲理，徐先生会“沉溺在某种深邃里而感到迷惘，也在其中找到一种真正朴实的喜悦与付出”。“大姐大”刘素清的刀功与徐先生有一比，之多才多艺，不只是营养学的专家，更彰显营销学的高深。

“君子不器”出自《论语·为政》，《易·系辞》说“形乃谓之器。”“器”即“形”，“形”即“相”，“君子不器”，即“君子不相”，即君子不必像器具那样局限，只有一种面貌，一种用途。一位营养学家能游刃有余于专业岗位，且又有海量的“高级营养师”学员而享誉天下，当然让人羡慕崇敬。但更让人感动的是，这毕竟不是在她的领地，此次“拉练”似的跑市场，不是她专注的事业，未必一定要刻意追求于所达到的程度，更不必在乎别人的赞许。我换位思考：如果真的可以从中获得“大姐大”刘主任获得的那样，“一种真正朴实的喜悦与对小兄弟的付出”，又何尝不是一种快乐的人生呢?

晚上，在入住的天津的宾馆里闲侃，话题自然地落在“世界上到底什么是你的”上来。说“君子不器”，是说君子不必像器具那样局限，只有一种面貌，一种用途。我们有太大的本事，又会怎么样呢？夜深了，我的宝利兄弟和刘大姐起身告辞，我的秘书小李也进入了梦乡。喝一口茶，口腔里有如刀割一样，“君子不器”几个字始终在我的脑海里出现：遥想两千多年前夫子的教诲，达则兼济天下矣！又一转念，我心灵的净土在哪里？世界上到底什么是你的?

“爱人是你的吗？”“不是。”你们虽然风雨同舟、快乐同享、身体交融、情感交汇，但总有一天要分手。同生有可能，但共死绝不会，白头到老只是美好的愿望。

“子女是你的吗？”“不是。”你们虽然有着浓浓的血缘关系，有着难舍难分的骨肉亲情，那也只能有团聚、孝道、看望、互相关怀……天伦之乐。即便是你到另一个世界，他们也只是为你送行，却没有能把你重新接回人间的能力。

“金钱是你的吗？”“不是。”虽然你拼命地赚钱，但又想方设法把它花出去，即便是银行有再多的存款，那也是生不带来死不带去的东西。

“房子和车是你的吗？”“不是。”虽然你住得温馨、舒服，但当你离开的那一天，就什么都不是了。

“那么究竟什么是你的呢？”“你的身体！”只有她才始终不离不弃地陪伴你的生命，走完人生的全部历程；只有她才能拼命地呵护、保护你的生命，直到耗尽全部的能量为止。你的身体健康状况越好，陪你所走的路程就越远。没有了身体，你的生命也就终止了。因此，你要把这唯一属于你的东西“身体”，看作无价之宝，爱护、满足她的一切需求。锻炼、营养、作息、防病治病、讲究卫生、心情舒畅、不受伤害等等一切保护性的措施全部跟上，一刻也不能松懈。身体健康，生活才会有质量；身体健康，生命就会长。没有了健康的身体，就没有了生命。有了生命就拥有了一切，没有了生命，一切就都不是你的了。所以我们只要活着一天，就是福气，就该珍惜。对待健康，偏见比无知更可怕。人生最大的错误，是用健康换取身外之物；人生最大的悲哀，是用生命换取个人的烦恼；人生最大的浪费，是用生命解决自己制造的麻烦！没有任何东西比得上健康，保护好自己的身体，珍惜你现在拥有的！

新时代人生新标准是，最聪明的人：老玩，老乐，老豁达，老幽默；最呆傻的人：老急，老气，老郁闷；最健康的人：老走，老动，老锻炼，老拥抱；最快乐的人：老说，老笑，老联系，老给朋友圈发布新鲜信息。因此，我提议：工作着，游玩着，我们走在大路上。

二〇一四年一月二十五日写于天津锦龙国际酒店

安稳自然便是安好

今天是腊八节，俗称“腊八”，是指农历腊月（十二月）初八这一天。腊八节是用来祭祀祖先和神灵，祈求丰收和吉祥的节日，因相传这一天是佛教创始人释迦牟尼在佛陀菩提下成道并创立佛教的日子，即农历十二月初八，故又称为“佛成道节”。在中国，有腊八节喝腊八粥、泡腊八蒜的习俗。在东北，俗话说“腊七腊八冻掉下巴”，明天又是“三九”的第一天，看来最冷的冬天就要来了。

年前忙忙活活的，在无锡，后又到上海，那几天胸时常有些隐隐作痛，引起了我的注意。那一时间，夜里的睡眠也成了问题。仔细地分析，是心情难以调解到平和，睡眠分配得不好，特别是前一段时间睡觉的时间分配得极其不规范，不出问题也怪了。

“知止”好纠正，生活的方式必须科学，叫科学的养生观。电脑是不是问题？也是肯定的，电脑前待得时间太长了；手机也是问题，玩弄手机占用的时间太多。如果一个人的生活之中存在着的问题太多，就出事了！经过几天的调整，睡眠保证了，休息好了，胸的隐痛也消失了。不过，胸的作痛还是敲响了健康的警钟！

翻开日记本写上几句感想，拿起笔想到这支万宝龙金笔，是上海同学施其云二〇〇七年送给我的，一晃有六七年了，那时，看上去施其云三十多岁，如今有五十了。人的一生很快呀，二〇一四年一不留神，数到八日了。房前的那条小河已被冰封上了，小河边公园里的树木也没有了叶子，满满的树冠留下的只是枝和干，事物总是在变，日子一天一天地过。这树的干、枝和叶，这河的每一滴水珠，都是他们自己的命运。就说这小河的水珠吧，它从天上落到地下，如果不落到河水里，它的生命会是什么样呢？落到了河里，就成了河，我们的生命也如此，只有落到一个有人群的地方，有一个共同的生活方向，日子才有她的特殊的味道，如这小河的每一滴水珠。我们时常感叹人生有多么坎坷艰难。其实，生存本身就是不易，只是心里想到的是什么。

对亲人说一声我爱你。忽然发觉和亲人似乎变得有点陌生了，他们在我身边，我在他们身边，有时候默默地听唠叨，有时也没听得进去，有时也仿佛听了若干次，就只有听才是。因为我知道，爱在心里扎根才会有唠叨，真的连唠叨都没有了，就更谈不上“话投机”了，只有“半句多”。

相约几个孩提时的朋友，又是同窗。虽然生活在同一个城市里，却很少见面。和我一样，他们也在日子中喘息，在光阴中老去。他们有的退休又找份工作，更多的是选择待在家里，承担起为儿女抚养孩子的“责任”。其实，如妻的日子存在得就好，在省老干部大学，被选入学生会，又做了学生会的主席，这帮学生忙得比上学的学生不差，认真得比在校的适龄学生还甚，活动的安排也多彩，生活的质量大不一样了。

回到生活之中，世间的万事难得糊涂，有些事太清楚便是无趣。佛说：“人不可太尽，事不可太清，凡事太尽，缘分势必早尽。”这一年，有些忙活，天南地北地跑，回到家里积了一大堆的事情，“也可以说不忙也不行”。其实，就是无度了。适当地调整，可以让身心放松一些，也可以安排时间得当一些。

人的一生，说到底，活的就是一个心情，天气的变化，不同的风景，人情的冷暖，都会影响我们的心情。想通了：天，无非阴晴；地，无非高低；人，无非聚散。沧海桑田，安稳自然，便是安好。

二〇一四年一月八日

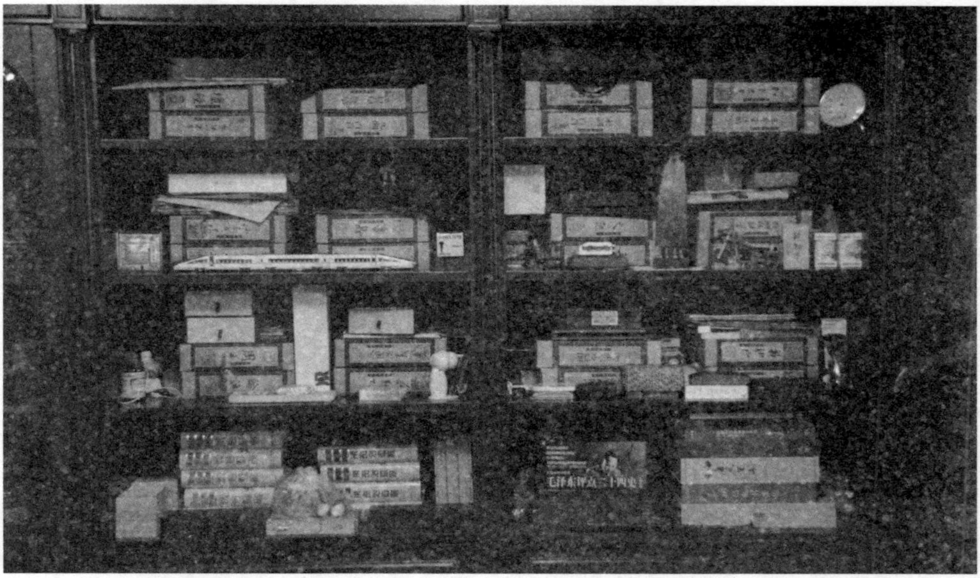

“甲午”联想

二〇一四年钟声敲响了，我们虽然在不同的地方，却带着梦想，带着希望，带着记忆一起走来。无所谓什么“一生一世”，无所谓什么“浪漫时光”，只是懂得珍惜生命，只是用心耕耘梦想。而此时，有一个坏心情勾起联想，还是不能忘记“甲午”在心里的疤伤。

甲午年就是农历一甲子中的一个，比如以下各个公元年份，二〇一四、一九五四、一八九四……（六十年一周期）是午马年。中国传统纪年农历的干支纪年中一个循环的第三十一年称“甲午年”。六十年一周期，年份数除以六十余三十四，或年份数减三，除以十的余数是一，除以十二的余数是七，自当年正月初一起至次年除夕止的岁次内均为“甲午年”。

所谓农历的干支纪年，干支就字面意义来说，就相当于树干和枝叶。我国古代以天为主，以地为从，天和干相连叫天干，地和支相连叫地支，合起来叫天干地支，简称干支。

天干有十个，就是甲、乙、丙、丁、戊、己、庚、辛、壬、癸；地支有十二个，依次是子、丑、寅、卯、辰、巳、午、未、申、酉、戌、亥。古人把它们按照甲子、乙丑、丙寅……（也就是天干转六圈而地支转五圈，正好一个循环）的顺序而不重复地搭配起来，从甲子到癸亥共六十对，叫作一甲子。我国古人用这六十对干支来表示年、月、日、时的序号，周而复始，不断循环，这就是干支纪年法。

“甲午”这两个字，在我的记忆中一直和“战争”两个字在一起的，那就是因为一百二十年前那场中日甲午战争，那是十九世纪末日本侵略中国和朝鲜的战争。它以一八九四年七月二十五日（清光绪二十年）丰岛海战的爆发为开端，到一八九五年四月十七日《马关条约》签字结束。这场战争以中国失败告终。中国清朝政府迫于日本军国主义的军事压力，签订了丧权辱国的不平等条约——《马关条约》。它给中华民族带来空前严重的民族危机，大大加深了中国社会半殖民地化的程度。作为后人，应该好好回眸这段历史，吸取其中的教训。

沧海横流，惊涛拍岸，似乎还在默默地吟唱着一支早已消逝的悲歌……战争虽然过去了，但中国曾经的历史耻辱我们绝不能忘记，“忘记就意味背叛”。我们都是炎黄子孙，都是龙的传人，都是堂堂正正的中国人！每一位国人都须将之铭记，反省、深思，然后付诸行动。

铭记，是铭记“落后就要挨打”这一血的历史教训和真理。

反省，是反省自身存在的缺点与不足，以及存在的矛盾。

深思，是深思出现问题的原因，并想出相应的解决方法。

行动，是用行动切实解决问题，不再让历史悲剧重演。

说完了这个严肃的话题，再生活一些吧。你说得好，新的一年新的开始，让我们拥抱阳光，灌溉梦想，培育亲情、友情、爱情，寻找快乐吧！

二〇一四年一月一日

时间都去哪儿了

福文和天慧是我少年时代的同学和青年时代的朋友，哥儿几个都称得上时代的“精英”，事业上也做到了大型企业的领导者，如今他们都退出领导岗位回家休息了。今天几个老朋友聚在一起侃大山，话匣子一拉开，天南地北海阔天空，很是愉快。忙碌了几十年，奋斗了几十年，刚闲下来日子一下子慢下来，仿佛重新享受生活的味道，安享天伦之乐。人生，是一本或薄或厚的书，时光的手，在日出日落的交替中，一页页地翻过，无论你是情义相投，遥望互动，抑或是“大江东去，浪淘尽，千古风流人物”，都终抵不过一年四季春夏秋冬的岁月消磨，揣在怀中的梦，渐行渐薄。回首，书的折角处，总是一笔笔提不起放不下的兄弟情缘。是的，现如今我与两兄弟有所不同，不仅仅在工作中，一时还退不下来，更是迷上了网络作家这把“交椅”，在网络的江湖上尽可能地打理时光。有时也想让生活的节奏尽量地慢下来，却总是被滚滚洪流涌动推着：剪剪春风，婷婷夏花，皑皑冬雪，皎皎秋月。每天都在为奉上一场文字的盛宴而精心“烹饪”，以送给朋友和不曾相识的网络读者分享。不知不觉之间一年就写下了三百多篇文章，也有六七十万文字。时间还真紧张，因为每年还要飞行五六十次，工作中间歇安排些度假和旅游，回家静养时安排些交友和牌局，茶余饭后安排些散步打球，读书读报间加上些挥毫泼墨，还必须留出时间给少爷踢踢球、画画画、听小孩子讲故事……时间去哪儿了！我和福文、天慧都很感慨时光的短暂，我们说起了当下那首很流行的歌——《时间都去哪儿了》，歌词这样写道：

门前老树长新芽
院里枯木又开花
半生存了多少话
藏进了满头白发

记忆中的小脚丫
肉嘟嘟的小嘴巴
一生把爱交给他
只为那一声爸妈

时间都去哪儿了
还没好好感受年轻就老了
生儿养女一辈子
满脑子都是孩子哭了笑了

时间都去哪儿了
没好好看看你眼睛就花了
柴米油盐半辈子
转眼就只剩下满脸的皱纹了

是呀，时间都去哪儿了？已经没有的时间追不回来了，剩下的时间怎么样珍惜呢？最要紧的是养生，在余下的时光管理好健康，让养生成为一种习惯。我们先来看看孔子的养生饮食之道，孔子曾经说："君子食无求饱，居无求安，敏于事而慎于言。"可见他并不追求饱食终日，无所事事的生活。他追求饮食简朴而平凡。"鱼馁而肉败不食"，食物陈旧变味了，鱼和肉都腐烂变质了，都不吃；"色恶不食"，食物的颜色变坏了，不吃；"臭恶不食"，色味不好，不吃；"失饪不食"，烹饪当有度、有节，实喻言行当有度、有节。孔子的"道"体现在饮食之"礼"中，因而，"败""馁""色恶"及"臭恶"，实指"无道"，而"不食"体现了"正道"的追求。"肉虽多，不使胜食气"，

“胜”就是胜过、超过的意思，“气”就是主食的意思。这句话的意思是说，尽管各种美味的肉类非常之多，但是吃的时候不能让肉食总量超过主食的总量。在孔子看来，好好地把握好肉食和其他种类的食物的比例，也是君子饮食要注意的地方。可见孔子对饮食有多重视，孔子在当时活到七十多岁已经算是高龄了。懂得修身养生之道，对于我们现代人来说是一个非常严峻的问题！

为什么我们现在的人这么容易得病？为什么全球医院的生意是最好的？其实一些必要的养生之道我们不是不知道，而是忽略它存在的重要性。假如你养成了正餐前喝一口汤，用餐时间不低于半个小时，饮食不偏的习惯，你还会忘记或者忽略吗？如果做到了也就没有忘记或者忽略了。当然，健康管理更应重视营养干预，特别是加强对人体最小单位细胞的管理，有规律地补充核苷酸和细胞活性多肽这类的细胞营养素。

我们生活在一个“速度至上”的时代，成名要早，致富要快，快速入门，快速记忆，英语速成，爱情速配，冲冲冲，赶赶赶，内心仿佛总有一个声音驱使着人们卖力地工作，拼命地赚钱，辛苦地育儿，快餐果腹，行色匆匆。

然而，我们的灵魂却往往跟不上身体的步伐，当大自然的野趣和闲情逸致离我们越来越远，当过劳死、抑郁症、亚健康开始笼罩职场阴魂不散，当急功近利的育儿方式开始剥夺宝贵的童年，当暴戾的情绪在整个社会迅速蔓延、一触即燃……诸多不正常的状况，让有识之士不得不反省这种“生命中不能承受之快”，从而遵从内心的需求，投身于全球“慢生活”潮流。

“慢生活”，是指中国人所特有的一种以自然、闲适为主要特征的艺术的人生态度和活法。是为发掘生活中不为明显的乐趣的一种精神向往，是对读书、喝茶、弹琴、画画的一种拾起。

“慢生活”是中国传统文化所孕育出的一种古典的生活方式，在精神层面有几个特征：首先是慢。“慢生活”追求的是一种顺其自然的生活态度，简单地说，就是顺应日月运行、生命运动、四季变化的规律。“慢生活”更多的是隐含着一种精神和文化。其次是闲适。闲适是一种优雅，闲适是一种从容，闲适是一种境界。最后是智慧。“慢生活”是一种智慧的活法。拥有这种智慧的人，高而能下，满而能虚，富而能俭，贵而能卑，智而能愚，勇而能怯，辩而能讷，博而能浅，明而能暗。能大其心，容天下之物；虚其心，受天下之善；平其心，论天下之事；潜其心，观天下之理；定其心，应天下之变。金庸先生说：“我的性子很缓慢，不着急，做什么都是徐徐缓缓，最后也都做好了，乐观豁达养天年。人要善于有张有弛。武打小说打一会儿，就要吃饭，谈情说爱，不能老是很紧张，要像‘如歌的行板’韵律一样，有快有慢。这样对健康很有好处。”圣者有言：欲速则不达。所有的这一切弊端，都可以成为我们要慢下来的充足理由。

二〇一五年一月二十九日写于家中 A 座大书房

跋：张府乐闻

又是年头接年尾，又一次在张府小住。恰巧看到老师张成先生新书《家宴》的清样，一睹为快！辞旧迎新的日子张府张灯结彩，新桃换下旧符，我抬头看见门上先生的对联："华章真锦虽苦欣得纸墨笔砚怡悦神往为学日益有成，金银珠宝再贵难抵柴米油盐芳草花香阖家欢乐为大。"

结识我的老师张成先生差不多十年了，这期间因为工作上的事情，常常会在沈阳小住，几乎每次都是在府上叨扰，一来二去和先生的夫人、女儿夫妇、外孙，乃至于张府上上下下的十几位常住人口相处得很熟悉。

先生的家是典型的中国式的家庭，和谐而热闹。像普通的百姓人家一样，为添丁进口而兴奋，为孩子的成长而开心，和谐着、温暖着……

如果每个人都须用一个字来诠释的话，张夫人金华姐便担得起一个"容"字。常言说"夫贵妻荣"，恰恰也是这个"容"字，她必是当之无愧的。但我要讲的却是这个"容"字的另一层意思"有容乃大"，在这里想起《孟子》里面的一句话"老吾老以及人之老，幼吾幼以及人之幼，天下可运于掌"。这便是张夫人的写照了，在一个八个姓氏十口人组成的大家庭里面，既不事无巨细，又要精神引领，不是一件容易的事情，何况家是一个琐碎具体又疏懒放松的栖息之地。日前，客居张府，亲历一件事情。假期是张府最操心的日子，厨师要放假、工作人员要轮休、年轻人要带上孩子参加各种聚会和旅行、亲眷客人络绎而至……很大的不确定工作的压力往往会落在一两个人的身上。这天晚饭后，张夫人在餐桌上发话，每一个人都要参加家务劳动，帮厨做饭、收拾碗筷，尽量独立完成手里的事情，不增加阿姨不必要的工作量。她说，生活上的事情是我们每一个人必须要做的，并不是只应该阿姨做的事情，阿姨和我们只是工作内容不同，应该受到同样的尊重和照顾，做好自己的事情，并且力所能及地帮助别人，是张府每个人必须做到的。听此一番话，让我想起小天天（先生的小外孙）很小的时候，还够不到洗手盆的水龙头，我抱着他洗手。他告诉我要及时关掉水龙头开关，并且要节约用热水，留给洗碗的阿姨用（因为餐厅隔壁洗手间的水龙头是连着厨房的）。

正如先生文中所讲“厚德载物，女人是水，德性如水，有了厚德，才能承载家庭的发达。好女人，不是姿色，而是心色；好妻子，不是相貌，而是心貌”。

芳儿是张家另一个重要的女人，在一个富庶的家庭里面长大的千金，昔日的小公主，已经是大成伟业新一代的掌门人，在张府承上启下。倘若要我为她找出一个字的定位，便是“美”。在将近不惑的年纪，依旧一派的清纯甜美，不能不说是源自于一份环境的塑造和心灵的提炼，不是说相由心生吗。认识了芳儿，我才知道所谓的“富二代”，不单单是频繁地更换豪车，一掷千金地宴请宾朋，不眨眼睛地助人为乐，他们的身上承载着太多的使命，收敛了太多的个人好恶，于成长中修剪身上的芒刺，痛并快乐着。我常说芳儿是捧着一颗透明的善良之心对待身边的每一个人，员工的孩子突然离家，她比员工本人更焦虑上心地查找、打听消息，投入大量的人力物力和心血。一大批青年职工婚嫁生育，事事操心，真的是个大家长。

有一只爱尔兰的长耳兔“赫本”从天津落户张府，不知是因为血统还是习惯，和家中其他的兔子总是到不了一起，天天就把它散养在张府的小花园里，到了冬天，工作人员把赫本关进笼子过冬。一天芳儿带了儿子去看赫本，发现赫本把粪便弄到食物上面，瑟缩在角落里郁郁寡欢。天天难过极了，赫本不快乐了，会抑郁的。“妈妈，还给它自由吧！”芳儿按照儿子的意愿，把赫本放回小花园的厢房里面，这并不是一般的迁徙，白天要放出来，夜间要打开空调，喂食喂水、打扫清理不在话下。怕不小心把它遗忘在花园里过夜受冻，北方的晚上，零下十几度的天气要穿着厚厚的衣服去花园里找它，这件事情，张府上上下下没有一个人有怨言，为的是一个小生灵，为了一颗善良的稚嫩的童心，这就是张府的人文环境。芳儿坚持七年不间断地撰写“育儿博客”，而今她的博客“天天快乐”已经有大批粉丝读者，成为年轻妈妈们的育儿经。在张府，晨光微曦但闻书声琅琅，月上柳梢依然翰墨飘香。

说到张家人的艺术基因，不得不提到张府另一位举足轻重的女人，先生的母亲。这位老人家，倾我辞穷，也没能找出一个合适的字来形容。我并没有见过老人家，但她的音容笑貌通过先生的追忆，也是活灵活现、熟悉亲切的。一个天分极高的漂亮女人，如花的年华一顶花轿抬进了张府，承得起富贵，也耐得住贫寒，把艺术天分和聪敏善良、忍辱负重的优秀品质留给了儿女，猝然离去，但她的精神和智慧却根植在张府，发芽、开花、结果，枝繁叶茂，迄今为止四代，百年，还将传承下去……

张府，老师张成先生的家，门楼上挂着一对红灯笼（今年又换了新的灯笼），上面先生的手书赫然：张府！一块风水宝地。先生说，如果男人是家里的顶梁柱，女人就是家里的风水，决定着家庭未来的路。

小满

写于二〇一六年元月

我以为每个人每天的生活就像一杯茶，善品者更知其味浓，能从中汲取多少，也全在个人。

上善若水，水为天下至清之物;人生如茶，茶是水中至清之味，茶与水的相遇注定生出无限禅机。

茶要沸水冲沏之后才有浓香，人也要历经磨炼之后才能成长，无论是谁，若经不起浮浮沉沉，怕是品不到人生的最佳况味。